MINGUOWUXIAXIAOSHUO
DIANCANGWENKU

民国武侠小说典藏文库
朱贞木卷

五狮一凤

铁汉

朱贞木 著

中国文史出版社

朱贞木和他的武侠小说（代序）

上世纪三十年代至五十年代初是大陆武侠小说创作的一个黄金时期，名家辈出，佳作潮涌，领军人物就是学术界称为“北派五大家”的还珠楼主、白羽、王度庐、郑证因和朱贞木。朱贞木虽然敬陪末座，但他拥有一个响亮的头衔——“新派武侠小说之祖”！

朱贞木（1895—1955），中国现代武侠小说家、画家、篆刻家。本名朱桢元，字式颛，浙江绍兴人，出身官宦人家。自幼在家读私塾，喜爱诗赋和绘画，更喜爱文学。在绍兴读完中学后，考入浙江大学文学系，毕业后曾在上海求职并从事创作。1928 年经友人介绍，进入天津电话南局（位于今天津市和平区烟台道）做文书工作，后升任文书主任。1934 年将妻女接来天津，并定居于此。

1937 年“卢沟桥事变”爆发，华北沦陷，日本侵略军占领天津，朱贞木因家庭原因继续留在电话局。天津报界名宿吴云心先生曾回忆说，朱贞木因此在抗战胜利后被解职，曾在天津小白楼开过餐馆。此事属于误传。其实，朱贞木为人清高而自尊，不愿在日控电话局中长期做忍气吞声的工作，遂于 1940 年自动离职，在家闲居，以绘画、篆刻自娱，偶尔也写点散文和诗。此时有出版社登门邀请他写武侠小说，于是他将 1934 年起在《天津平报》上连载的处女作《铁板铜琵录》续成长篇，易名《虎啸龙吟》出版，结果销路很好，于是他又陆续写下了《龙冈豹隐记》《蛮窟风云》《罗刹夫人》《飞天神龙》等十余部作品。

1949 年后，朱贞木尝试按照新的文艺观念进行创作，写了一些独幕话剧，而正在创作的武侠小说由于政策原因半途中辍。1955 年冬，朱贞木因哮喘病与心脏病并发，在天津市总医院去世，享年六十岁。

朱贞木在天津电话局供职期间，与还珠楼主李寿民同事。还珠楼主哲嗣李观鼎先生对笔者说，幼时在北京家中见到过来访的朱贞木，身材瘦削，双目有神。他记得父亲和朱贞木一聊就是一整天，说到激动处，互用手指比画，显见两人关系相当好。

朱贞木的武侠小说创作大约始于 1934 年 8 月，他在《天津平报》上开始连载处女作《铁板铜琵录》。张赣生先生认为是因见还珠楼主在《天风报》发表《蜀山剑侠传》一举成名，朱氏见猎心喜而作，以两人密切关系而论，确有此种可能。《铁板铜琵录》究竟连载多久、是否连载完毕暂时无法得知，或许有两年之久。大约在 1936 年 9 月，《天津平报》上又开始连载朱贞木的另一部武侠小说《马鹞子传》。“卢沟桥事变”爆发后，《天津平报》不肯附逆，自动停刊，该书也就停止连载。

1940 年 10 月天津大昌书局结集出版《铁板铜琵录》第一集，并自第二集起改名《虎啸龙吟》，并一直沿用至今。1942 年 11 月，天津合作出版社出版了《龙冈豹隐记》，该书的前面部分就是只连载年余的《马鹞子传》，可谓是在续写该书。不过《龙冈豹隐记》也并未写完，据作者自叙写到第五集就搁笔了，也没有提到原因，不过笔者所见现存最后一部是第六集。后来在书商和读者的要求下，朱贞木以该书未完结的后半部分加上手头已有资料，写成一部故事完整的《蛮窟风云》并出版。另外，1943 年 9 月的《369 画报》中提到他还有一部小说《碧血青林》，却一直未见出版，但是1949年前后出版的《阎王外传》序言中提及本书原名《碧血青磷》，或许就是此书。

抗战胜利后至五十年代初这段时间，武侠小说的出版迎来一个短暂的新高潮，朱贞木的小说出版了不少，如流传极广的《罗刹夫人》、《飞天神龙》《艳魔岛》《炼魂谷》三部曲、《龙冈女侠》、《七杀碑》、《塔儿冈》、《阎王外传》、《郁金香》等，是日据沦陷期间的几倍，其中既有武侠小说，也有社会小说，还有历史小说，仅见之于广告未曾见诸出版的小说尚有数种。

根据手头搜集到的原刊本和相关资料，剔除同书异名者，从1934年至1951年，各种体裁的朱贞木小说一共出版了十九种，仅见广告未见出版者四种，具体内容可参阅本作品集后所附《朱贞木小说年表》。另外有一部《翼王传》乃是上海著名越剧编剧苏雪庵所作，他借朱贞木之名出版，朱贞木为此还写了一篇不短的序言。

朱贞木小说之所以受到读者欢迎，张赣生、叶洪生、徐斯年等专家学者对此早有精彩论述，笔者不打算再抄一遍，只根据个人的阅读体验，谈一谈朱贞木小说的特色。

看小说本身是一件轻松愉快的事，古人雪夜闭门读禁书，乃是读书人特有的一乐，其实用今天的话来说，就是消遣，武侠小说尤其适合做这样的消遣，而好看的故事则是消遣的核心。

朱贞木的小说构思精妙，叙述生动，引人入胜。如《蛮窟风云》，从沐天澜误饮金鳝血意外昏迷不醒开始，引出瞽目阎罗救人收徒、金翅鹏的出场以及被龙土司纳入麾下，而跟着红孩儿的出场，解释了瞽目阎罗的来历以及与飞天狐结怨的经过，又为后文狮王、飞天狐侵入沐王府，瞽目阎罗舍身血战等高潮部分做了铺垫。又如《庶人剑》，陕西山村中，一对拳师夫妇失踪多年突然归来，教徒自娱晚景。他们意外收了一个来历不明的上门徒弟，不久就遇到多年前的仇敌上门寻仇，老拳师怀疑这个徒弟，结果误中圈套，幸亏这个徒弟忠心为师门，救下了老拳师父子，而仇敌五虎旗之来，则源自老拳师夫妇二人当年离家，与师兄弟一起走镖，技震江湖时期。朱贞木以倒叙的笔法娓娓道来，他在平实流畅的叙事中，营造出一种氛围，创造出一种情趣。故事本身环环相扣，紧凑严密，令读者不知不觉陷入其中，欲罢不能。他的名作《七杀碑》，二十多年前笔者真是一口气从头读到尾的。邓友梅先生在《闲居琐记》中，记录了著名作家赵树理先生指着《七杀碑》对他说的话："……写法上有本事，识字的老百姓爱读，不识字的爱听。学学他们笔下的功夫……"由此可见朱贞木讲故事的水平有多高了。

若要把故事讲得"识字的老百姓爱读"，只有凭语言的功力了。朱贞木接受过私塾和学堂两种正式和非正式的长期教育，其学历在武侠小说作者中大概是绝无仅有的。他的青少年时代又是在富庶的浙江绍兴度过的，他肯定接触过当时的鸳鸯蝴蝶派小说、新文学书籍以及翻译的西方小说作品。他的武侠小说处女作《铁板铜琵录》遵守中国章回小说的传统，采用对仗的回目，在描绘风景时更是不自觉地经常使用赋体，轻松自如，毫不佶屈聱牙，可见其古典文学素养深厚。自第二部《龙冈豹隐记》开始，包括之后的所有作品，他却都摒弃传统章回，章节名称全部采用"血战""李紫霄与小虎儿""金翅鹏拆字起风波"等名词、词组或短句，长短不拘，新鲜灵活。这一革新更为二十世纪五十年代以降大部分香港、台湾武侠作家写作的滥觞。他在武侠小说中有时还使用当时流行的新名词如"观念""计划""意识"等，然而用得自然爽利，反映出了一些语言跟随时代而来的变化。

严家炎先生在《金庸小说论稿》中说："在小说语言上，金庸吸取新文学的某些长处，却又力避不少新文学作品语言的‘恶性欧化’之弊。他扎根于本土传统文学中，较多承继了宋元以来传统白话文乃至浅近文言的特点，形成了一个新鲜活泼、干净利索、富有表现力、相当优美而又亲切自然的语言宝库。”这些评价用在朱贞木——金庸的浙江同乡前辈身上，同样十分贴切。

追求自由恋爱是“五四”以来各种文学体裁的共同主题，武侠小说自然没有落后于这股时代潮流。在《蛮窟风云》《罗刹夫人》《飞天神龙》等朱贞木小说中，主要男女人物积极主动地寻找、追求自己的爱情，尤其是女性人物，一反全凭媒妁之言的传统，大胆示爱对方，甚至还有私奔、野合的情节。朱贞木有时还通过小说人物之口，表达他对于“情”字的解读，可以说，所有这一切都间接反映了五四运动之后反封建传统、反道学的社会流行风气。其实，在朱贞木前后期的很多武侠作品中，女性主角的地位已经大大提高，也出现不少以女性为主人公的作品，如顾明道《荒江女侠》、王度庐《卧虎藏龙》等，即使在还珠楼主的《蜀山剑侠传》中，女剑仙、女剑客也扮演了主要角色。只是多数作家虽然突出了女性的自主与独立，突出她们的纵横江湖，但在描写男女爱情上着墨不多、不细致，而在这个方面，朱贞木就显得比较突出。

他把恋爱中男女的哭、笑、逗、闹等言语和肢体动作描写得栩栩如生，淋漓尽致，而对于堕入情网中男女间的对话，更是绘声绘色，就连男女之间的武功切磋，有时也“写得花枝招展，脉脉含情”，表现了有情男女之间那种若隐若现、欲拒还迎的情致与趣味。有时他则用热辣辣的语言展现女性对于爱的向往，比如《罗刹夫人》中的罗刹夫人，《七杀碑》中的三姑娘、毛红萼，《飞天神龙》中的李三姑等等，这一特点被后起的香港、台湾武侠名家如金庸、卧龙生、诸葛青云、司马翎等人继承并发扬光大，同时穷追男主人公的侠女达数人之多，叶洪生先生称之为“数女倒追男”模式。相比之下，以“侠情”特色名传后世的王度庐，笔下恋爱男女的表现反而显得含蓄、收敛和传统。

至于男主人公的表现，除了在房梁上刻下“英雄肝胆，儿女心肠”的杨展，多数没有女性角色那么生动而有活力，《罗刹夫人》中的沐天澜竟然一副小男人的娇样儿，喜欢拜倒在两位罗刹姐姐的石榴裙下，仿佛有些《红楼梦》中贾宝玉的某些味道。

说来有趣，被划入鸳鸯蝴蝶派的顾明道笔下没有这样娘娘腔的男主角，王度庐笔下有些优柔寡断的李慕白也仍是男子汉一个，其他如更早的平江不肖生、赵焕亭和同期的白羽、郑证因等人都不弹此调，因此武侠小说中“娇男型”男主人公大概可以算得上是朱贞木的首创了。

对于爱情的结局，虽然同时期的王度庐偏重悲剧，但朱贞木还是和大多数武侠作家一样，选择了喜剧。大团圆的喜剧结尾对读者的感染力自然不如悲剧来得深刻，但在剧烈变动的时世中，对于经常听说和目睹人间惨事而无能为力的一般读者来说，也多少算得上一点安慰，多少能保留一点对美好事物的向往与期待，多少能暂时得到些许快乐与心情的放松！

小说作者迎合一般读者的需要，本是无可厚非的，而朱贞木这么做，却并不是“为稻粱谋”的需要。1943 年 9 月出版的《369 画报》第 23 卷第 1 期刊登了《天津武侠小说作家朱贞木》一文，作者毅弘在文中写道：“朱贞木先生并不指着卖文吃饭，他不过是闲着没事，作一点解闷而已，在写武侠小说的作家中，朱贞木先生是一位杰出人才，独树一帜，另辟蹊径，所以将来的成功，殊不可限量。”

可见，朱贞木写武侠小说虽是为了解闷和消遣，却也不肯胡乱涂抹，而是要有真正的消遣价值！

他在处女作《铁板铜琵录》的序言中感慨小说的出版有量而乏质，原因则是社会不景气，认真作品没有销路，大家都要有口饭吃，于是就“卑之无甚高论”了。他又写道：“在下这篇东西，本来用语体记述了许多故老传闻、私乘秘记的异闻逸事，借以遣闷罢了。后来因为这许多异闻逸事确系同一时代的掌故，也没有人注意过，而且看见小说界的作品，风起云涌，好像作小说容易到万分，眨眨眼就出了数万言，不觉眼热心痒起来，重新把它整理一下，变成一篇不长不短、不新不旧的小说，究竟有没有违背时代的潮流，同那个小说界的金科玉律，也只好不去管他，俺行俺素了。”

朱贞木显然十分清楚小说的真正要求是什么，客观环境所限，走消遣的路子罢了。即便如此，他也并不是向壁虚构，胡乱编些故事应付读者，而是有所依据的。他这样认真地选择和使用材料，显然是有成绩的，他的第二部作品《龙冈豹隐记》序言中是这样说的：“前以旧作《虎啸龙吟》说部，灾及枣梨，颇承读者赞许，实深惭汗，且有致函下走：以前书仅只六集，微嫌短促，希望撰述续集为言。……稗官野史，无关宏旨，酒后茶余，聊资消遣。下走亦以撰述说部为消遣。以下走消遣之笔墨，转供读者之消遣，消遣之途不一，消遣之理相同。然真能达到读者消遣目的与否，则须视内容之故事是否新颖，文字之组织是否通畅为衡。以各种说部风起云涌之今日，而欲求一有消遣真价值之作，亦非易易。”

待到数年后的《罗刹夫人》出版时，他对武侠小说创作题材已经有了比较全面的认识和思考，他在该书附白中指出，武侠小说有两弊，一是过于神奇，流于荒诞不经；一是耽于江湖争斗，一味江湖仇杀。他希望《罗刹夫人》一书可以为读者换换口味。他也的确做到了，该书影响范围之大、时间之长是他根本想不到的。

朱贞木虽然屡屡强调自己写小说只是消遣，但他身处一个战乱频仍的大时代，又从家乡绍兴北迁天津，个人际遇的变化、人生的起伏都会多多少少在作品中有所流露。他的小说题材不少出自明末清初的笔记，为何选择在那样一个动荡的、变乱的时代发生的故事和人物，背后的含义是不言自明的。在《龙冈豹隐记》等书中，轻松和趣味之外，作者自身感受的某种无奈时有体现——身处乱世的人们，无论高人愚氓，何处可以求得安定的生活！

随着1949年1月天津的解放，这种对于时势的困惑与无奈就消失了。朱贞木在这年7月出版的《七杀碑》第二集结尾处写道："烽烟未戢，南北邮阻，渴盼解放，当再振笔。""解放"二字表明了他当时的政治态度，也表明了他对于新时代的期盼。于是，在全国解放后，朱贞木主动学习新的文艺理论，尽力掌握新的文艺观点，并尝试运用在新的武侠小说和历史小说创作中。《铁汉》就是他的一次努力：一个侠士挺身而出，牺牲自己，意欲拯救无辜百姓，免遭官军的蹂躏。在《庶人剑》的序言中，朱贞木已经认识到了个人英雄主义的狭隘与局限，认识到人民的力量的可贵，他写道："'老百姓的剑'是用钢铁一般的意志铸就的，无形的，锋利得无可比喻的，而演出的方式，不是斗鸡式的，是集合大众的意志，运用脑力体力，推动整个社会机构，而与障碍前进的恶势力做斗争的……"

可惜类似这样的努力并没有进一步开花结果，《庶人剑》刚刚写了三集就停刊了，预告的不少新作如《酒侠鲁颠》等似乎都未曾出版。自1951年6月起，所有武侠小说都不准出版。1956年文化部又颁布严肃处理反动、淫秽、荒诞图书的命令，并配发查禁图书目录，朱贞木的所有作品竟都赫然在列。其实，类似朱贞木这样努力学习、尝试运用新文艺观点创作武侠小说的还有还珠楼主、郑证因等武侠作家，他们的所有作品也一样榜上有名，一同被禁。此后三十年间，朱贞木的小说彻底消失，连朱贞木这个人也寂寂无闻至今。

朱贞木的武侠小说基本写成喜剧结局，可是他自己的写作生涯却以近乎悲剧收场，令人唏嘘不已。

上个世纪八十年代改革开放以后，武侠小说又重新出现在图书市场上，而且颇有声势，名家名作纷纷重现江湖，朱贞木的作品也出版了几种。时至今日，如《罗刹夫人》《七杀碑》等几部知名作品也再版过多次，只是因为出版人对于武侠小说仅仅停留在商业层面的认识上，因此版本混乱，存在这样那样的错误，影响了对朱贞木作品的研究。

中国文史出版社不惮花费巨大人力、物力、财力，出版“民国武侠小说典藏文库”系列丛书，为后世留下宝贵的研究资料，还中国武侠小说史上的知名作家一种本来面目，可谓功德无量！笔者作为该文库“朱贞木卷”原刊本提供者、编校者，于武侠小说资料的搜集与整理略有心得，承蒙社方信任，略谈一些关于朱贞木生平及其作品的粗浅看法，谬误不免，聊充序言耳！

顾　臻

2016 年 10 月 26 日于琴雨箫风斋

2020 年 11 月 16 日修订

目　　录

五狮一凤

正集：

第一章　孤村聚义 …… 3

第二章　孽海情波 …… 23

第三章　变生肘腋 …… 45

续集：

第一章　盂兰会的诡计 …… 65

第二章　倒行逆施 …… 87

第三章　孽之果 …… 109

铁　　汉

卷头语 …… 137

第一章　饥寒之火 …… 139

第二章　老铁与萧三娘 …… 157

第三章　疑窦 …… 176

第四章　爱的另一种表演 …… 191

附录：朱贞木小说年表 …… 211

五狮一凤

正集：

第一章　孤村聚义

云南省永昌府所属，腾越州迤东，有一座哀牢山，汉苗杂处，万峰环绕中，有一座小峰峦，名曰狮子林，又曰狮峰，周围有二百余里方圆，层峦叠翠，风景幽秀，峰峦环绕之中隐着一所村庄，几乎与外界隔绝。全村七八百户人家，人人勤劳，因土地肥沃，出产丰富，却能自给自足，因而全村生活相当安适。

村中向来汉苗杂处，中有十分之二是熟苗，其余均是汉民。全村以钟姓为大族，因地僻山深，当地土司对于此村人民不甚过问，向由全村人众自动推举本村一户最有才能，而为全村人民谋福利的人作为村长，一切事务，都由村长主持，此风相沿，已有数百年之长，直到明朝末叶依然如此。

当明末崇祯年间，发生许多动荡不安的时局，各地人民自然也十二分的流离颠沛，狮子村地处滇中，非常偏僻，绝非兵家必争之地，所以在头几年，当地颇称安靖，俨然桃源，及至张献忠入了川中，滇省邻近之地，自然也受到些兵革的影响，因此狮村的人民也不得不想保村卫民之策。

村中既打算自卫，自然应由村长来领导群众。这位村长是谁呢？这便是本书必须要详叙的一个家族，村长钟铁群，为钟姓族中最有能力的一家，据传先人为明太祖开国时佐命功臣之一，其后也累代列于仕班，原来隶籍北方，嗣于正统年间土木之变，避居滇中哀牢山，到明末时，也已百四五十年。当崇祯即位之初，钟铁群见朝廷腐败，群雄四起，眼看国家将有大变，便蓄意为全村谋安乐，好在他将村中事务料理妥帖，也一样是为群众服务，造福桑梓。二十年来，大明江山虽已搞得一塌糊涂，而哀牢山狮子峰的狮村，却治理得井井有条。

铁群其时年逾五旬，夫人早故，生有子女各一，子名鼎盛，别号传诗，女名蕤贞，乳名么凤。传诗长么凤十一岁，对于弱妹异常友爱，一家族姓虽多，家庭却极简单，父子三口过着最太平安逸的日子。铁群以世代尚武，幼年便习武事，曾得名师传授，其艺虽未用于世，却有真实的功夫。到晚年觉得学武一生，尚未一用，便将毕生艺事，尽传于传诗、么凤兄妹二人，以为强身之道。

传诗生有异禀，食能兼人，力敌百夫，再加以武术锻炼，武功自然格外精纯。铁群当年学艺之时，是得诸宁波叶继美之传。叶系武当祖师张三丰门人，海盐张松溪高足，因此钟铁群虽不曾在江湖上走动，又不曾在行阵间立过功勋，但是要讲武术的派别和传授，确是丝毫不苟，可称是一位不名世的英雄人物。全村千余口，因服膺他为人的正直和武功的精到，确是全村第一个人物，因此数十年来，大家自愿推铁群为村长，一切唯命是从，这都非偶然侥幸之事。

崇祯初年，李自成起自田间，以推倒贪污政府为目标，实行农民革命，起而从之者，立即有百余万人，此种现象，并非李自成有何令人景从之处，实是明朝那些政府官员所促成，因为当时苛敛重赋，民不堪命，没有一个老百姓不是穷困得喘不过气来，而天下所有脂膏，全都入了贪官污吏的私囊，自然会造成这亡国的局面。

狮村虽僻处边陲，毕竟与人无争。在那个时候，除去李自成逐鹿中原，同时还有一个张献忠，他一路向西，来到四川。谁知进川后，一变过去作为，于是蜀中人民不但不能得到他的好处，反倒成为他的鱼肉。滇黔地邻川边，自然也要受到威胁。在此种情势下，老弱者转乎沟壑，这是毫无问题的牺牲品了，少壮与狡黠者，则起而走四方，或是团结了一部分的力量，用以自卫。哀牢山狮村，便是在这种情势下，全村的组织也就愈加坚固。

村长钟铁群无疑是个领导人物，可是在崇祯十七年的春季，铁群年老病死，其时儿子钟传诗已经二十九岁，生落得一表人物，比他父亲还要英勇。大凡人的年龄与事业的进退上颇有关系，上了年岁的人，经验多了，顾虑也便多了，有时候思虑周详，果然是他的好处，但是有时却难免犹疑不决，往往是守成有余，进取不足。少年人却是一鼓作气，遇事勇往直前，往往不计成败，做了再说。这样果然有时会获得考虑欠周的过失，但是这究竟还是能力问题，如果真是有见地、有能为的少年，亦必审慎而后出之，那么过去老年人所认为不可做，或是不敢做的种种事情，毕竟由少年来告成功。这便是少年人比较有魄力、有胆量的缘故。

上面这一种论调，也就是可以看出钟铁群与钟传诗父子间的作风。在钟铁群时代，天下太平，人人尚能丰衣足食，自然一切以不更张、不多事为是，等到钟传诗的时代，天下多故，盗匪横行，政府自顾不暇，何来力量保护人民？此时便不得不由人民自己想法来救护自己，钟传诗便是最适当的一个人物。所以，他在崇祯末年便成了哀牢山狮村的唯一舵手。

离狮村五十里路，有一座风溪山，山西有一所沙村，与狮村可称是邻村。狮村村户与外隔绝，独与沙村有个往来，这是因为两村素有姻娅之谊，从三四代下来都是非常关切的。到了钟铁群上一辈，与沙村村主沙若水更结了一层儿女姻亲，乃是铁群之姊嫁与沙若水之子沙鹰汀为室。鹰汀结缡后，妻钟氏不久死去，留下一子，名沙金，别号宝泉，年岁比传诗小上六七岁，却是异常颖悟。沙家本无人习武，沙金自幼失恃，舅父铁群怜其孤雏，时加照拂，又爱其聪俊，便自幼教以武术，故沙金幼年所得，原也是武当派。后因沙鹰汀继娶朱氏，对前房子沙金不甚喜爱，钟铁群便将沙金领到身边，所有习文学武之事，都与自己儿子传诗、女儿么凤一同研读，因此沙金与钟传诗兄妹虽属姑表弟兄，其实那一分亲爱，正和自己手足一般。

当在十五岁时，住在钟家，有一日竟告失踪，钟家自铁群起，真是没一人不忧急，初以为离不开狮村、沙村这两处地方，便派了多人，在两村遍找多日，不料毫无踪影。钟铁群觉得从自己家将沙金走失，十分对不起沙鹰汀，哪知鹰汀后妻已连生了二子一女，对于沙金已不甚在意，后母方面更不必说，虽不至于说走失了好，但也并不想去找回来。铁群见此情形，对于鹰汀自然十分不满，从此后，两家便不如从前往来的亲密。眨眨眼过了六年，沙金始终音耗全无，日久两家也几乎将他这人忘记了。

这一年铁群去世，到了百日引帖设奠，族中人和亲友们纷纷来吊。正当亲友吊奠之际，忽从大门外直冲进一个少年来，看他玉面朱唇，长眉凤目，十分俊逸，身着一套布服，下面青鞋白袜，虽甚朴素，却是猿臂蜂腰，行动如风，显得分外英武。众人正自奇诧，那少年一步抢到铁群灵前，扑翻身拜倒尘埃，放声悲恸，口呼舅舅，众人才想到此人便是失踪多年的沙金，大家一阵纷乱，便有人劝住了他的哭拜。此时传诗在孝帷里也早听人说是沙金忽归，因自己身在苫块，不能出见，正想命人去请少年来见，忽然帷前人声嘈杂，果然因沙金哭拜毕后，立刻要见见阔别多年的表兄钟传诗，已由几位亲友陪到帷前。传诗一见沙金的风度，不由暗暗欢喜，沙金想到幼年同在学艺时，情同骨肉，不料今日归来，已见不到恩重如山的母舅了，不禁握了传诗的一只手，悲悲切切地哭了起来。传诗自然也是相对默然，不胜悲戚。当时沙金便向传诗对面的草荐坐下来，与传诗细谈别后之事，而沙金失踪后的一切遭遇，自然更为传诗等所急于要知道的。

沙金在十五岁的那一年，文事已能下笔作篇五六百到千来字的文章，武事也已识得门径，且因受自轶群之传，自然是武当一派，不过功浅力微，尚谈不到实用。这一日正是暮春天气，狮子峰西首六七里，有一地名桃坞，正值桃花盛开。沙金课余信步闲走，不觉已到桃坞，远远一望，果见弥漫枝头，已开得和云锦一般，一时兴至，便独自个向桃坞深处行去。那里本是个游赏之地，游人自然极多，沙金左转右转，一直转到桃坞后面，那地方却无桃花，只有一片竹林和一丛芭蕉，碧油油的也正长得好一丛肥叶。沙金走了半日，本打算找个清静地方歇歇腿，就在竹林中一方青石上坐下，哪知刚刚坐下，就见一位须眉漆黑、面皮雪白的僧人，从林中踱出来，一见沙金，就向他点头微笑道："今日有闲，来看桃花？怎的不与你舅舅、表兄同来？"

沙金本不认识此僧，一闻此言，还以为是舅父的朋友，当即起立答道："是的，我一时闲步走来，家舅父等并不知道。"

僧人听了点点头，便笑着走到沙金身边，仔细打量了个够。沙金正被他看得不好意思，忽听僧人笑问道："你这几年，练了些什么功夫？能试几手给我看看吗？"

沙金听他的问话，俨然父执考验晚辈的声调，自然不敢不答，约略说了些练过的几手功夫，哪知僧人闻言，微微一笑，看那意思，仿佛十分轻视，正自不解，只听僧人道："我姑且试一试你的力量如何？"说罢，将直裰撩开，露出肚腹，就用手指了指自己肚子，向沙金说道，“你只管用力打去，不要客气。”

沙金此时正是进退失据，觉得打也不好，不打也不好，呆在那里，作声不得。僧人却一再催促，并有不耐的神气，沙金也觉得此僧确是蔑视自己和舅父轶群的拳法，心中本有些不服气，此刻被他一再催促，也就毫不客气地站在那僧面前，用足臂力，向他肚腹一拳打去，但闻噗的一声，僧人的肚皮已成一凹洞，竟将沙金之拳吃住，沙金不由着急，想拔出来，却哪里能够，正在惶急之时，只听那僧哈哈一笑，顿觉自己拳头如同纳入一个火炉内，热得发烫，心中愈慌，正要用力拔去，哪知那僧一声“去吧”，肚子一鼓气，沙金便如同球似的直抛出去，还算足下有跟，下部勉强一作劲，虽已跌跌冲出好几步，总算还不曾躺下。

那僧见沙金居然不曾跌倒，似乎甚为诧异，一语不发，看了沙金半晌，忽然点头赞道：“孺子可教，孺子可造，可惜可惜，可惜未得名师，白耽误了好胚子。”

沙金当时被弹出老远，心中不但不惭愧，竟不期然地生了一种敬仰之念，便呆呆望着他，作声不得。那僧面现得色，笑眯眯地向沙金说道：“好孩子，你真是一个好材料，可惜白糟蹋了，你愿不愿意从我为师？”

沙金此时已深觉僧人本领高强，更觉自己过去所学，竟一些没用，毕竟孩子的头脑简单，只从一面着想，当时便嗫嗫道：“我倒愿意，可是你老能随我到家去吗？”

那僧听了，含笑摇头道：“只有徒弟跟了师父走，哪有师父跟了徒弟走的？”

沙金当时即摇头道：“那就没法拜你为师了，因为我舅舅要找我的，我如何能跟你去？”

那僧闻言，眉毛一动，即道：“那不要紧，你今天先跟了我去，明天一早我去告诉你舅舅就是。”说着就一手挽定沙金，挈他同行。

沙金此时本有些怕他，而且那僧挽住沙金时，沙金觉得被挽的一只手，就如中了铁器缠绕一般，动都动不了，究竟一个小孩子，慑于如此强力之下，一时既不敢违抗，又想到看情形必与舅父相识，明天自有他向舅父说去，沙金学武心浓，如此一想，居然委委屈屈地随了那僧而去。可是当天便走了不少的路，沙金都不认识，又不敢问，一到天黑，二人就住在一所枯庙里，那僧似乎原住在庙中，可是次日，沙金见他将室内物件随身带了上路，又不去找钟铁群，一味地挽住自己，向千山万水中走去。此刻沙金不免疑惧起来，忍不住问了一声，谁知那僧先是不理，后来似乎恼了，大发脾气，沙金吓得不敢再问，从此二人便越走越远，居然有一天那僧将沙金带入一所大庙里，沙金见门额上写着少林禅寺下院，才知道他将自己带到少林寺来了，可是并不知少林寺在何省何县，仍是糊里糊涂地跟着那僧住下，从此昼夜从他学习武功。同寺僧人差不多皆有功夫，见了自己，从来也不理不睬，这真使沙金不胜诧异，沙金实在闷不过，有时问问那僧，自己到此，舅父处已经通知过没有。那僧总是一百个不理，后来沙金没法，有一天打算偷偷跑出庙去，却被那僧撞破，这一来可坏了，竟将沙金捉回，苦苦地吊打了一顿，吓得沙金从此不敢放行一步，同时那僧对于沙金逃走一点，也就十分防备，直到过了两年，沙金武功大进，与前已是判若两人，那僧才稍稍宽容了些。此时沙金见自己武功日进，不由对于这位师父发生了好感，自己也再不想逃走，不过有时想到钟家，未免念念而已。那僧似也解得沙金之意，此时对于沙金，渐渐地由严厉变成了和婉，再过一年，更由和婉又变成了亲爱，此时他师徒已是恩同父子，那僧才将自己的来历和所以收沙金为徒的用意，对沙金说了个详细。

那僧自幼出家，法名悟性，原是嵩山少林寺一名高职司的和尚，因犯了过失，被方丈罚派到福建下院来看守藏经楼。悟性郁郁不得志，在万分无聊中，忽发了一个宏愿，便是立誓要将藏经楼中所有七十二种拳经学成练熟，但他一经研究，才感觉到自己读书不多，经中文义颇深，既不能通晓注解中的奥秘，自己的年岁也来不及一一参悟，如请朋友帮忙，又怕稀世密术被人先得，于是他便打算收一个能文能武的好徒弟，从徒弟身上来发明此奥，但是他走遍了大江南北，也找不到这样一个对象。忽然从一个点苍山的同道那边，听说哀牢山狮子峰下狮村钟姓家中，有两个奇异的孩子，资质聪慧，禀赋特异，正由他们大人教给武艺。他偶然听来，也不过在万分不得已中，打算姑妄一试，因此就特意去狮村暗探，居然看见这一对奇童，那无疑自然就是钟传诗和沙金二人。他一见传诗，果觉最为合适，但细察品貌，知此孩秉性沉静，不易诱惑，不受威胁，沙金虽更比传诗聪明，但不如他厚重，气浮易惑，容易到手。原来，悟性尤精相术，两小孩的品性，一眼就看到了底，从此他就逗留在狮村近处，专等机会下手，恰巧那日沙金独行观花，竟被悟性强摄而来。沙金一住六年，不但武术到家，便是奇门六甲等术，也是学会，尤其难得的便是七十二种拳经中注释，都仗了沙金的文字根底，为师解说，悟性听了解说，悉心研习，才参悟出来，于是师徒二人，再共同练习，这正是非沙金的文学，不能明其注解；非悟性的武功基础，不能参透拳经。两人凑到一处，才能成此大功，也正是悟性一番苦心才有此收获。

拳经练成那年，沙金正是二十一岁，悟性因目的已达，沙金自无再留的必要，这才对他说明要送他回狮村之意，沙金此时，倒转有恋恋不舍之意，悟性又向他说道：“方今天下大乱，陕豫川鄂一带烽烟遍地，此间少林下院乃在福建省内，从此处回滇，一路也不甚好走，幸而你是单身一人，又有这一身武艺，不论遇上什么，你也总能过去。希望你还家后，好好地为民众服务，不要走入歧途，切记切记。明日下山去吧。”

沙金便于次晨拜别了悟性，起身回滇，一回到狮村，才知舅父钟铁群近方死去，自己深悔不早走几月，也许还能与舅父见上一面呢。

传诗自闻沙金这些年来，列入少林门墙，又通晓少林派最贵重的七十二种拳经，知他能力大非昔比，心中自是欢喜。二人久别重逢，抚今追昔，不觉一直谈到掌灯时分，此时吊客渐散，灵帷外也渐渐清静下来，沙金正陪着传诗坐在帷中，忽听廊下有一阵衣衫窸窣之声，猛听一声娇清脆响的嗓音，叫声“大哥”，接着灵帷起处，进来一位少女，浑身缟素，见帷内哥哥身侧坐着一个少年，不知何人，不由得立住了，欲进又止，正踟蹰间，传诗已向少女笑道：“妹子，你忘了六年前走失的沙家表弟吗？这位就是沙宝泉表弟呀。”

那少女听说，立即回眸向沙金说道：“原来是宝泉表哥，不是大哥说明，我真再也不敢认了。”

沙金此时一见面前立着一位风姿绝世的表妹，不由已地有些眼花缭乱，结舌张口，一时竟说不出话来。

传诗见沙金这副形景，以为他是多年不见，不认得了，便也向他笑说道：“这就是表妹么凤，你难道不认识了吗？”

么凤见沙金那种瞪眼失神的样子，只淡淡地一笑，向他说了声“表哥请坐”，即从灵帷内走了出去。

钟铁群的丧事过去了，可是外边的局势却一天紧一天，今天有人传说李闯王已破了居庸关，明天又有人传说李闯王已打到北京，传来传去，果然在甲申年三月十九那天北京被攻入，城破之日，崇祯帝在煤山自尽，李闯王进了北京。当时的山海关守将吴三桂因一念之私，引满清入关，势如破竹。满清入关之后一路南向，想席卷华夏为己有。

这消息一经传来，狮村虽远在边陲，自也相当震惊，因此便想邀请村众共议本村的出处态度。沙金自负奇才，而且胆识优长，才气纵横，不似传诗稳健守成，他力主号召全村首举义旗，以狮村做一个抗清的大本营，将来渐渐地向县府省一步步扩张出去，有何不可？这一天传诗请了沙金和村中几位老前辈，此外更有两家在本地面上具有潜势力的村人，同到家中大厅商议此事。这两家有势力的村人，一位姓梁名实甫，一位姓周名郁文，虽然均系外姓，并非钟氏族人，但在狮村居住已有了年代，在地方上颇具势力。周郁文原系苗族，与汉人杂居多年，一切习尚都与汉族相同，可是在苗族一面，他仍能以同族地位去利用他的势力，所以周家在本村更拥有一部分苗民的潜力。当时大家谈到本村是以守护为主，还是以举义为主之时，沙、钟二人主见微有不同，不过一则沙金终是外人，二则村中父老多半胆小怕事，不敢以蕞尔小村高唱举义，所以多数赞成以守护本村与维持安居，不为暴力所侵为主。沙金本也并非反对传诗，自然也就同意，并表示自己虽是外人，自幼蒙钟氏舅父恩养，与传诗兄妹情同手足，此时事急，守望相助，义不容辞，无论任何别人不肯做、不敢做的难事，请钟村长只管派自己去干，绝不推诿，为了村中安全，纵然万死，在所不辞。他这样一表示，别说传诗心中高兴，便是在座村人，谁不感到沙金的义气干云、肝胆照人？

钟传诗与村中父者商议之后，决定了一个大体，便是以守护本村为宗旨。到了晚间，向妹子么凤一提到白天商定的办法，不料么凤怫然说道：“大哥此举，自然是热心为村中谋安全，但是我以为这是全村的事，应由全村村民来决定，如何仍由几位年老的村翁，自命全村代表，随随便便依了少数人的主见来决定办法，未见得能与真正群众的意旨相合。果然这几位村翁代表素具势力，一班村民纵然不愿意，也不敢反对，但是我家素以得众为众所信，父亲去世，由大哥继着下去，应当依照过去的办法，每事必经真正大众之意为进退，才免得一班人说你擅主，说你独霸，同时也可以不使向来的包办主义掺纵全局。妹子此言，不知大哥以为如何？”

传诗闻言，心中十分愧服，忙点头说道：“妹子的话说得太对了，只怪我粗心，同时也是因事态紧了些，总觉知会全村人众，由大众来决定，恐误了时日，便想从速决定，既如此，明天我再重新召集他们，商量办法。”

么凤道：“时日不许可，应该早些决定，这是对的，不过我想目前最要紧的一招，也就是防护两个字，这可以先着手起来，譬如哪一路应派哪一位领导防守、哪一角应由哪一人保护都可先定，至于究竟是仅仅防守自保，还是联合各地义民，或是哪路统帅，以图进取，而兼恢复，这一层却是大问题，妹子以为应从长计议，集合众见，再定方针。”

传诗连连点头道：“妹子所言，大有见地，我实在惭愧得很。明天我们议事，你务必也到，这样可以多一个好帮手。”

么凤听了，微微一笑道：“我不过对自己哥哥贡献一点意见，大庭广众中，我一个女孩子家，居然也跑去随便发言，未免世人看着不好，我还是在背后替大哥做些零碎小事吧。”

传诗哪里肯听，一到次日，传诗便将么凤之意对村中父老们一说，并且声明这是舍妹蕤贞的意见，我甚为赞同，所以请诸父老转达各家村众，择定四月初八浴佛日，在本村十字路口广场中齐集，要听一听全村人民的意见。

此言一出，自然有一部分老年人不赞成，以为如此做法，要我们这些模范村民与代表人物作甚？就中尤以梁实甫、周郁文二人为最，原来此二人便是模范的土豪劣绅，在本村具有一部分恶势力，素以压迫善良、剥削乡里为务，只因钟轶群为人公正，顾怜贫弱，所以还不敢十分胡为，如今听传诗实行此等平等化的办法，有说不出的不愿意。只有沙金听了，甚以为然，又听说是表妹蕤贞的主见，心中对蕤贞便钦佩到一百二十分，当时虽默默不语，心中却已神驰于这位巾帼英雄的左右。

大凡人的情感，果然可由环境去造成，但有时却也不尽然。姑言男女之爱吧，我们往往见到许多极其相称的一对青年男女，在旁人目光中，正是所谓郎才女貌，没一样不堪匹敌，但在他们本身，反好像有许多互不满意的地方。这样的情形，如果这一对已是成了夫妇的，当然会发生仳离的不幸事件，如果本非夫妇，而仅是朋友的关系，那么他们的交情，也就由此而止，绝不能希望他们更进一步。这种理由，在我中国近于迷信的说法，便是所谓各有缘分，因为甲被乙所认为不值一顾的，而偏偏被丙认为是一宗稀世的宝贝，正未可知，这正所谓各有因缘莫羡人了。作者啰啰唆唆说这番话的原因，却非无病呻吟，正是因为沙金与么凤二者间，实具有各有因缘的一种情形，因他二人的缘故，竟致连累整个局势，都发生了很大的变化，试问他们二者间究竟有如何的一种情形呢？这必须要从头叙起。

沙金在钟家教养之时，年纪尚小，智识未开，虽与传诗兄妹青梅竹马，从小便在一处吃喝玩乐，但那是孩提之心，谈得来在一起多玩一会儿，说翻了谁不理谁，过一会儿却又若无其事了，这些正是小孩家普遍的心理。自沙金失踪以后，他六年之间，终日与老僧枯禅为伍，幼年性情容易转变，在无可奈何中，也就将童年朝夕相处的传诗兄妹，渐渐忘了。一到学成还乡之日，已经二十一岁，少年性情自然与孩提不同，一旦又回到童年朝夕与共的环境里，自然要追想到儿年的一种光景，不但如此，恐怕还要更进一步，这便是沙金与么凤的友谊问题了。

沙金自回狮村，那时他父沙鹰汀已经去世，家里只有继母和几个异母弟妹，虽说失踪归来，不能不回家去，但是他那个家庭，早已不能引起他心中的眷恋，不多几日，仍是回到狮村钟家，正当时局紧张，传诗知道沙金是一个最好的助手，如何肯不坚留他常住狮村？沙金一则轸念时艰，极思佐了传诗，做一番事业；二则憧憬着幼年青梅竹马的交情，有意要帮助传诗；三则他自从那天在灵帷内见了么凤，觉得这位昔年丫角的小表妹，已出落得丰姿映丽、体态娉婷，尤其骨秀神清，与一班时俗女儿不同，虽仅匆匆一面，早已为之倾倒，后来又听钟传诗提到么凤对于防护狮村的种种见解，深觉这位表妹秀外慧中，绝非寻常女子，益发倾倒备至。自己因是常住钟家的人，当然与么凤朝夕见面，越是日与美人相亲相近，越发使得他梦魂颠倒。俗语说旁观者清，当局者昏，沙金虽是一个绝顶聪明的人，遇事本极看得透彻，但一旦坠入情网，一切理智见解，难免为私欲所蔽，所谓欲能蔽明，这一来可就一切变成顽钝了。

在么凤本人，因为沙金既是至亲，又系从小在钟家教养成人，虽是亲戚，实际上与自家兄妹相等，所以对于沙金亦与对传诗一样，概以兄长事之，这样当然日常的一切言谈举动，自然不拘形迹，何况么凤本是豁达的胸襟，向不做儿女忸怩之态。可是在沙金心中，先已存了一层爱欲在内，绝未拿么凤当同胞妹子看待，见么凤平时谈笑对自己毫不避忌，错会了意，以为么凤对于自己，从青梅竹马、两小无猜的交谊中，竟已进入我我卿卿、相怜相爱的程度中了，但他虽已惑于么凤丰如桃李的姿色，但有时仍慑于么凤那种冷若冰霜的态度，从未敢造次流露爱慕之忱。这一来，么凤天真烂漫，更不会想到沙金会有此种意念。像这一类的情形，两人的形迹虽愈来愈近，而两人的内心距离却愈来愈远。

再说钟传诗二次召集村众，实行全体村民自由选择守护本村与起义抗清的两种办法之后，不料小小村庄人虽不多，倒有十分之六七的人不愿薙发留辮，因此决议下来，除一面严守狮子峰一带外，便是联合各路义师响应南朝，共图恢复。别看小小村庄，蠢蠢民众居然通过了偌大一个题目，真是为钟传诗意想不到的事。可是，这里面也大有不赞成此举的人在，这便是梁周两家及村中一班有钱有势的地主们。他们所关心的，只有自己的地田和财产，只要在保全财产的唯一有利条件下，其他问题都不会到他们心里去了。在他们以为，如果老老实实地薙了头发，留上辮子，地田财产总保住了；如果一经起义，买得个志士的虚名，说不定田地财产都搞得精光，我们要这志士头衔何用？但是他们少数人纵然反对，也不敢形诸口舌，致遭全村民的唾弃，只有垂头丧气地含着一肚子的不乐意，跟在别人的后面，走回家去。

这件事的进行决定之后，最最兴奋的便是沙金与么凤两个人。传诗呢，素来秉性沉毅，喜怒不甚形于辞色，他有这一身的本领，岂有愿意为异族的臣奴的？不过他是一个深谋远虑的人，他懂得此事责任的重大，他知道此事许成不许败，小小一个村庄要负起如此大任来，真不是一件随便可成的事。他并非畏难，他是老成持重，要计出万全，因此在决定这项行动以后，他唯一的事情，就是研究应该如何进行，才得万全。他在每一件事情不能得到办法之时，必去与沙金商量，沙金也必有一种适当的办法来贡献给他，他于是深觉沙金真是一个有为的青年，并且是个了不起的人物，自己总觉得不如他的机智，因此他不但时时在么凤面前夸赞沙金，也越发地倚沙金为左右手。沙金也念在同舟共济，而且两人是总角深交，正所谓知无不言，言无不尽，一切谋划，无不竭尽全力，任劳任怨。在此同心协力的局面下，这小小一个村组织的中枢人物，钟、沙二人真同一个人一样，自然一切都进行得很好。

其时正当转过春来，为乙酉早春。那时南都君臣，虽说是受命危难之际，举足兴亡之间，可是福王昏淫不问政事，文治方面，总宰马士英勾结了铛儿阮大铖辈，一味招权纳贿，排除异己，营私结党，闹得正人君子不是被谗远黜，便是自身隐退，南京城里却是燕子春灯，笙歌彻夜，正在朝朝寒食，夜夜元宵；武备方面，虽有史可法督师江北，四镇不和，互相牵制，史阁部纵有一片血诚，企图恢复，但既无充实的饷糈，四镇更不听从他的调度到了极点，至多给他一点老面子而已，试问这样的兵备，如何能够抵抗精严骁勇的清军呢？到了那年初夏，敌军尚未渡河，四镇先已火并，敌人乘此渡了黄河，四镇部下竟而投降了敌军，清军竟容容易易长驱南下，迫近了扬州，围了南京。史阁部梅花岭自殉，宏光帝成了俘虏，南朝就此完结。此时远在哀牢山中的传诗等人，尚不能详悉南京情形，还以为宏光帝纷纷起用先朝一批谋臣武将，眼看大有作为，同时云南远在边陲，清军尚未渡河，自然鞭长莫及，但是地方上自有一批败类，希图攫取一些卖国富贵，这便是使得钟、沙等人惴惴不安的原因。

云南虽远，也是边陲重镇。当宏光年，宁南侯左良玉坐镇江汉，自然要东连皖赣，南接湘滇，北拒清兵，西防张献忠的东下，因此钟传诗主张联络云贵两省的有力土司，东向左军款洽，以拒边区土匪的侵入。要知天下大势，本非一成不变的，在钟传诗等首创义旗之时，原为表示不臣清室，哪知其时清军尚未过江，还顾不到来吞并万里以外的云南，那时川滇边境的诸自雄，本是无赖出身，乘机占山立寨，聚众为盗，并且时常有进窥滇黔边带之意。钟传诗深恐这样下去，清军未到，而诸自雄先临，于是便将此意向村中各主事人商谈一遍，立刻将目标暂时移到诸自雄身上，虽然同是一样防敌，可是这里面自然生出一种问题来了。究竟是什么问题？这便是本书的一个关键。

狮村自从高举义旗以来，事实上虽无与敌战斗，或是出师勤王等类情形，可是村中备御却非常严密，平时往来商贾，除了正当商业仍然照常，其他贩私等业，却就因防守严禁而受了影响，这一来经营此业者实损失不少。狮村中恃此以富的，别人不提，只梁、周两家就全是干这个的，今番却都受了极大的损失，因此在暗中反对传诗此种计划的，也是梁、周两姓，而尤以周郁文为最。他们打算破坏传诗的政策，但是以众望势力，两皆不敌，不得不在表面上虚与委蛇。周郁文有一个独养子，名唤周道生，平时最为无赖，幼年时也喜拳脚，专一招纳许多江湖亡命在家，以为爪牙，他最初目的，不过为便利他家贩私的买卖而已，及至村中一经举义，他家没了指望，便想利用一批亡命，所为反抗之资，偏偏这批亡命中有二人便是昔日川边匪首诸自雄的伙伴，这两人一个名张全胜，一个名岳涛，身手都还不错，又兼是积年滑贼，心思狡诈，诡谋百出，周郁文父子连年走私，都倚二人为左右手。

这一日，周郁文从钟传诗家中会议回去，便对儿子道生叹气道："事情越来越糟了。今天钟家那娃子不知听了谁的主意，说是防敌不如防贼要紧，怕川边的诸自雄侵入到村中来，要全村加紧东北两路上的防备，这一来我们去四川的卡子上不是更加紧了吗？"

道生闻言，吃了一惊，忙问道："这样说，我们往来川省的私货不是眼看就完了吗？"

郁文叹道："谁说不是呢！"

道生年纪虽轻，较郁文尤为诡诈阴险，当时心中转了一阵自私自利的念头，便想出一个大概的主张，到了晚间，夜深人静，才悄悄与他父郁文商议这档子补救办法。可笑郁文一时无法，只愁得叹气，哪知道生成竹在胸，悄悄向他父亲问道：“爹，你的心中是保护本村老小要紧，还是保全我家通川这个买卖要紧？”

郁文一时被他问住，不明何意，便问“你话怎说？”道生便附了郁文的耳朵，说道：“如要保全我家这路买卖，要让姓钟的小子闹下去是越来越糟，不如乘着咱们有一条现成的路线，索性去请了诸自雄进来。这样一来，不但我家有献村的功劳，可以在村占势，便是这宗买卖，也就算过了明路，我想诸自雄不能不念我父子的功劳，会将这宗买卖夺去。”

郁文一听，虽然入耳，但又念在由自己开门迎贼，似乎良心上有些对不住全村人民，竟不免有点犹豫，当即懒懒地问道：“你说一条现成的路线，这是指的哪一条呢？”

道生低声道：“你老怎的忘了？那张全胜和岳涛二人，不是原是他们一伙里的人吗？”

郁文此时才哦了一声，面上登时现出一种恍然大悟而又有了希望的颜色，绝不是方才那种长吁短叹的神情了。

狮村所有守望之责，是推由村长钟传诗总其事，由沙金、么凤、梁实甫、周郁文四人分守村庄四面，不过钟传诗以沙金为人机智，武功绝伦，又是自己最亲信的人，所以请他在守望以外，还担任了巡逻全村的职务。沙金虽非狮村人，但自己以为与狮村有这深的关系，当此本村多事之秋，怎敢稍自暇逸，也就不辞劳瘁，慨然担了这一项重任。但在当时，狮村虽因感受到川边的威胁而早为之备，其实诸自雄尚无图滇的真正表示，也不过防患未然之意，在传诗、沙金二人心中，也并不曾想到村中真会立刻发生事故的，沙金的奉命巡逻，也不过是一种循分守职之意而已。

每天到了日落，他本人泛地内的防务查点完了，有时便带了几名壮丁，持了武器，向村边外围周游一圈，查看有无眼生之人。有时他独自一人，暗藏武器，悄悄混出村口，在四面要道路口上，悄悄守上一会儿，也就完事。半月以来，也从未遇到什么可疑之事，沙金也就渐渐大意，不过拿它当一件应做的公事而已。

哪知事有令人难料者，有一天，沙金在本人泛地料理防务，时间稍久，等到巡逻村口，已经将近黄昏，天色已晚，这天他又偏偏是独自巡行，一个人悄悄地走去，一会儿将到狮村东口，他觉得有些困乏，便一个人在小路边上一方石头上坐了下来，打算歇一会儿脚力。原来狮村分四面防守，村长钟传诗居中总其事，沙金防卫的是村子南口，么凤防卫的是村子西口，梁实甫防卫的是村子东口，周郁文防卫的是村子北口，此种守卫地点，当初是随便指定，并无经过顾忌考虑，这也是一时的疏忽，要知以地位而言，自然是东北二口来得重要，却不该完全交给了梁、周二家，但此事虽说是传诗的大意处，也足见他用意坦白，其心至公呢。当时沙金坐在石上，时当四月下弦，星月无光，四野漆黑的，本来什么也看不见，但因沙金武功精深，目力异常，所以与众不同，只觉得在百步之外的草坡上，有物蠕蠕而动，看去又不像蛇，又不像狗，且已越爬越远，恍眼已逃出自己视线之外，沙金心中怀疑，便一个箭步，追将上去一看，原来此处离周郁文所管的北口卡子不远，因那北口的碉堡，早已高高呈在眼前，沙金正向地面上留神细看方才那物的去向时，忽觉黑影中人形一晃，沙金立即高声喝问何人。那边却有个人，似乎正想向一丛野树中奔避，闻得喝问之声，才站住了答道“是我”。沙金为人精细机警，一听来人回答的声音，微带惊颤，心中愈加怀疑，恐是奸细，随即一步跃到那人身边，举手向那人领口一把执住。那人身手也颇矫健，看他身法，也想躲避，只是赶不上沙金的快疾，刚一起步，早被沙金执住。那人见已被执住，索性不动，只连连说道：“是我是我，我是周道生，周郁文庄主的少爷呀。”

沙金听他说出名姓，便迎着些微星光，凑到眼前一看，可不正是那个獐头鼠目的周道生，当即哦了一声，忙松了手，问道："原来是周世兄，黑夜看不清楚，望勿见怪。"

周道生闻言，虽淡淡地说了句无妨，可是仍掩不住他那一种惊慌的态度，似乎亟欲走避。

沙金在初见他时，知是郁文之子，自然不疑有别的情形，及至二人对面问答数语，看出他心中的惶惑与欲避走之意，沙金是第一等精细人，不由反倒动疑，只碍着他也是村中数一数二的人物，如何肯造次盘问，只望定了道生不语。哪知这一来，道生更现出张皇之态，就掩饰道："家父还等我回家用饭呢，我要失陪了。"说完头也不回地匆匆走去。

沙金立在漆黑夜色中，目送他走出老远，越想越觉得可疑，当时便想乘此在四面再去搜寻一遍，看看到底有无可疑之物。于是仍循着周道生的去路，来回走了两次，既不见人，更无别兆，没奈何只得怅怅地向回路家中走来，未走几步，忽然灵机一动，立即打定主意，悄悄地回身，一路鹭行鹤伏，重向村北那一座防御碉堡走来。原来为人手熟练，易于指挥起见，凡梁、周二家防卫的地界内与碉堡中，仍以他两家所雇的人为多，正如南、西两方多用钟家所雇之人，一样的用意。此时沙金向碉堡走去，见静悄悄竟无一个人影，不像个多人防守的形状，心中已觉不满，及至掩到碉堡近旁，见堡内倒有灯光，当即伏着身躯，真如猿兔似的，倏地一跃，早已行近碉堡的瞭望洞口。正隐身丛草间，便听到里面似有低语之声。

大凡武功高超之人，耳目两方感觉必较常人灵敏，这也是苦练出来的，并非偶然。此时沙金侧耳听去，只听堡内有人说道："方才少东家匆匆跟你说些什么?"

另一人答道："就是方才那档事呢。"

前一人又问道："方才不是都备齐了才走的吗？"

后一人答道："谁说不是呢！可是少当家说方才差一点就坏事。原来老张走后不一会儿，就让村南那个姓沙的小子遇上了，若不是老张走得快，那才糟呢。"

沙金听到此处，立刻勾起了万种疑云，心说："那姓张的是干什么的？为什么遇上我就会糟呢？此事倒有必须查明的必要，否则万一他们别有企图，我将何以对传诗？更何以对全村群众？"当时再听下去，二人却说到不相干的上去，沙金便悄悄离开碉堡，回到先前坐的石上，坐下来仔细推测，还是猜不出二人言中之意，暗想胡猜要耽误事，必须实地调查，好在我责司巡逻，自今日起，我随时来查访这一带的动静，他们如有鬼蜮，必定还有下文呢。他想罢见天已不早，就一路巡视回家，暂时未向传诗等提起。

第二章　孽海情波

狮子峰下的狮村，原是当年的旧名称。相传早年此山四无人烟，为野兽出没之所，在狮子峰某一山洞中，曾经发现过五只狮子，因此亦名五狮峰。谁知传到明末年间，狮村中居然出了五位奇异的人物，此五人不但都有惊人的武功，凑巧各人的绰号，皆有一个狮字，故而村中好事者，又将这五狮雅号赠给了这五位人物。此五人是谁呢？第一位便是狮村村长、人称伏虎狮钟传诗，第二位便是传诗表弟、人称神拳狮沙金，第三位便是梁实甫，第四位便是周郁文，唯有这第五位在本书中尚未露面，作者暂时将他搁在一边，且慢提他。

先说这四狮，钟、沙二人具有精纯的武功，前文早已表过，唯这梁、周二人，究竟是何人物，尚未详叙。

原来据梁实甫自称，早年保镖为业，现年五十开外，当年在江湖上有一个诨名，称为铁狮子，从这诨名看去，也可断定此人武艺不弱。至于以前的历史，使不得而知。

周郁文年已六十，本系苗民归化，向在滇黔边上活跃，苗群中尊称他为九洞狮王，也可见他在苗群中的地位了。

二人都在三十年前就迁入狮村，至于从何而来，谁也不去问他们。他们自来狮村，倒还安分守己，也不曾有什么不顺眼的行为做出来，可是据传在村外做买做卖，很是发财，而且还放出高利贷，去剥削近村四处人民，只不敢做到村中来，因为村中数年来，都由钟铁群管理得井井有条，他们也就不敢有露骨的行为。此番共计守护本村，二人都是外来的人，本还不够担任职司，原是二人有些武功，同时还有一部分潜势力，钟传诗长策远虑，深知此等人如过于摒弃，反为使他走上别的路上去，不如将他们也捧得高高的，倒还能以尊重颜面去羁縻他，不至于在里面捣乱，这才让他二人担任了村口东北两路的防卫。偏偏那天无意中被沙金看破，觉得形迹可疑，沙金不便明说，从此可就留上了心。

么凤虽系女流，家学渊博，本不亚于传诗。她在七八岁时，铁群带了她偶游江汉，遇见故人黄宗羲。宗羲见么凤骨相清奇，十分赞赏，问到武事，铁群笑说仅窥门径，知道宗羲钟爱么凤，便笑问道："老前辈垂问及此，敢是有造就小女之意吗？"

宗羲也深爱么凤资质，也笑答道："你如放心留在我身边四年，我必要还你一个十全十美的巾帼丈夫。"

铁群知道宗羲轻易不肯授徒，闻言忙命么凤立拜在宗羲门下，铁群又笑道："老前辈如此一来，倒是使小女僭了一辈，将来的辈分却算不清了。"

原来黄宗羲本与铁群之师叶继美同出松溪门下，一闻铁群之言，也笑道："我们不学俗人，专论虚名，不讲实际，这都没有关系。"

从此么凤就留在宗羲门下习武，四年期满，才将么凤送回狮村。铁群一经考察么凤的武功，便知确已得了宗羲的真传，心中欢喜，对此掌珠自然益发钟爱。么凤心地和平，对人极其和蔼诚笃，可是秉性坚强，疾恶如仇，所以凡是见到不顺眼的事，就忍耐不住。还有一种性情，也是与当时代的人不同，她对人类抱着平等博爱的主义，绝无阶级观念。此种观念在三百年前尚不曾被人重视，大多数人皆以她的性情为怪，往往反说她不知自爱，不晓得尊重自己小姐的身份，她听了却付诸一笑，仍然我行我素。今番她哥哥传诗派她守护西村，那地方不甚重要，这也是传诗念她究属女孩儿家，未经事故，不敢使她负责过重的意思。么凤也不问兄长之意如何，只知我尽我职，所以每天她往来村口内外，毫不松懈。

过了几天，因西口既非出入要道，与川省又不相通，所以实在无事可为。么凤于是抽出工夫来，每到深夜，便在村外岔道上暗暗巡行，那地方却已属于村北一方。

么凤独自一人骑了一匹白马，缓缓地向东北行去，在她原意本在闲游，并无巡查之意。哪知正当她款段以行的当儿，忽见半里以外，似有两点灯光，在丛树中渐渐向南移来，么凤以为是北村守夜之人，也毫不在意，仍自策马徐行，看看将要行近那两点灯光时，倏地灭了，么凤心中不由怀疑，心说如系守夜之人，何必躲过，想罢随即翻身下马，将马环扣在身旁一株树上，自己隐着身形，向前走去。

走了不远，才看到自己所在之处，虽在村北这一面，可是离村已远，么凤平时不甚出游，村外路径不熟，以致误行到此，正拟回身，忽听十余步以外丛草中哧哧两声，接着足步声起。么凤耳目灵敏，听出此声绝非狐兔，当即一个箭步，自己也跃入身边一座荒坟后面，将头伸出坟上，向那响声来处定睛看着，果然不到一会儿，由三丈内外的草中慢慢爬出一个人来，佝偻着上身，向么凤原立的地方望了半天，见并无动静，就慢慢地直起身来，用手掌击了三下，又见掌声歇处，后面草中又钻出一人，黑暗中面貌衣饰全看不出，不知何人，只觉举动十分矫健，背上还插着单刀。二人到了一处，似在窃窃耳语了一番，当即一前一后，直奔北村口而来。么凤已觉二人来得蹊跷，及至二人走过么凤所藏的坟前，距离不远，才看出二人穿装打扮，绝不是自己村中常见的，后面一人的衣服尤为怪诞，一望而知是外来之人。

么凤此时也顾不得再看二人后面，立即一声娇叱，命二人站住。二人正走得好好的，忽听有女子呼叱声口，不由诧异起来，便先后立定，打算看个明白。此时么凤早已跃到二人面前问道：“你们是从哪里来的，到村里去找什么人?”

二人见是一个女子盘问，似乎并未当一回事，正要回答，其中在前一人从黑影下向么凤人影细望了一下，似乎是一转念间，立即向后面那人打一招呼，忽的一声拔出背上单刀，一语不发，直奔了么凤头顶。么凤对二人虽是怀疑，究还料不到有甚意外，此时来人举刀就砍，倒真出乎意外，不过么凤是何等身手，焉能砍中，见来势已近，早使一个撒手，单掌向来人持刀那手的脉门上啪的一下撒去，紧跟着又是一擄手，此为武当十八手中，混合撒擄两手的名招，竟轻轻地将来人单刀捽得老远。

哪知第一人的刀虽已擄出，只听背后风力又到，知道后面的人也到了。好个么凤，不慌不忙，闻声辨向，知道后面敌人的兵器已往自己左肩砍下，立即右足跨步，略偏左肩，猛挥双臂，陡地一个左转身，使了个弯弓射虎的招式，只听啪的一下，右拳正击在敌人右肩跨上。

敌人初见是个女子，颇为轻视，及至肩上中了一拳，登觉右臂麻木，险些单刀脱手飞去，还算功力好，忙借了么凤这一拳，自己向左一个腾步，跳了出去。么凤未及换招，第一人的刀二次又向她心胸平刺过来。么凤见刀尖迫近，倏地向左一侧身，随即撒左步覆右掌，荡开敌人持刀的右手，然后飞起右脚，向敌人右肩臂处踢去，又听啪的一声，正中敌人右肘，于是当啷啷一声，单刀飞起三五步远。

么凤更不待慢，乘着敌人失刀惊顾之际，正想进步递招，打发了他，忽觉脑后风声又到，原来第二人方才右肩胯吃了一拳，此时又乘么凤前顾之时，猛使了个独劈华山，双手并握单刀，下死力又向么凤背上砍到。可是么凤本想对付前面的人，此时后面的已到，她转招再快不过，立即收右足，立左足，双手合抱十字，拧左足转身，上身双手斜分，下身右腿前蹬，那敌一刀早已砍空，么凤这下转身蹬脚，又正踹在他的侧裆内，哎呀一声，忙不迭捧住肚腹，蹲了下去。

此时前一人单刀脱手，后一人中脚受伤，眼看就要擒住他们，不料丛草中一声猛喝，呼的一声，倏然飞过一条黑影，又劲又疾，直踩么凤洪门。么凤连击二人，不免大意了一点，那人当胸一拳打到，么凤并不躲闪，却想用牵字手，顺手带住来人手腕，向后侧扔出去，哪知此人却非前二人可比，么凤右手正想顺势带住他，见他肩头倏地一抖，么凤的右手，便如触电似的一震，几乎连人都要向斜方跌出，当时心内大惊，正在这略一惊顾之时，那人哪容么凤喘息，立刻进右足，跨左足，早已进逼么凤上下。

么凤见敌人身手如此迅速，实为从来未遇，心中不免更加惊慌，说时迟，那时快，那人也正是武当名手的招数，立又使了个四十八手中的贴字，此时他右手已紧贴么凤右肋，眼看他右掌一起，直向么凤颡下揎来，跟着再进左足，左掌又紧接着在么凤的右肩一击，这一击名为龙伸爪，只听啪的一下，打个正着。么凤终是女身，体力娇小，被那人击中一掌，立脚不住，噔噔噔一连退出多步，还未立稳，那人早又如影随形地揉身而进，乘着么凤尚未立稳，接着二次递到虎爪掌，猛地使了个黑虎推山手，向么凤两肩推来。试想么凤本未立稳，如何经得起这一手重击，不由仰面摔出一丈多远，这时下部已是无从做主，直挺挺摔倒地上，那人早又双足一点，一个箭步，飞一般随敌而进。他在起箭步时，早就左手捏诀，右臂背手拔剑，赶到么凤身边，唰的一声，右手宝剑早已从空落下，正砍向么凤头上。

么凤从来也不曾见到如此劲疾的敌人，觉得此人实在本领太高，自已被杀，倒也不怨，其实么凤也是名手，正与此人不相上下，方才因一时大意，才被敌乘虚而入，一招失手，他便连进数招，就得了手，也算是侥幸。此时么凤仰面跌了下去，来人已举剑揉进，自知万万躲避不及，当即一个浪里翻身，就地直向左边滚将出去，等那人剑到，么凤刚刚从剑锋下滚过，只听当的一声，剑砍石飞，火星乱迸。那人正在微一惊顾之际，忽听脑后风声切近，知有人袭击，忙提着剑，护着身体，拧腰一转，才转过脸来。

此时么凤滚出剑下，尚半伏着未曾立起，黑影中见一个男子，手执单头棍，正向持剑敌人背上打来，见他已经转身用剑来格，倏地变招，其快无比，也不曾看清他如何变法，只觉眼前一晃，那黑影早跃到持剑人侧面，横扫木棍，嘣的一下，便打中了持剑人的脚踝，眼见持剑人身体一歪，几乎立身不住，还不等他还招，黑影第二棍又到，这一手乃是用的点法，扑的一声，正中持剑人正胸，其力量必甚猛，所以持剑人忍受不住，立见他上身向后一仰，还算此人功夫到家，一拧身刚刚站住，谁知黑影的第三棍又从持剑人当顶打到。原来持剑人后仰之势，仗着下盘功夫好，才不至被棍点倒，可是忽然棍又从上下来，他扭着身尚未站稳，如何再能躲闪，这正是黑影的胜他处。

可是持剑人毕竟不是弱者，当此生死关头，虽然胸口被棍点伤，依然屏住一口气，左手撑在地上，半仰着身体，右手尽力一挥宝剑，指望将棍撩开，可以起身而逃。哪知黑影更鬼，倏又平拖单头棍，向侧一让，闪过宝剑，立即从左边对着持剑人腰上横扫过来。持剑人真料不到，此人身手如此敏疾，连滚带蹦地向右方滚了出去，虽已被棍击着，到底还不至于废命，自知与他难敌，起身后放开足步，没命地逃向村北入口大路。先前二人也一齐奔向林中而去。

么凤本想追去，但恐一人之力不能取胜，又看此三人逃奔之路，正向村北入口而去，那边有周郁文等人防守，谅必他们逃不了，正用不着自己去追，而且方才何人救了自己，势不能不问个明白，也应向人致谢，因此她就止步不追，一看击败敌人那个黑影，依然站在离自己约有十余步远近的地方，似乎也正在考虑追不追的问题，么凤便从黑地里走将过去，向那人说道："方才承蒙击退那厮，救了我的命，还不曾请教贵姓呢?"说着走得近了，才看清那人仿佛是一少年，猿臂蜂腰，十分勇健，可是身材长瘦，黑影中亭亭玉立，并不怎魁梧，面貌却看不真切。

他一闻么凤说话声，似乎吃了一惊，因他方才救她之时，但见一人跌倒地上，另一人举剑正砍，如不上前，眼前就是人命，这才伸手管此闲事，并不知救的是谁，此刻一听么凤向自己伸谢，才知救的是一个女人，心中好生奇怪，便随口答道："这是偶然相遇，不值得道谢。"说到这句，似乎想到人家方才问过自己姓名的，忙又续言道，"我姓雷，单名一个洪字，行五，人都叫我雷五郎。"说完了才又想到尚未请教对方，当即又问道："请问小姐贵姓？因何黑夜还在此地逗留呢?"

么凤答道："我姓钟，钟传诗是我家兄，想必你也知道传诗吧。"

雷五闻说是钟传诗的令妹，这如何不知！原来么凤在村中，颇有美艳与勇武两项大名，过去是村长之女，现在又是村长之妹，真是妇孺皆知，当时重又躬身道："原来是钟大姑娘，失敬得很。"

么凤见他听了自己名头，如此谦躬，颇觉不好意思，正要客气两句，雷五却先问道："姑娘怎会在此与这些人动手。"么凤便将前后说了一遍，当时又道："我想前面正是周郁文等人防守之区，怕这三人也逃不了的。”

谁知雷五闻言，半晌不语，最后才说了句：“恐怕未必。”

么凤便问何以见得？雷五低声向么凤说道：“姑娘想必还不知道，方才这三个人，我虽不认识，但周家之事，我略有所闻，只怕三人正是与周家大有关系呢。”

么凤听了诧异道：“此话怎说？”

雷五犹疑了一会儿才说道：“耳食之言，不敢深信，这事姑且慢说，我且问问姑娘，方才你们怎会好端端打在一起呢？”

么凤笑道：“我不是方才对你说了，因我叫他停步，先前二人不但不停，反倒举刀就砍，这才交手，八成也许有些误会。”

雷五摇头道：“一点也不误会。你不说他二人走过你面前，鬼鬼祟祟，拍掌打招呼，衣着又不似本村人吗？”

么凤忽似想到，忙应了一声道：“是呀！”

雷五便低语道：“这二人大有疑点，我已风闻好久，注意多时了。”

么凤忽地灵机一动，忙问道：“难道此三人于我村中有不利的行为吗？”

雷五答道：“姑娘哪里知道，这些人根本不是本村的人。”

么凤问道：“那么是哪里来的？”

雷五顿了一顿，才慢慢说道：“听说是从川边来的。”

么凤听说川边二字，吃了一惊，便问川边是谁叫来的？雷五用极轻微的声音答道：“据说是诸自雄派来的。”

么凤一闻诸自雄三字，真如晴天打了个霹雳，觉得头顶上轰的一声，立在黑地里，竟说不出话来。

雷五究竟是什么人呢？原来也是狮村村民，一家忠实的住户，世以打猎为生，母亲早逝，只有父子二人，相依为活。他们虽是外来居户，并非狮村土著，可是他父子二人为人诚实本分，而且雷五有独到的武功，村中尚武，对雷五便甚敬爱，不过家世甚微，村中一切职司都轮不到他们。近因时局不靖，村中倡议守护村口，雷五虽轮不到什么，但他却以爱护村庄的本旨，不用别人去督饬他，他凭了自己的本领，平常随时随地，都在注意一切的情形。

钟、沙等家是村中首户，平时与村中一般住户不甚来往，故对一切低层阶级情况，大都不甚明了。雷五家却是平常村户，所以一切反倒十分清楚。他素知梁、周两家，为富不仁，据人传说两家都是洗手的江湖大盗，近年隐迹本村，虽不再做打劫的生活，但仍不免与当日的旧伙，仍有些首尾，所以平时就不甚瞧得起梁、周两家。自从村中防守议起，他知道在这种时期，最易发生流弊，就对周、梁两家留上了意，果然听得一些消息，便是为村中防守吃紧，他家贩私的买卖不能自由，现正极力想法呢。想的什么法？事关机密，先是无从探悉，最后由周家下人传出一个惊人消息，便是私通土匪诸自雄。从那时起，他每日工作完了，就悄悄地躲藏在东北村口一带，随时探望。但周家相当精警，岂容他人随便看出他的把戏，所以虽已潜伺多日，仍未发现什么。

这一日雷五仍是提了单头棍，照常伏在村口大道上的树林旁，留神往来过客，别无所见，直到黄昏以后，正拟回家，忽听村北小路上似有呵斥之声，忙循声寻去，忽见前面黑影中似有一团人影，正在舞动，忙一抢步到近前，恰好正是么凤被击倒之时。雷五救了么凤，立谈之下，才知道面前这一位便是名动全村的钟大姑娘，因她正是村中主持人的家属，便将周郁文的阴谋向么凤说了个大概，可是没有真凭实据。

么凤自遇雷五之后，觉得这少年不但英勇正气，而且态度诚恳，心中十分佩服，拳法宗派，与自己虽是不同，但确系名手，倒与沙金颇多相似，打量也是少林一派，想自己兄妹，正负着领导群众、共保危村的责任，应该多搜罗些真正的人才，以为臂助，所以那天回家，就找了他哥哥钟传诗去，将自己遇险，以及雷五搭救诸事，说了一遍。

传诗因尚未听沙金说起夜遇周道生的那档事，所以这时听了么凤之言，一些摸不到头脑，还当是路劫的，但想村中向无路劫，正想细问么凤，么凤早又将雷五所说周家勾结诸自雄的话说了一遍。传诗向来沉静，虽听到如此险恶的消息，但因丝毫没有证据，怎能向周家说话？因而仍是声色不动，一人在房中来回踱着，考虑这事的真假。到了次日，便将昨晚么凤所报告的情形告诉了沙金，沙金一听这话，立刻脸上变了颜色，随即将自己那一晚所见所闻也告诉了传诗。

传诗便责怪他道："既你发现这事，如何不早说呢？"

沙金道："因我那时虽见到种种可疑之事，但毫无证据，又并不知他们竟敢私通贼匪，打算探听出一些真凭实据来，再报告你的。"

传诗想了一想便说道："我想姓雷的这个人，倒是个有用之才。据么凤说，这人身手十分了得，看去似也与我们同宗呢。"

沙金点头道："今当用人之际，况梁、周二家又如此不可靠，如那雷五果有本领，就留在大哥身边，做一个侍从也好。"

传诗点了点头，便一面请沙金仍去继续侦察，一面就要派人去雷家叫来雷五，事被么凤闻知，就跑到传诗屋内向他问道："听说大哥派人去叫那雷五，果有此事吗？"

传诗道："不错，依你所说，我想这人颇有用处，沙表弟劝我将他叫来，在我身边补上一名侍从，所以我想先叫来看看人的模样。"

么凤闻言，冷笑一声道："沙表哥怎的总是大少爷习气，拿人不当人。什么叫侍从？大家同是村民，何分贵贱？姓雷的自有他自己的行业，哪里会稀罕你一个侍从？他有这一身本领，绝不甘为人家侍从，而且既因他有本领才去找他，试想有本领的人，是能随便听你的呼唤吗？大哥与沙表哥都是练武的人，应该知道练武人的性情，正是可杀而不可辱的，你如以贤者之礼，聘他前来，我想是不成问题的；如以村长身份，随便去传呼一个村民来，恐怕姓雷的绝不来。”

传诗本非恃势凌人的主儿，不过当时听了沙金的话，未加考虑罢了，这时被么凤一经提醒，也觉得自己举动，有些近于尊大，倒也不胜惶恐，忙笑说道：“这倒是我大意了，妹子说得是，有本领的人绝不受人呼来喝去，这么吧，吃了饭待我自己去拜访他，他如肯帮忙，再请他出来帮着守护村子，你看好不好？”

么凤听了，柳眉微微一挑，嫣然说道：“这也未免前倨后恭了。况且大哥事情太多，不如请沙表哥去请他。”

传诗道：“沙表弟比我更忙，如今村中千斤重担，都在他一人身上，里里外外，他那一会子也要跑上几十趟，这会子再叫他去请一个猎户，怕他不高兴。”

么凤闻言，又从鼻子里哼了一声，慨然说道：“既这样，我替大哥跑一趟吧。”

传诗见说，连连拱手说道：“再好没有，劳驾劳驾。”么凤也就一笑而出。

沙金自从学成后，别了师父悟性，回到狮村。与么凤一别六年，少女最是神秘的动物，在五六年前，不过是个黄毛丫头而已，在五六年后，却正长得同花朵儿一般，人人皆爱，这是最普遍的事，尤其是么凤，天生丽质，在未成年时，已出落得风姿绰约，娇小可人，何况今年年华二九，正当妙龄，真所谓我见犹怜，谁能遣此？大凡越是英雄越是多情，越是聪明人越是善感。沙金这个倜傥不群的少年，自然是个绝顶聪明的人物，那么对于儿女之情，岂能漠然无动于衷？况且他与传诗兄妹，交称总角，自来耳鬓厮磨，形影相守，那时节沙金才十四五岁，么凤比他小上三岁，只有十一二岁，双发丫髻，两小无猜，果然彼此都谈不到爱上，但天生灵秀所钟，自然比一般蠢俗不同，二人谁还不懂什么叫恋爱，但彼此心目中，却十分亲密。

自从沙金失踪，么凤毕竟还是孩提，初时觉得丢了一个小朋友，有些别扭，数年以后，自然日久淡忘。沙金彼时以习艺为重，自然也不会放在心上，直到学成回来，见了么凤，才惊为绝艳，此时的心理，与六年前大不相同。在从前，至多认为么凤是自己一个一时的游戏伴侣，如今却想据为己有，以为终身的爱侣，所以从那时见面起，时时总在追求么凤，又因自己昔年与她有一段青梅竹马、耳鬓厮磨的过程，所以心目中早以为么凤迟早必成为自己的囊中物，随时随地，不觉都流露出他内心的欲望来。

偏偏么凤倔强，见沙金对自己太过随便，似乎毫无礼貌，心中本不甚悦，后来又看出他的心思，倚仗着幼年在一起游戏的关系，居然有将自己据为禁脔之意，不由怒恨，从此对沙金十分疏远。沙金哪里知她深意，还以为女儿家年长害羞，平时就稍稍敛迹了些，可是一遇无人之时，恨不得要立向么凤诉说他的款款深情，么凤见他如此造次，越发认为沙金心术不端，口内碍着亲戚，不便明言，而暗中却已非常厌恶沙金，此又岂为沙金所逆料！所以在沙金方面，仍是对于么凤一往情深，而且他自以为与么凤是从小的关系，目前么凤又未曾另行婚配，自己与传诗又是如此密切的交情，因此在沙金意中，觉得么凤早晚必属于自己。虽然有时也觉得她对自己不甚热情，但总以为她尚有女儿羞态，不好意思对自己有十分露骨表示，其实正是他一厢情愿，错会了意了。

那天么凤代表传诗去往雷家邀请雷五，沙金本未前知，及到晚间传诗向沙金说起雷五，沙金才知道是由么凤去请的，当时心中十分不悦，只是不便开口，当即问道："那雷五是怎样一个人呢？真还有点功夫吗?"

传诗道："功夫如何，我却不曾亲见，只听凤妹说过，据说着实不错。至于人品，我已见过，倒像是个诚笃有为的少年，我与他谈了一会儿，觉得此人绝无浮嚣之气，果然凤妹的眼力不错。"

沙金听说么凤赞他，心中不由勾起一阵阵的酸意，酸中带怒，就伏下了一腔妒火，这便成了后日的祸根。

雷五本不敢来，可是禁不住么凤一再申述传诗仰慕的意思，雷父鉴于钟传诗究是本村一位大族，又是村长，如今又有他的令妹亲来邀请，怎好不给人一点面子，真个回绝不去，因此一力催促雷五随了么凤去见村长，及至与传诗见面之后，毕竟英雄识英雄，谈得十分合适。

传诗素来没有阶级观念，尤其在此用人之时，自然更说些客气话。雷五见传诗毫无高贵气焰，也自欢喜。从此雷五便奉了传诗之命，帮助么凤，防守村西要口，同时背了人悄悄地告诉他梁、周不甚可靠的话，并要雷五随时注意村北路上，免生事端。

雷五觉得传诗对己，虽是初会，居然寄以腹心，将机密重任，托付自己，不由又生了知己之感。古云：女为悦己者容，士为知己者死。凡豪侠才士，心目中最重的就是知己，只要人以知己待我，即舍身废命，亦所不辞，所以，从此雷五一心一意效命于传诗，也正是传诗善于用人之故。

传诗对于雷五虽是十分信任厚待，沙金却大大不然。这并非沙金性情不良，也非沙金不善用人，这完全为的沙金怀了个自私的念头。原来沙金自闻那晚么凤中途受了袭击，被雷五救回之后，不数日么凤便亲去雷家，将雷五请到家来，与传诗相见，偏偏传诗又派雷五在么凤负责防守的村西要口，协助防守，这一来他觉得正好造成雷五与么凤日趋接近的机会，心中一百二十分的不赞成，但又不好说出口来，只有闷在心中，越闷恶气越深，有时实在无法可忍，遇到了么凤，究还不好怎样责斥她，独有对于雷五，却是存心寻事的态度。可笑雷五哪里会明白，初时因沙金地位，仅仅次于村长，自然不敢向他顶撞，但到后来，也觉得这个姓沙的竟是存心寻事，可笑他不明沙金的用意，只当他是一个狂妄无知的小人，在先念着村长面子，便不与他计较，常与避道而行，后来沙金认为雷五可欺，一发地变本加厉，雷五才忍耐不住，二人竟至吵了起来，直闹到传诗那里。

传诗不便责斥沙金，只稍稍地说了雷五几句，雷五倒还不觉得怎样，可是此事一经传到么凤耳内，别人都不知道二人间的症结何在，唯有么凤一听，立即明白沙金那一种荒谬的私心，不由登时大怒，本待去面斥沙金，但是又一想，他二人尚未彰明较着的为自己吵架，究竟自己也不便将这不体面的事揽到身上来，只得闷在肚内，可是从此对于沙金，却更加厌恶。

沙金虽是深爱么凤，但自学成归来以后，不比从前小孩子时代，彼此都存着男女之嫌，虽系日常见面，可是从不曾向么凤有所表示。么凤本也不知沙金是在爱着自己，但自雷五到了村西防守泛地以后，沙金与前态度大变。原来，过去沙金虽已坠入爱河，但一则尚系片面单恋，未便轻易向么凤表示爱忱，二则觉得自己与么凤总角相亲，任何人都比不上自己与她的交深，况且目前除了自己以外，么凤更不曾遇见过第二个有才有貌的人物，正不必急急地向她示爱，因他这样态度慎重，所以么凤竟懵然不明沙金之心。直到雷五之来，沙金始而怕他接近么凤，有些妨碍自己将来的地位，既而才感觉到么凤似有垂青竖子的神情，这才真正地着了急，自然越急越不能漂漂亮亮地做出来，反惹得么凤憎厌。

至于么凤呢，她是何等的人物，岂同寻常女儿！本来对任何人也未尝计及谈爱，哪知沙金这样大惊小怪一做，不由反倒引起了么凤对雷五的一份注意。她对于上次救护自己这件事，本是一种应有的感谢，她又对于他的武功，感到相当的佩服与期望，她对于他自从奉命协防村西以后的责无旁贷和平时种种措施，更感到他的诚恳和忠实。因为有了这许许多多的好印象，任她是巾帼英雄，也自然而然地发生一种神秘的奇异的好感，这种好感，似乎是一种不可告人，而私藏于心底的内心作用，亦为么凤毕生所未经的一种现象。此时我们如果大胆地说她一句已经在爱着雷五，虽是唐突了她一点，但最低限度，对于雷五的印象胜过沙金。不过，这种意念在么凤心中，终究是种极端秘密的思想冲动，而不易为人所察觉的，可是居然已被沙金看出几分。

沙金此时，无疑已如三天不能得食的饿狮一样惶惑。他是一个自命不凡的人，他不相信世界上有胜过他的人，他是一个自命善良的种子，但有时如果某种事物激起了他心中的恶态时，他也就比世界上所有的恶人还要来得恶毒。他近来屡次遭到么凤对于自己的冷淡、讽刺、蔑视，而同时却用自己的眼睛，甚至于意识去看到么凤、雷五间的一切不可流入自己目中的现象，然而竟流入了，流入得相当丰富，于是就十二分地刺激了沙金的神经，他近来几乎要发疯。他自以为是有理智的，因而在一个炎热的月夜，他穿着短打，赤着脚，悄悄从传诗的办事室走出来，毫不犹疑地竟到了么凤的住房窗外。

一个颀长而挺拔的影子印到么凤的卧窗上，那是因为室内灯光已熄，室外月光甚明，沙金立在窗外，便惊动了室内的主人——么凤。其实么凤就看那影子，早可以想出这是谁站在窗前，因为她有了存心，这是一种不甚合理的存心，所以就故意叱问了一声“谁”？沙金本可以痛痛快快、从从容容地应一声“我”，但他过分地冲动了，竟至嗫嚅着一时答不出来，么凤见黑影站着不言不动，她立刻应手从枕头下唰的一声抽出了一口宝剑，更不待慢，跟着拔剑之势，早又一个箭步冲出房外，向沙金挺剑而立，这倒使沙金大大吃了一惊。

沙金此来，原无歹意，不过因近来积闷太深，在他以为眼看么凤对于雷五愈来愈接近，自己与么凤却愈来愈疏远，这不是自己愿意疏远，乃是么凤使然，想来想去，没有别的方法，用以感动么凤回心转意，只有豁出不好意思，去向么凤细诉爱慕之忱，使她了然于自己的热爱，比雷五对她，胜过万分，或许么凤念在总角交情，能断绝了姓雷的，回到自己怀抱中来，也未可知，可是沙金此念却根本错了。

要知么凤本来不曾对沙金发生过如何的爱情，同时对雷五，最初也只有一种感激，以后便是对他人格和本领的敬仰，其实并未想到爱他。不料沙金屡屡地在明中暗中，总怀疑么凤爱姓雷的，并且忘了姓沙的，这才将么凤一颗纯洁的芳心，不期然地渐渐印上了雷五那个豪迈真诚的影子，这也可说是沙金自作聪明才闹成的局面。然而么凤究竟不是寻常女子，又当家国危亡之际，仍未专心去追求儿女之情。不料沙金今晚忽又单刀直入地来找起么凤来了，在么凤心中，以为他不是来兴问罪之师，便是心存叵测，到此欲有不道德之举，所以才一怒掣剑而出。

沙金见她盛怒之下，倒吓傻了，忙问道：“你这是干什么？是不是要想杀我？”

沙金此言，原也是一时的愤语，那意思暗含着你如今爱了姓雷的，嫌我碍眼，竟想杀我以快吗？么凤掣剑而起，原也是一时之怒，如果沙金不说那样的话，也就完了，偏偏沙金说了那样一句无谓的狠话，么凤毕竟多少有点女孩儿家骄纵的习惯，一时弄僵了，面子上下不来，立即一阵恼羞成怒，高喝一声：“不错，我要杀你。”立刻唰的一声持剑奔沙金前胸。

沙金一看她真个刺来，不由又惊又恼又是伤心，狂吼一声，一侧身避过剑锋，立用了少林拳中有名的金豹露爪，向么凤持剑的脉门上搭去。么凤岂能让他抓住，倏地一个腾身，连人带剑，俱已飞出丈外。

沙金方才又急又痛心，人已迷惘，此时似已稍稍清醒，便高声叫道：“凤妹，你疯了吗？快快住手。”

哪知么凤见他居然出手还招，与自己对敌，越发大怒，便喝道：“少要乱叫姊呀妹呀，立刻与我退出去，我便饶了你。”

沙金闻言，当时抬头向么凤望着，似乎正要开口说话，么凤又喝道：“快去。”沙金无奈，才垂头丧气而去。

到了次日，偏偏二人在后花园中，又不期而遇。么凤本打算去找传诗，正自低着头向前走到园中一道小溪前，猛见一个人影站在桥边柳树下，抬头一看，正是昨晚争吵的沙金，先以为他预伏在此，正想叱问他拦路预伏，是何存心？哪知沙金满面凄惶之色，身上也穿着一件杏黄春绸长衣，两手拢在袖内，不像个预伏图袭的样子，再一看沙金神色沮丧，两眼望着么凤，似乎有话要说。

么凤见沙金不似昨夜那样凶横，气也就平了许多，可是沙金横在桥前，自己走不过去，便问道：“你拦着我又打算怎么样？”

沙金原未打算拦她，闻言忙向旁一闪，说道：“我并未拦你，不过……”

么凤脸色一沉问道：“不过什么？”

沙金见她那种凛然不可犯的神情，回想到当年孩童时节，青梅竹马，两小无猜，就是此番回家三月，虽不能如幼年一样亲密，但也从没有一丝芥蒂，不料如今为了一个不相干的雷五，竟至如此拒人于千里之外，想到伤心处，不由深深地长叹一声，随着便柔声叫了声凤妹。

么凤在昨晚上，本不许称呼姊呀妹呀的，此时见他幽怨满怀，愁颜相向，毫无横野之气，究竟平时和自己兄妹一般，倒不好意思再呼叱他，只好随他叫去。沙金默察么凤神色稍霁，就微微叹了声，说道："凤妹可否暂屈一时，等我把几句话说完了再走，行吗？"

么凤绷着脸答道："你快说吧。"

沙金也顾不得她仍有不悦之色，便突然问道："你还记得不记得我们小时候的光景呢？"

么凤问道："记得又怎么样？"

沙金喟然道："凤妹，想你我虽非同胞手足，但是多蒙舅父爱怜我是无母的孤儿，不容于后母，才领到你家，与自己儿女一同教育，因此我与凤妹你，真可说是耳鬓厮磨，从小就十分亲近。偏偏我为少林僧挟去，一别六年，好容易回来之后，我们才又重聚一处，但是如今与小时不同了，常言说男大当婚，女大当嫁，以妹妹你的才貌，莫说我们过去两小无猜，早已心心相印，便是我们过去没有总角相亲的这种关系，也是我见犹怜，谁能遣此？所以在我沙金的心目中，早认非你钟蕤贞，终身不娶，同时自然希望你也有非沙金不嫁的意思。岂料你误信外人，竟将十余年的总角之交，弃如敝屣，这实在使我伤心到万分，昨晚我不过想向你一吐衷曲，竟没料到你会持剑相击，毫不留情，幸而我尚不至于如你一样地忘情，不然说不定要演出什么悲惨的结局来。"他说到这里，停了停喘了一口气，又接说道，"不过我也知道你绝不会恨我的，因为我们同自己骨肉一样，实无原因可以使得你恨我，要知道我这样地向你恋恋不舍，唉，正是因为爱……爱你太深，才有此种现象，不用说，此种现象当然是有些惹你误会之处，但你要知道，这正是因为爱你，才有此……”

刚说到这里，么凤早又听得不耐烦起来，立即用手一挥，愤然说道：“你这些话我不爱听，不必再啰唆，让我过去吧。”

沙金万不料自己提了半天的旧事，诉了半天痴情，不但一些也打动不了她的心肠，反倒直说她不爱听，未免心中登时怒火如焚，几乎遏止不住，但又一转念，仍极力压住了怒气，和声说道：“凤妹！你难道是铁打的心肠吗？”

么凤正色对沙金说道：“并非我是铁打的心肠，你要知道，目前国破家亡之时，稍有人心的人，也不应在这个时候谈情说爱，况且我们各人都有重大的责任，担在肩上，以全力注意四周的情势，以谋力保这小小的孤村还来不及，你倒闲情逸致地谈起这一套来，谈谈不已，还要想依仗你的威力来压迫人，我对你这种枉用的精神，非常可惜。因为我们是从小在一处，本有手足之谊，所以我今天对你下一忠告，劝你赶快回头，勿再执迷不悟，自蹈众弃之途。话已说完，我要少陪了。”

沙金听么凤责备他枉用心思，以为么凤已经向自己点醒她正在爱上姓雷的，所以劝自己不必枉用，自然心中的醋劲更大了，他一时从情海里跌到醋海里，那一个身可不易翻过来，所以登时面色一变，倏地伸手，向前一拦，厉声说道：“那么姓雷的怎生能够同你谈情说爱呢？”

这句话一说出来，不由也激怒了么凤，娇叱一声“呸”，接着便喝问道：“你怎么知道我与姓雷的在谈情说爱？”

这一句话，却又问住了沙金，登时答不出来，立刻嗫嗫嚅嚅地还想申诉，么凤早已不耐烦，见沙金拦住桥头，立刻用脚一点，嗖的一声从溪面上斜飞过去，一到彼岸，立刻头也不回地走去，只剩沙金一人，痴立桥边，怅望着她的倩倩后影，说不出一句话来。

么凤被沙金缠了半天，心中十分不快，细想沙金为人，性情聪敏，武艺高超，本是一个有为的青年，怎奈心性浮华，又过于自负，未免流于骄纵，自己与他，原是情同手足，偏他存心不端，才过二十岁的人，就一味以家室为念，但这倒也还在人情之内，最可恶的就是妄测自己与雷五相爱，处处流露他与人争夺的神态，又自以为是村长的至亲，对一概村人都不放在眼里，尤其对于雷五，平时就流露出看不起的神气，如今竟以情敌视之，此等狂妄嫉妒的行为，又岂是侠义的行径？一时又想起彼此幼年相处，原是再亲爱不过，与兄妹无异，他如今这种行为心地，恐怕早晚必遭事故，真可惜他这一身本领和父亲鞠养他的这番深意了。

么凤正在边走边想，不由得出了自己家门，走出三五里路去，远远地有人叫了一声：“钟姑娘这早上村口去?”

么凤回看四周，不见一人，正在疑怪，只见从身旁一丛林中走出一个人来，正是雷五，看他左臂弯弓，右手提枪，似乎正在打猎，么凤便随口答道：“正是呢。”说完仍低着头向前走。

雷五从侧面望去，见么凤眉峰紧锁，面色不豫，似有心事，不便多问，只默默地随在么凤后面，因为他听说么凤是上村口去的，他认为是去巡查，自己既系奉命协助之人，自应随她同去。

么凤本是心中有事，先还不曾注意，走了一程，才知雷五正跟在距自己身后十余步的地方，知他以为要去巡查，所以随来，便站住了等他走上，向村口要道走去，边走边问些近日防守情形和周、梁二家的动态。

雷五见问，便走近一步，向么凤说了一句：“姑娘你可知道，那天黑夜在北村岔道上袭击你的是什么人?”

么凤闻言一愣，刚说得一句“我不知道，你知道吗?”忽觉东边林内人影一闪，雷五眼尖，早已觉得，便喝问林内何人，哪知并无应声。二人恐怕有奸细混迹村口，忙对使了个眼色，二人分南北两路向林子奔去。

么凤走的南面，雷五走的北面，他俩一进林子，就见到有一人影，向林深处一闪，似穿着杏黄色长衫，可是足下异常快疾，再找便毫无形迹。雷五也放开脚步，向衣光闪处赶去，可是那人早去得无影无踪，心中暗忖此人去路，似乎正向村内钟家这条路上逃去，竟想不出是甚等样人，只得慢慢地绕出林外，那边么凤更是一无所获，见了雷五，便问他看见什么人没有。

雷五皱眉说道：“追是没追上，形迹倒是见着一些，仿佛是一个穿杏黄色长衫的人，不过身法真快，一闪眼就不见了。”

他一说到这一句，见么凤忽地面色一变，朱唇微动，旋又低下头去，一语不发，似乎欲言又止的神气，雷五为人精细，看见么凤这种神色，猜到她必认识此人，只是不便说明而已，于是自己也就不再提起方才追人之事，可是心中却十分不解，正猜不出这个穿杏黄衫子的究竟是谁呢。

要知雷五虽不知此人是谁，读者聪明，想必猜得到，可是作者不问读者猜得与否，也得将他说出来，原来此人正是沙金。

当么凤愤怒越溪而去之后，他痴立了一回，依然不死心，竟悄悄地蹑着么凤走来。么凤哪里会提防得到，但是沙金怕被么凤发觉，所以离得甚远，因此雷五从林中招呼么凤之时，沙金反倒不曾看见，及至转过林子，早见雷五与么凤并肩而行，因此还当是么凤一大早就约会了雷五，在村口僻静处见面，他虽不至疑及么凤约他幽会，但越发地气得发疯，正因他心意不宁，神思恍惚，才致大意漏了形迹，还算身手真快，一见二人分路追来，他不敢向南跑，怕遇上么凤，不得下台，所以向北直跑，虽不曾被雷五赶上，却已被他瞥见了衣服颜色，结果还是被么凤猜到。么凤当着雷五，不便说明，心中却十分怒恼，觉得沙金的举动，竟愈来愈卑鄙了，此等人真有些不可救药，从此对他的印象也更恶。

第三章　变生肘腋

大凡人的作恶，果然也有生禀盗跖之性，专做恶事，不做好事的主儿，但是在中人上下的人，总是为环境所使的为多。环境如使他好转，他也就向好的路上走，环境如趋向他恶化，他也就向恶劣的方向跑。

如今所说的沙金，别看他生性聪明，本是可与为善，可与为恶的人，不过欠些定力，缺些理智，有时为外界的利欲所诱，便仗着自己的才能聪明，就胆大妄为起来了。他自从两次向么凤倾诉痴情，均被么凤拒绝以后，又亲眼看见么凤与雷五并肩郊行，他二人本是偶然邂逅，但在他心目中看去，却料定二人是预约在此，这一时的嫉妒之火，哪里还按捺得下！

沙金本是一个有心机的人，他从林内避过了么凤和雷五二人的目光，匆匆奔向村中，也不去见传诗，一人倒关在自己房中，一整天不曾出来走动，也不出来吃饭，只是闭目躺在榻上，考虑此事的应付方法。

在这个人天交战的时期，就是作者上文所说，可与为善，可与为恶的一条道路，尽看你择的是哪一条。

如果沙金是一个理智强于情感的人，那么只消对于么凤放弃了那颗追求的心，一心致力于村中的防备，或是本身的事业，那便什么祸事也没有了。可惜他秉性刚愎，自以为是，又自负才能，定要消灭当前的障碍。他不问宇宙事理的正常消长，而专凭目前浅显的事实去论断，便自以为自己是狮村一个中坚人物，村长钟传诗没有我就不行，我要消灭区区的雷五，还不能吗？从此便陷身于万劫不复之地，这也算是沙金的不幸。作者对于沙金这样一个才具优长、胆识兼备的有为青年，正感到十分惋惜。

在一个仲夏上弦之夜，狮村全体人民正为近日一个惊人的消息所威胁，那是什么消息呢？

原来在三五日前，忽然有几个村中小孩，在狮村西北拾到一方白布，那布长有一丈，宽有三尺，卷成了一个卷子，四平八稳地放在一座坟前石桌上，这座坟不是别人的，正是新近故世的那位前村长钟铁群的祖茔，离着铁群的新圹，并不甚远。

铁群去世不过数月，尚未下葬，而新圹却正在兴工，所以那一带白天工人聚集，相当的热闹，夜间也有专人看守一切未琢成的石器，可说是日夜总不断人。不知怎的，那天一大早有几个村童去坟前玩耍，忽在石桌上发现了这一卷白布，当时拿到手的孩子非常高兴，他以为白布，回家正好制衣服穿呢。哪知一经打开，上面花花绿绿地写着一行行的大字，小孩子不识字，早就怪叫起来，惊动了旁边监工的人们，走过来一看，不由大大吓了一跳。当时一传十，十传百，立刻传到村西道上守卫的值日们手里，忙挟了这幅白布，送到么凤那边，报告经过，原来那一带正归么凤防守的呢。

么凤闻报，急忙打开白布一看，见上面写着“蕞尔小村，敢为备御，弃顺逆天，自寻死路，自川入滇，为吾前驱，大兵到日，庶免遭屠，诸自雄谕尔狮村村民，知之切切”两行大字，下面便是年月日，边上还盖着一颗骑缝半边印。

么凤一看，虽说此文似通非通，款式乖谬，不值一笑，但是明明写着诸自雄，眼看与上次雷五所说之言，暗暗相符，正不可不防，想罢，一面请了雷五来与他商议严防奸细之策，与查究此布的来历，一面立即连同白布，一起送与哥哥传诗去看，并请示访查的方法。

传诗看罢后便问拾得此布的人物和情形如何，可是的确由一群小孩看到拾来，并无别的可疑情形。传诗当时屏退左右，叮嘱么凤，叫她注意村口防口上周家进出的那些人，又说道："早经人报告我知，说周郁文父子可疑。我因没有证据，未便轻动，以免打草惊蛇，以后如有可疑，立即与雷五密查，一得证据，再告诉我，这是一个大憝，必须要十分留神，不要反为所害，切记切记。"

么凤自是谨记，回到防地，便悄悄说与雷五等几名重要的人知道，从此东南西北四面村口上，没一人不讨论此事，都说村中定有了奸细，不然，这张告示从天上飞下来的吗？可是议论只不过是议论，并无人能探出此物的来源，更无一人能知道谁是奸细。么凤因此事出在自己防守的地带，自觉责任格外重大，但一连多日，任你如何查访，仍是丝毫没有迹兆可寻。

这一日，饭前查完各防守口子，回家午餐，餐罢与传诗说了几句闲话，忽感困倦，便先回房中，打算睡一会儿午觉，再上村西，掩上房门，靠在榻上，闭目养神。

正蒙眬间，忽听耳边有人呼着自己，睁眼一看，正是贴身奴婢梅枝，站在面前，便问何事惊叫，梅枝回道："刚才大爷两三次派人来请姑娘，说是已经查到放白布告示的奸细，请姑娘速去前厅商量。"

么凤闻言，一骨碌跳起身来，也来不及盥洗，立刻一阵风似的跑到传诗议事室内，一脚踏进，只见大圆桌前围坐了一大堆人，仔细一认，原来除了哥哥传诗以外，第一位便是沙金，其次便是村中几位有地位声望的绅士，那梁实甫和周郁文自然也正在座。

众人见么凤走入，大家起立让座，么凤与众人招呼已毕，便向传诗问道："听说送白布告示的奸细已经查出，不知究是何人？"

传诗尚未回答，却见沙金与周郁文先后开了口，沙金是接着么凤的问话说的，故意慢吞吞地道："对了，奸细查出了，表妹猜得到是谁吗？"

么凤觉得他在此种严重的局面下，并不正正经经地说出来，却用此等轻松口吻反问自己，早认为不当，当时就露出不悦之色，淡然说道："我又不是奸细的党羽，如何能猜得着？"

她一语方毕，旁边周郁文又嘻开一张掉了牙的瘪嘴，笑嘻嘻地打成一脸皱纹，那形象异常老丑难看，却眼望么凤，接着沙金的下文说道："不必猜了，我告诉你吧，就是你们村西防地上的那个猎户雷洪呀。"

他这一句话说了出来，不知怎的，么凤好比当头被人击了一棍似的，但觉脑门子上嗡的一声，立刻有些神魂出舍，缥缥缈缈，一时收不回来。原来么凤乍闻雷五是一个奸细，她并非因爱雷五而惊慌失措，却是因平素信任雷五过深，一旦骤闻此讯，猛觉自己竟相信一个奸细，岂不太危险，而且更觉事态之来，竟有如此出人意外的，更怕自己毕竟年轻妇道，什么都不懂，才会将奸细收留部下，当作臂膀呢。可是她的内心虽然如此，旁边的沙金却竟会错了。

他一见么凤那种失魂落魄的神气，不由又可气又可笑，心说这一下才打到你的心窝里呢，当时就面露轻蔑讥讽之色，缓缓地向么凤说道："雷洪受了表妹的知遇，不知报答，反倒做了奸细，不但本村全体村众要受他的毒害，便是对于表妹这番识拔的美意，也真太以负心。"

沙金此时任意地语含讽刺，不由将个玉洁冰清的么凤，气倒在座上，一句话都答不出来。

此时传诗觉得沙金出语不当，而且传诗是何等人，沙金平时对妹子么凤的情形，和么凤对沙金的情形，他岂有看不出几分，今日原为大家讨论处置这查获的奸细，如何说这些废话？自然也不以为然，不过传诗性情沉毅，向来喜怒不形于色，此刻也不便说别的，只说了句："我们不必多说无益之言，还是第一步研究证据，如果证据确凿，自应公同议罚；如证据不足，还是不应造次，我这句话众位以为如何？"

原来传诗此时所说这几句话，正是从沙金方才那种得意的神色和讥刺的言语中悟出来的，所以说传诗这个人，毕竟是一个了不得的人物呢。何以谓之从此中悟出？此时作者无暇细说，以后再补叙吧。

再说沙金一听传诗口吻，还当他深怕妹子脸上下不来，也就不好再去尽情打趣，只狠狠地望了周郁文说道："证据还要怎样确凿？这一幅盖了骑缝印章的白布存根，上面所印诸自雄及西川之章几个字，不是和这方告示上的骑缝章可以合一个严丝合缝的吗？"说着用手指了桌上一个白布包儿，又向周郁文问道，"这是周老先生和我在雷洪家中铺底下搜出来的，这还有假吗？"

周郁文忙应道："一点不错，我二人亲手搜出来的。"

他刚说到这里，传诗忽向周郁文问道："方才周老不是说在雷五父亲的身上搜出的吗？怎么沙表弟又说从雷五铺下搜出呢？再说周老不是说由你的公子道生兄亲自动手搜查的吗？怎么又说是周老自己搜的呢？"

传诗这一钉问，出于沙、周意外，一时都有些张口结舌，传诗心中益发怀疑，便正色对众说道："这是人命关天的事，不容稍有疏忽，我看我们还是谨慎些好。今天暂将雷五押在我家内，另派得力人严加看管，一面我们大家再细细地研究研究，再考虑考虑，以期毋枉毋纵，得了真正的罪人，方始才能安枕，我想众位意思，也不过如此吧？”

众人见传诗意在慎重，自然赞成，便是沙、周二人，也不便多言启疑，于是又说了些防备，大家就散了。

传诗送过众人，等沙金也去了，然后将么凤唤到密室，先叫她坐下，然后小声问道：“妹妹，你看这奸细的案情如何？”

么凤虽是秉性聪慧，但今日之事，来得忒也兀突，一时思虑未免欠周，而且她对雷五，并非素识，近来虽对他有了好感，也不过觉得他是一个有为的青年而已，不料如今竟是人赃并获的奸细，这当然不会是假的，所以胸中并无成见，听见传诗问她，正不知如何回答，只瞪着一双妙目，愣在那里不语。

传诗稍沉了沉气，然后向么凤说道：“沙表弟近来对于雷五，十分厌恶，你应该知道吧？”

么凤忽听传诗说这句话，不由脸上微微一红，低着头不语。

传诗见她有羞赧之态，也不再往下说，即改口道：“据我看雷洪这人，是一个有血性的好男子，绝不会做奸细。”么凤听了此言，似乎很注意，张目望着传诗，只听传诗又说道，“雷洪既非奸细，何以他们会在他家中搜出那方盖了印的白布存根？这是一个大疑问。”

么凤此时忽然似有所悟，忙问道：“谁到雷洪家里搜查的？”

传诗淡淡地说：“自然是沙表弟啊。但是他去搜查，事先既未报告我，也从未向我提到雷洪有靠不住的话，还真是突如其来的事情呢。”么凤尚未答言，传诗又问道，“方才我不是问沙表弟和那姓周的对吗？一个说是在雷洪父亲身上搜出的证据，一个说是在雷洪床铺下搜出的证据，前后矛盾。”说着就从桌上取过那一包证件。

么凤一眼望去，原来也是一方白布，上面写着某年月日某字某时几号，边上都有半方骑缝印章盖在上面。

传诗看了半天，又将这布摊在桌上，回身走到书箱边，开箱门取出一方白布来，就是前些日子小孩拾来的那方告示，么凤默坐一旁，看传诗左右两手拿着两方白布，迎着日光，比一回，看一回，又将两方布的大小尺寸，比了又比，看了又看，最后面上似带微笑，向么凤说道："我看此中有诈。"

么凤问："何谓有诈？"

传诗低声道："这一张白布存根是假的。"

么凤一闻此言，当时惊问道："是吗？哥哥你何以见得是假的呢？"

传诗便拉了么凤的手，一同走到窗口，迎着日光，将两方白布交与么凤，然后指着两方白布说道："你细看两布的质地颜色，虽皆为白布，但究不是一物所分，两布所写字体虽像，却非一人笔迹。再看两方印章的大小和篆文笔法，虽然相似，究不是一物，尤以两印章之色，一则发黄，一则带紫，紫真黄假，细察便知为仿造的。"

么凤闻言，忙走向日光明处，一一细察，布、字、印章这三点，果然如传诗所言，一些不错，再看原来白布告示上盖着一颗大印，和半颗骑缝印，那印颜色纯为紫色，可是后来那方白布存根上的半颗骑缝印，虽也是发紫，但紫中透黄，显然与那半颗印有别，么凤再将这两个半颗的骑缝印合在一起，更不但色泽不同，而且印中篆文笔画，竟难一一吻合，更是一望可辨。

么凤到此，忽然心思灵活起来，不像先前那样发呆，将白布反复看看，忽发现原来这方白布靠存根这面的边缘上，有一条剪叉了的剪刀口子，分明是在剪裁时剪刀歪斜所差，论理这一边缘既有一道叉口，那一边缘也应有一道叉口，才能配合得上，但后来那方白布存根边缘上，却是又平又直，正因假造时不曾细看到这一点的缘故，所以竟露了马脚。么凤看罢，又将这一点也告诉了传诗。

于是传诗愈断定这是故意栽赃诬告，当即向么凤说道：“你如今总也可以明白里面是怎么一回事了。”

么凤忽然道：“这种卑鄙阴险的手段，太也可恨，大哥非得警诫这东西一下不可。”

传诗默然半晌，才又低声说道：“方才你不是听见沙表弟说话的时候，那周郁文尽在旁边帮腔吗？这项赃物，又是沙表弟和周郁文两人去搜查出来的，别人都还不知道，显见得他两人早已串通好的。因此，雷洪的冤枉，果然应该为他辩明，但最应注意的，还是沙表弟生了外心，与周郁文竟联合起来，这是本村最可虑的事情。”说到这里，又走近么凤身畔，悄悄说道：“那周郁文正在派人勾结诸自雄，幸而诸贼因鉴于形势不佳，清兵强盛，不敢出川，要不早就入滇，我们也早已不保。这些事我已探访得很详细，如今沙表弟为了一人的私怨，不惜与周郁文勾结，我怕周郁文老奸巨猾，绝不肯白帮沙表弟的忙，其中必有交换条件。沙表弟的丧心病狂，果然可恨，全村安全更为可虑，所以现在我们对于沙表弟，不宜过示决绝，免得他走了极端，则祸发必速，我为应付此事，正在踌躇呢。”

么凤一闻传诗说得那样透彻，心中自然佩服，只是想起此事的起因，还是为了自己，如今闹到如此情形，沙金果然是禽兽不若，自己也难免俯仰自恨呢。

次日一大早，果然沙金便来找传诗，盛气要求即刻解决雷洪私通诸自雄这件案子。

传诗闻言，先不回答，只凛然地坐着，用一双锐利的目光，端视着沙金，久久不语。

沙金心虚，一见传诗此种态度，自然就气馁了不少。

传诗然后放长了声音，慢慢地叫了一声“沙表弟”，可是叫了之后，好半晌又仍是望着他不语，越发闹得沙金不得劲儿。可是沙金也是一个聪明绝顶的人，一见传诗如此张致，知道自己这次安排的罗网，想必多少被传诗看破了些，但仍假作痴呆，一语不发，等传诗开口，且听他说些什么。

果然传诗向他说道："沙表弟，你是一个精细人，怎的全被周郁文那个坏蛋蒙住呢？"

沙金闻言，一时不解，便问道："什么事我被姓周的蒙住？"

传诗微笑道："就是雷洪的事。"

沙金一听，怫然不悦，即说道："雷洪通贼有据，人人皆见，怎说我被蒙，难道大哥竟不曾看见从雷家搜出那些证据吗？"

传诗见沙金仍是一味狡展，心中未免不悦，但不肯露出，便笑说道："正因那证据不足致信。"

沙金闻言一愣，怒冲冲问道："怎见得不足致信呢？"

传诗淡然说道："那方存根完全是假的，岂但不足致信而已！"

沙金不由心内一惊，强壮着口气问道："怎见得是假造的呢？"

传诗似有不耐之色，便又悄然说道："如何是假，焉能逃得过明眼人？"说着，回手从抽屉内取出先后所得那两方白布来，掷向沙金面前道，"你是比我还要精细的人，绝不会看不出破绽来，皆因你一时为感情所使，一闻此事出诸雷洪，便假的也当真了。如今你且平心静气地去细看一回，换句话说，你将前后两方布分别比对一下，也就不用我噜苏了。"

沙金闻言，知是已被传诗看出破绽，心中自不免心虚胆寒，但还狡装着不信的神气，将两方白布拿到手内，看了一看，当即问道："我怎的看不出呢？"

传诗见他还是一味狡诈，心中十分担心，深感此人已执迷不悟，当时实在忍不住了，就朗声说道："你真要我告诉你怎样是假的吗？"沙金尚未答言，传诗已接着说道，"你仔细看看布的颜色、质地，再看看两布裁剪的痕迹，再看看两颗骑缝印章的色泽和篆文，便可明白了。”说完了便坐在椅上，不再说话。

沙金闻言之后，虽不曾真真依照传诗的话，[illegible]地去分辨真伪，但心中却显然已经怕被传诗看出破绽，暗恨自己一时粗心，致使画蛇添足，当时沉静了一会儿，竟愤然地立起来，向传诗说道：“你既认为是假的，那么任你发落就是，将来养虎贻患，却不要怪我不先告诉你。”说罢悻悻而去。

传诗此时很想留住他，用旁敲侧击的话去点醒他，既而一想，此时他诡谋乍被揭破，正当愤激之际，纵然劝他，也未见得肯听，不如改日再说。

到了次日，传诗便将所提雷洪证据，如何可疑，如何不足致信，详详细细写成一道通告似的文章，张贴村中，同时也就将雷洪释放回家，此事就此结束。

全村群众见通告上分别真假，如此精微，处事又如此公正，大家对于传诗，真是敬服到极点，自然对于他的开释雷洪，毫无异议。

雷洪究竟是否奸细？如何被沙金与周郁文找出证据？这证据怎说又是假的？到底是怎么一回事？如今雷洪虽已开释，读者诸君也许还不甚了然此中关键，所以此刻必须原原本本地重叙一番。

沙金自被么凤斥劝以后，他不但丝毫不觉自己的孟浪，反倒深怨么凤的用情不专，更深恨雷五夺了他的爱侣，这一股怨毒之火，无可发泄，便日夜积聚心头，愈积愈重，愈想置雷五于死地。偏偏事有凑巧，村中顽童拾到一方诸自雄的白布告示，传诗便暗暗叮嘱沙金，必须查出此布的来源。沙金忽然想到雷五夺爱之恨，便利用传诗曾将那方白布告示交与自己观看的机会，假说研究，将告示留了多日，将布的尺寸记下，又在集上访到了和此布相类的白布，暗暗买了一丈回来，想出了一个假造告示存根向雷五家栽赃诬陷的恶计来，又将原告示上所印各种的印章，勾描下来，秘密地请个刻字匠，另刻了一颗假印，骑缝着盖在那方伪造的存根上，一切齐备，然后又偷偷挽出一个与周郁文相识的朋友，去结识周郁文。

周郁文因沙金是村长的亲信，自己所做之事，怕被他们查出，上次儿子周道生深夜被沙金盘诘，双方都互相猜忌，本不愿和沙金来往，可是沙金又叫那朋友偷偷地向周郁文透露沙金已知他家和四川通气的事儿，不过如今沙金有事相求，愿与周郁文两家和好，各不向村中举发各人的秘事，将来处得好，更还有合作的日子在后头。周郁文也深知沙金厉害，得罪不起，他如今既有求于我，倒是一个机会，便答应了那朋友，二人约期秘密会面。

及至见面一讲，一来物以类聚，气味相投；二来各人心中惦着将来互相利用，于是讲得十分投机。周郁文一问沙金所欲，才知要栽赃陷害一个村中猎户雷五。周郁文也素知雷五武功了得，也知雷五近来时时刺探本人管界内之事，深恐为将来之累，自然也正想除去雷五，当即应允帮忙。

沙金此时早将假证据预备齐全，便以告示发现在村子西北，是周郁文的防守地带，便邀请郁文父子同往雷家巡查逮捕，以便栽赃诬陷雷五通贼。

彼时雷五恰在村口防卫，并未在家，家中仅一老父。沙金与周郁文乃是有为而来，自然成竹在胸，一到他家，只对雷五父亲说了一句接到村人密告的含混说话，便命手下人四处找查。沙金趁众人翻腾之时，偷偷地从身边掏出那方预先制就的假白布存根，瞧人不注意，竟将此物塞在雷五床铺之下，一面又命从人仔细搜查，并且指点他们向床铺下寻去，果然众人们发一声喊，竟从铺下找出这一方刚放进去不及一会儿的白布。

沙金假作观罢大惊之色，连连向周郁文父子说道："你看看，这还了得？果然密告得不假，果是此人干的，这还了得？”

周郁文父子也随声附和了一声。

沙金当向雷父说道：“你子雷洪，私通匪贼诸自雄，被村人密告，我们不信，特来搜查，不料竟在你家查出证据，这是真赃实犯，一点也没得说的，本待连你一起带去，姑念你年老，也许不知情，暂时饶了你。至于你儿子雷五，自作自受，我们这就要去逮捕，我们是为了保护全村，没有法子，你也休怨我们。”说完就赶到村西防地，将雷五逮住。

其时么凤也已回家，雷五因忠心无愧，虽听沙金说得头头是道，但他并不惧怕，只觉奇突而已，因沙金说是奉命而来，自己不跟着走也不成，好在真金不怕火，就也大大方方跟着沙金等来了。

一到村中，沙金一面报告村长，一面就将雷五暂下在村中监禁要犯的所在，打算问实在了，再送到当地土司那里办罪。

万不料村长传诗勘破诡计，认出证据乃是假造，竟将雷五释放，沙金竟白费了一番心，有心要和传诗捣蛋，可是传诗所指伪证的几点，只要一经实地查对，立即可以证明传诗所见，一些不差，自己竟没法再替伪证辩护，思前想后，还是怪自己用计不慎，证据假出了漏洞，才被传诗看破，心中不由又羞又恨。

他追思此次传诗言语间，颇有怀疑自己陷害雷五的神气，这分明是他与么凤张胆向着雷五，所以总想替姓雷的开脱。他幻想到传诗为了成全一个素不相干的雷五，竟不惜得罪从小的至交，想到此处，不由咬牙痛恨，竟将恨么凤的心思，移了一半来恨传诗，就独自在房中，手指空中骂道：“你这村长，没有我姓沙的扶持你，再好些也吃不住梁、周两家，看来你如此不念交情，少不得只有联合梁、周，把你一家挤出村去，才出我胸中这口气。”

沙金恶念一起，便不可遏止，从此就时时设法想联合梁、周，直到后来听了梁、周的怂恿，索性一不做，二不休，一意打算迎接诸自雄入滇，以图富贵，但是毕竟碍着传诗的势力，知道不打倒传诗兄妹，此事不易成功，于是沙金便日夜思量谋害钟家之策，正所谓倒行逆施，一发不可遏止。

上文所叙沙金巡查村口，在村北一带，偶遇形迹可疑的周道生，与听到碉堡中人的密语，以及么凤所遇的袭击等事，实在事出有因，均非偶然，不过作者一支笔既要叙述沙金追求么凤和陷害雷五的事，也就无法兼写此事的来源，此刻也不妨补叙一笔。

原来周家为了本身贩私利益问题，因村中戒严而受到影响，同时他们本与诸自雄私下早有来往，周氏父子眼看自己贩私利益，全部都完，只想如何将诸自雄引进云贵一带，以图他们的私欲，而不顾全村人民的安危，这正是周家利害攸关的一件事。因此周氏父子日夜图谋着将如何去引诸自雄来村中，前面所叙有 晚上沙金听到的那档子事，就是周道生偷偷送张全胜与岳涛二人出村子去，去投诸自雄山寨，游说先取本村的事儿，沙金所见百步以外蠕蠕而动的，就是张、岳二人。

他们到了川边，见了昔日的旧头领诸自雄，细述周氏父子等献村意思，劝他乘时取村，因为狮村是哀牢山一道重要关口，能得了狮村，可全部控制哀牢山一带，滇中一无险阻。诸自雄本无大志，被张、岳二人说得如何如何好法，意中略被说动，不过他觉得不是一件容易事。他与他部下头目商议了数日，如果倾巢而出，反恐扰毁老窝，故决定派得力头目邓炳文，同了张、岳二人往狮村，观察虚实，与村中备御。

于是邓、张、岳三人同回狮村，那就是遇见么凤的那一晚。

么凤先与张、岳交手，本已将张岳打败，忽然邓炳文出现，么凤才吃了亏。原来邓炳文也有一身武功，不但长于马上交锋，尤善剑术，每次出外作案，总是得手，诸自雄能在川边成名，多半是仗了炳文。

幸而么凤危急之时，却好雷五赶到，才算救了么凤，这是过去的情形。及至邓炳文到了周家，周氏父子自然以上宾相待，将他关在一间密室内，除了郁文父子和张、岳以外，别人轻易见他不到。上文所书小孩在坟上拾来的那方白布告示，也是邓炳文带来，由张、岳等偷偷地故意留在那地方，以为淆惑众听，煽动人心之用。不料又被沙金利用，去陷害雷五，这里边的鬼蜮纷呈，也是一言难尽。

周郁文父子的通敌行为，既如上述。本来，如果狮村内部不起内讧，纵有周氏诡谋，邓、张、岳的武道，也不易惹起事端。无奈沙金因妒情起了恶意，先还不过想陷害一个雷五，去一情敌而已，哪知自从那伪造证据被传诗识破，又将雷五释放，沙金登时觉得不但害不成雷五，反倒引起了传诗对自己的怀疑，不由渐渐移恨到传诗身上。

沙金此种怀惭内愧，因愧生恨，因恨成仇的片面神经作用，其祸害之大，实非意向所及。

因他见雷五自被传诗释放以后，仍在村西口上么凤的防汛内负责访查，而且由他的神经作用上去观察么凤与雷五二人，似乎越发的亲密，自然沙金的妒火也愈燃愈烈。这一种观察，虽系他神经作用居其多数，但事实上也确有与沙金的揣度相符之处，便是么凤自从雷五开释以后，自然知道雷五是一个清白的人，是遭人陷害的。陷害他的人呢，无疑的就是那个自作多情的阴险小人沙金。至于陷害他的原因呢？又是为了自己，因此对于雷五所遭受到的诬枉，自然格外同情。同时，么凤对于沙金，却更与以前不同，已经因沙金的行为阴险卑鄙而十分加以蔑视。又因么凤是一个天真纯洁的少女，她的表里是如一的，不懂得什么叫表面敷衍，她既看不起沙金，就在平时相见，也绝不假以辞色，使沙金难堪的地方也太多了。

传诗旁观者清，曾劝她不可过于露骨，以免激起他反噬的危险，可是么凤女孩子家，多少有些任性，总不能听传诗的忠告，于是她与沙金之间，越来裂痕越深，这在么凤不过是以一笑置之，但在沙金却时时以报复为念。

偏偏有一次因沙金怠于职务，以致村南的防口上出了一些事故。传诗一秉大公，当时将沙金责备一顿，并且以大义来点醒他近来意志的颓废，劝他必要及早醒悟，以留此有用之身，为全村尽些责任。这原是传诗的一番好意，如在过去两方没有芥蒂之时，沙金自然会接受的，可是此时情形不同了，传诗兄妹每有所言所为，沙金总认为他兄妹另有恶意存乎其间，所以不但不听，反倒十分恼恨，口内不言，心中却尽在盘算，如何能够消灭这一对兄妹和雷家父子，以出这口不易发泄的恶气！

沙金是一位具有机警才干与思谋远略的人，在每事之先，当然不肯造次从事，必须加以注意考虑。他曾屡次想到要消灭钟姓的势力，本人的力量是不够的，那么必定要想法联合村中素来不服钟姓的人来做臂助，这一招除了找梁、周两姓外，竟没有别家可找。但是梁、周二家素知自己与钟姓至亲，又与传诗兄妹情如手足，自己纵向他两家表示，他们绝不相信，这倒是一件难事。

谁知老天仿佛就要助成他这件恶事似的，他虽是踌躇，居然有一天接到周道生的一个赴宴请帖，就是为他父亲周郁文六十大寿祝嘏而设。此事在村中虽也有人批评他做的不是时候，但沙金心中，却暗暗欢喜，他认为这是一个机会。

到了那天，传诗也会专去祝寿，可是推说事忙，稍坐即回，并未留在吃饭。沙金在旁，自也未便独留，但他在传诗走后，重又偷偷踅回周家，原来他此时与周道生已连成一气，偷偷地告诉他，传诗一走，自己也不能不走，日落之后，再回到周家，与道生做长夜之谈。

道生本来知道沙金文武兼才，能为了得，可是因他与钟家密切，不敢结交，如今忽觉沙金态度与前不同，心中甚诧，曾与他父亲郁文说到此点。

郁文老奸，早已看透沙金，便笑道："这是有原因的。"道生忙问什么原因？郁文道："便是上回那个雷五，不明与沙金有何仇恨，沙金栽赃陷害，没料到被钟传诗看破，驳了他的建议，又释放了姓雷的，所以沙金心中生了怨恨，据我看他两家还有别情，不过我们外人不明白罢了。"

道生闻言即道："既如此，我们很好利用他两家不和，将这姓沙的小子勾了过来，将来……"

郁文不等他说完，便笑道："这姓沙的小子，年纪轻，武功好，未免骄妄，而且此人智计百出，果然是一个后起之秀，但我看那小子目光流动，爱好修饰，还记得那天我们在村长家中讨论雷五一案时，他见了村长的妹子么凤，目动神摇，视而不瞬，虽然二人词色间，似乎各有些悻悻之色，但我敢断定，姓沙的小子是全神都在那位凤姑娘身上，所以我方才说的是他两家目前的情形，面和心恼，说不定对于这么凤多少有点关系呢。"

周郁文果不愧神奸巨憝，一语中的，居然已看透沙金心事。沙金既被人家看透，自然容易中人圈套。

那天周道生借他为父亲祝寿之举，有心拉拢沙金。到了日落时，沙金果然一个人悄悄地重来周家，道生父子故意以贵客之礼待之，特为预备一席盛筵，排在院中水阁里。

花园甚为广大，占地约有一百余亩，为全村之冠。那座水阁，位于花园的西北角上，那地方一带合抱垂柳，围绕着方方的一口池塘，方圆也足有十亩大小，从池南又伸出一口，导出一道清泉，蜿蜒流向东南，曲曲折折，从林木山石间迤逦而出，两岸都有点缀风景的亭榭花木，全园景致十分幽雅。

此时周氏父子将沙金延入水阁，沙金一看门额上写着延薰两字，心想既非宫殿，何必单用这两字，不由暗暗好笑。当时三人入阁落座，沙金一看阁内布置，十分富丽，尤与水阁不称，可是俗人居此，已觉十分舒服了。

郁文父子将沙金引在上面，郁文含笑说道："久仰沙兄英年大器，久思奉交，实因时局多故，心绪不佳，一直延到如今，今日幸蒙不弃，下顾敝庐，真是蓬荜生辉。"

沙金也自谦逊一番，郁文又恭恭敬敬地敬了一巡酒，沙金便回斟了一杯，送到郁文面前，替他祝寿，郁文父子再三谦让，一时三人觥筹交错，宾主尽欢。在酒过数巡，天交三鼓之时，周府宾客，次第散尽，唯有沙金尚留在延薰水阁中，与郁文父子促膝深谈。他父子为结沙金之心，将一概宾客都交与一班任招待的人们，自己父子腾出身子来敷衍这位少年英雄。

郁文老奸巨猾，在杯酒连欢之际，渐渐地说到目前时局，又渐渐地论到本村防护，先将村长钟传诗和沙金恭维一阵，然后又落到沙金本人身上，款款说道："村长真是一位了不起的人物，不过他的运气更好，得着沙兄这样一位人物替他划策主持。如果没有沙兄的大材，怕钟村长纵然了得，也不能有如此的展布呢!"

一句话触着沙金的痒筋，不由伏膺长叹了一声，接说道："这是人家自己的能为，我又有什么用处，如今眼看人家成了人物，便可以用不着我们了。"

郁文一听，明白沙金酒落愁肠，已将倾吐心中积怨，便故作庄容道："哪里的话！钟村长岂不晓沙兄对本村的丰功伟绩，怎能用不着沙兄？”

沙金闻言，越发慨然道：“周老前辈哪里晓得内中缘故。论理我本不该在背后议论他，只是他太使我灰心，别事不论，单说奸细雷五那件事，周老前辈是明白的，结果不但放他走了，还说证据是伪造的，这不是明明跟我姓沙的过不去吗？”

郁文闻言，忽地将手掌在桌上一击，啪的一声，随即也叹了一声说道：“别的事不清楚，要论这件事，可是钟村长过分些。那雷五不但是个奸细，就是平日在村中，也多行不善，因他家在村子西北口上，离我这里不远，所以我明白之甚，早觉得此人不是个安善良民。要不上次沙兄约我寻查他家时，我一力赞助，就是因为他家父子实不是好人，日久必为害人之患，所以我也想借此除了他，偏偏村长要开脱他。”说到这一句，故意将身躯向沙金面前一凑，低声说道，“也许有人在村长面前说了好话吧？不然，怎么如此发落呢？”

沙金闻言，刚要回答，郁文不等他开口，早又似愤恨又似惋惜地叹道：“村长此一举动，别的倒还不要紧，未免使外人看了，对沙兄面上有些不好看，尤其说那证据是假造，这又是指的谁呢？去查雷五，是沙兄与小弟两方面去的，难道你我还为了这一个不相干的猎户，竟会假造证据去陷害他不成？害了他对我们又有什么好处呢？”

好一个刁滑的周郁文，故意将自己也拉在局内，才极尽挑拨离间之能事。

可怜沙金竟为感情所蔽，一些也不觉得郁文的用意，反倒认为郁文真心同情自己，不由对郁文发生了大大的好感，不由得便坠入了郁文的术中，竟劈口向郁文大声说道：“老前辈，你还不明白呢，那钟传诗自恃聪明，多疑善变，他还怀疑你们贤乔梓私通川边诸自雄，要为害本村呢，密饬手下严加防范呢。”

沙金一句话，简直就卖了以同胞手足承待他的钟传诗哩。

郁文闻言，故作镇定，淡然说道："悠悠之口，也不必去强辩，日后是非自见。"说着心中却已将钟传诗恨得要生吞下去，可是忽地眉头一皱，他不觉又看出沙金一点意思。

原来那天沙金向么凤诉说奸细雷五之时，脸上那种神情，如何瞒得过老奸郁文的一双锐目？他又见么凤忽闻雷五贼证俱在，面容失色，半晌作声不得，他不了解么凤的为人，以为她与雷五定有私情密爱，又一证据沙金对么凤的神情和沙金要陷害雷五的事实参照起来，胸中已了然大半，此刻他一看沙金已然将肺腑之言吐出，晓得指顾间便为我用，索性再激他一激，以坚其心，想妥了便又向沙金凑近一步，小声说道："我近来听村子西北口上防卫的人们纷纷议论，都说别看那雷五是一个猎户，据传已与村长的令妹么凤有了婚嫁之约，此事沙兄亦有所闻否？"

沙金骤闻此言，真如遭了雷霆的震惊，问得他目瞪口呆，说不出一句话来。郁文一见这位痴儿的情状，越发看透了沙金的心事，心中好笑，面上却表示惋惜与不平，默默无言，是为沙金的沉闷，互相呼应。

沙金在延薰阁的筵席上，居然向郁文父子倾吐了肺腑，郁文父子也居然将邓炳文、张全胜与岳涛的形迹，向沙金说明，不过郁文说话的技巧是十分精妙的，他不说自己去勾引诸自雄，却反说诸自雄久闻沙金大名，想借重沙金，共图狮村，以为入滇开一门路，而自己为全村计，现在考虑中等语。

沙金此时，忽起恶念。什么恶念呢？要明白他的全副精神，都贯注在么凤一人身上，他既不为么凤所重，便思以威力持之，而欲得威力，便非投了诸自雄不可。所以他在此等私欲与理智交战之下，私欲胜过理智，便决意与周郁文等同谋，秘密向诸自雄输诚，引诸入滇后，再以强势扑杀雷五，夺来么凤，岂不痛快？

他们在延薰阁草草约定之后，郁文便请出邓、张、岳三人与沙金见过，然后一面在阁中预备响应起来，一面仍由邓炳文与岳涛回川复命，再定入滇之期。

诸自雄自上次派了邓炳文随同张、岳二人，暗入狮村与周氏父子密商后，还来复命，方才知道狮村钟村长，得全村人民爱戴及拥护，虽有周氏父子及沙金为内应，恐不是一件容易得手的事，而张、岳二人因周氏父子关系，猛力煽动诸自雄。

诸自雄觉得放弃狮村可惜，便思了不劳而获的计策，再命邓、张二人回转狮村，向周、沙、邓传达他的意思，他说："你们虽是诚意投我，先替本山做两件事。第一件先输粮银十万两；第二件将村中阻碍之人除去，再开门迎接我。"那意思就是先要银子，再讲别的。

周郁文父子一听，十万两饷银拿出手，自己的贩私买卖便可安保无恙，这本是一宗合算的生意经，不过目前要自己个人拿出十万银子，这未免太呆，这笔钱必须出在村众头上方上算，可是要村众头上摊派银子，除非大队压境，换了局面，人们方肯出钱买命，因此目前必须先做第二件事，就是将村长钟传诗全家和忠于他的那些村民，设法除去，到那时饷银方始捐得出来。可是要除传诗兄妹，非自己力能所及，必须要求教沙金，所以与儿子道生定计，偷偷地在延薰阁再与沙金商量定计。

要知周、沙如何陷害钟氏兄妹，引狼入室，许多惊险曲折事情，请看后集。

注：本集 1949 年 12 月育才书局出版。

续集：

第一章　盂兰会的诡计

其时正当七月中旬，南方风俗，七月十五夜为鬼节，家家祭祖都在此时，还有盂兰盆会的一种迷信风气，在七月中，每家住户必须出资捐助盂兰盆会，由主事人们延聘名僧高道，超荐亡魂，用五色彩纸，扎成各种冥间物事，诸如神鬼夜叉之类，作为僧道讽经时的点缀，事毕焚化，以飨野鬼孤魂。此风相沿既久，尤以乡村为最。

官府虽知其无益，但为群众所信，也就没法禁止，况且觉得事属超度亡魂，虽涉迷信，也没有深禁的必要。因此到了七月开始，地方好事者，纷纷以此敛资兴办，或也有以此为生的，无非是从中剥些微利，狮村自然不能例外。虽然村长传诗对此总觉是无聊之举，但禁不住全村都在兴高采烈，认为是保护人口平安的一个要举，传诗不愿违背众意，也就不去干涉，不过不加提倡而已。

到了七月初十前后，村众们渐渐着手起盂兰胜会的事，十分忙碌，又因其时清兵沿江东下，正在图谋江浙一带，滇黔地处边陲，尚未计及。至于诸自雄伏处川边不敢越巫峰一步，已为举众皆知之事，所以村中防卫之事，无论对清对诸，都不若前数月的紧张。虽是村长传诗晓得这不过是目前一时的苟安，但一班村众哪有如此深长的见解，只要目前没事，大家立刻松动，仿佛便可以从此平安下去，一辈子不会再有问题似的。传诗见村众有些懈怠，心不喟然，又念他们半年以来，确也受了许多辛苦，担了许多惊恐，此时也不忍再事督饬，这一来村中守备，便无形地懈怠下来。

盂兰胜会的会首，原是地方上的好事者担任，但有时为便利敛资，或其他的原因，也有硬生生套在某一个有名的人物头上。传诗虽不甚赞成这类事，可是地方村众，因他是村长，平素又为全村爱戴，便硬请他做会首。他不愿坚拒众议，也只得勉强答应了。

村中各保、各圩都有各自的盂兰盆会，到时在各自地界内铺张起来，此外又筹组了一个比较盛大的盂兰盆会，坚请传诗主持，那地点却不在钟家门首，而远在数十里外的一座山内。

那山名叫佛泉，也系狮峰的一脉，佛泉有一道著名的泉水，异常清冽，愚民相传我佛如来在那里用泉水洗过眼睛，故有此名。佛泉风景虽好，却因地近哀牢边壤，异常荒僻，山中也多野兽，除了山麓住有几家猎户外，并无人家。山的西面，已邻近保山沙河，有一条僻径可以出入，正为狮村出入的秘道，全村的人，虽当此防敌防匪之时，四面防守得十分严密，对这一条秘道，竟不曾设防。佛泉之东，就是狮村西口，也正是么凤的防地，可是她对此一条险恶万分的道路，也一样地不知道。

但是这条道不是没有一个人知道，那便是周郁文父子因贩私而发现的，不过因地在村西，出了保山沙河，便是云南与西藏交界，不宜商贾，于贩私上没有什么用处，因而他们虽然知道，也从未利用，或许日久也将它忘了。此番因与沙金密定献村毒计，才想到这条秘道。周郁文果是一个第一流阴险人物，他悄悄将此路向沙金说了，一方面又凭着他的势力，暗地利用无知的村人，坚请村长传诗主持本村最盛大的一处盂兰胜会，同时又将那会设在佛泉山，理由便是那是块佛地，为超度亡魂，增加超荐的力量起见，佛泉最为出色。他与沙金二人虽出了主意，可是绝不露面，正所谓运筹帷幄之中，决胜千里之外。

盂兰胜会自七月十二起，一直举行到七月十五，那是一个最重要的日子，据说一切孤魂怨鬼，都在十五那一夜出来觅食，那一夜可说是活人向死鬼赈济的一个重要日期。因此会首亦必须在那一晚间，躬临会上，以一炉香，一酌清泉，奠飨一切孤魂怨鬼。村长钟传诗不愿重违众意，勉勉强强地在那一晚上，用完晚饭，骑了一匹牲口，带了一个从人，正所谓轻车简从地向佛泉山去。

在他尚未出门之时，么凤知他今晚必须要到佛泉去一趟，应应名儿，可是她最近得到一种报告，使她心中有些担惊，听说传诗要走，忙匆匆地赶到传诗屋中。此时传诗已经穿好衣服，正要出门上马，见么凤来了，便向她笑说道："你看看，这真是少有的事嘛，硬要叫我当会首，还非得我亲身跑一趟不可，没奈何却不过村众的要求，只好走一趟吧。可是我长了这么大，佛泉那地方倒还不曾去过呢，听说从这里去，路倒不少，所以我特为骑马去，马走快些，大约有一个多时辰，也就可以回来了。"

么凤见他言笑自若，想到所接的报告，不由心中暗暗盘算，是不要说破，自己陪他一路去呢，还是将所得报告对他说？么凤却一语不发，只向传诗呆看。传诗看她似乎神思不属，便问道："你在想什么？我看你似乎有些恍惚，恐怕白天巡防困了，早些回房安歇去吧。"说罢当即起身向外，忽听么凤叫了声"哥哥且站住"，不由回过脸，现出诧异之色问道，"有什么事吗？"

么凤几次想要告诉他所得的报告，可是一则素知传诗性傲，纵然说了，也怕不会发生效力，二则又怕自己所得报告不甚可靠，因据自己猜想，报告似乎过于严重，事实不至有此，所以竟仍犹豫着不曾说出，支支吾吾地只问了一句："今晚上你不去行吗？"

传诗觉得她还有些稚气，便向她一笑道："那如何可以？人家个个望我去，我怎能一人舒服，使众人失望呢？"说罢头也不回地出门而去。

么凤见他已出大门，忙紧走几步，追将出去，可是传诗已经上马而去。么凤站在门口，一眼望去，虽是七月十五，月明之夜，可是今晚竟是墨云重叠，明月正被遮蔽得一些光彩都没有，传诗人马，竟也看不出来，只听到百步以外，蹄声踢踏，正向漆黑的村路上渐渐消沉下去。

么凤见传诗去远，便无精打采地走回自己屋里，回想方才的情形，自己又深怪为什么不将所得的报告对传诗说呢？心中十分后悔。么凤究竟得了什么报告？

原来她在白天巡查防地时，到了汎地查看一回，正想找到雷洪，与他商量一下减少防守人众劳力的办法。因为本村形势，目前并不紧张，暂时稍安，为节省劳力计，传诗才有减少众人劳力的拟计。哪知找了半天，都说今天还不曾看见雷五呢。么凤以为他在家有事，便派人到他家去请，谁知竟不在家，候了好久，还是不见雷五到来。么凤觉得雷五对于防查事务，向极认真，绝无一天不来的事，纵使有事请假，也必找人代替，绝无置诸不理的，今天是什么缘故，怎么也猜想不出，还以为他上午不来，下午一定要来。

哪知直等到日落，也不见雷五的影子，心中大为不解，同时也怀疑雷五或许日久玩生，知道近日村中无事，跑到什么地方游玩去了，心中不免有些不悦，正想骑马回家，忽见手下一个看守碉堡的村童，名叫刘来顺，人都叫他来顺儿的，走到么凤驻防的屋子外面，探头探脑。

么凤素喜他伶俐，便笑喝道："来顺儿，什么事东张西望？"

来顺儿见么凤问他，竟自趋到身边，见无别人，悄悄向么凤问道：“姑姑还未回家?”

么凤点头道：“这就要走。”

来顺儿向四面一看，见无别人，忙趋近一步，鬼鬼祟祟地问道：“我方才听见北村的王三发告诉我，说今晚上佛泉山设着盂兰盆会，原为要赚钟村长到山里去，我听了吓了一跳，便问他赚村长去做什么?他先说有人要对付村长，我听了更急，再三问他是谁要对付?他好像也说不清楚，只说他也是听他隔壁的周老四说的。我问他周老四是谁，他说是北村周郁文的远房族人。等我再要问他，他什么也不知道了。我听了也不敢说王三发的话准靠得住，因为他本是一个八九岁的小孩子，什么也不懂，可是总觉放心不下，所以特来报告姑姑一声，您回家告诉村长，如果要去，宁可防备一点儿。”说完了站在么凤跟前，露出一脸关心恳挚之色。

么凤乍闻此讯，自是一惊，但一到家中，仔细一想，王三发只是一个八九岁孩子，这消息未见可靠，况且哥哥素为村人所爱戴，又有谁要对付他呢?我想不会有什么仇人，这话多半靠不住。么凤存了这个心，就始终没敢向传诗说明，这正是她的大意处。

距离传诗出门约有一顿饭时，么凤独坐屋内，不知怎的，今晚竟自心神不定起来。她对于传诗的此去，到底未能恝然忘去，她于万般无聊中，便将床头一柄冰梅古剑抽了出来，捧到庭心，此时月色已从层雾中透出光彩来，果是晶莹皎洁，与方才的黑暗景象，迥不相同，便仰天望了一回明月，倏地展开步法，怀中抱剑，对着月光，向前一迈步，起左足，坐右腿，稳住步伐，微侧粉靥，环抱右臂，剑入右掌，左手捏剑诀，右手持宝剑，唰的一声正待使开招数，忽见影壁前人影一闪，如箭一般地飞进一个人来。

么凤停剑定睛一看，来者正是雷五。么凤见他黑夜间突然闯到内宅，形色慌张，心中大疑，正喝出一声“雷五何事张望”?只见雷五早已纵到自己面前，他右肩上挂着那根单头棍，气急败坏地说道：“钟姑娘快走，村长被沙金、周郁文同谋陷害，要在佛泉山动手，你我快去，再迟就来不及了。”说完立刻连连挥手，催么凤快走，只差不便出手去拉她。

么凤一闻此言，早已乱了主意，反倒呆立不动。

雷五忍不住只得又催道：“姑娘快走，再晚就来不及了。”

么凤正在神思迷惘中，只听对面说了句“来不及”，这才猛打一个寒战，立即心中明白过来，一声不哼，跟了雷五就走。

雷五在前，么凤在后，二人放开脚步，跑出大门，家人见了，都不知二人上哪里去，只直瞪着两眼望着他们。一路雷五到了大门外，么凤才看见门前已站着三个大汉，五匹牲口，其中是二骡三马，鞍辔齐全，雷五却将其中一匹黑马牵到么凤身边道：“快上快上，不能再耽搁了。”

么凤一看，并非自己日常所乘的那匹白马，此际早已镇静如常，便一言不发，跳上马背，一回头，他四人都已骑在鞍上，再看雷五正骑着的是自己那匹白马，心中不解他何以换马而乘，时间宝贵，也无暇问及。此时雷五一马当前，么凤第二，五个人一齐一抖缰绳，豁啦啦一阵蹄声震耳，五匹马早如风驰电掣而去。

么凤糊里糊涂随了雷五，一阵胡跑，也不知跑向何处，初时还认识是从村北斜穿过岭，走的都是僻径，不是田岸，便是山路，雷五似乎极熟，纵辔疾驰，毫无犹疑，夜行骑马本来不易，况多山径，幸五人都有好功夫，竟似驾轻就熟，眨眨眼已经跑出二十里路，么凤已完全不识，似乎是从未经过的地方，不一时月光忽被云遮，望到前面，黑巍巍的似有万山重叠，么凤便向雷五问道：“这是什么地方？哪来这高的峰岭？”

哪知雷五闻言，不但不答，反倒回头用手按住自己嘴唇，好似叫么凤不要多言之意。么凤只得不语，心中又挂念传诗不知如何，是否已遭凶险？十分忧急，正自心神不属之时，忽听空中呼的一声，似是弓弦响声，刚一留神，早见前面的雷五，已经一个蹬里藏身，翻身落在马腹下，双足倒挂鞍上，那匹白马却仍是向前直跑，竟不停留。

么凤知他是藏身避箭，才想到方才所听见的那一声空中的弓弦响，见雷五忽从马腹下翻了上来，才又悟到他出门时与自己换马而乘的用意，大概他早防到沿路的袭击。此时雷五挽住缰绳，将马渐渐慢将下来，并且叫众人将马匹引在两边草上或土上跑，别在正中石上，以免蹄声喧闹。

如此又跑了一会儿，么凤估计，足足跑有三十里山路，看看将近三更，雷五才叫众人下马，悄悄地向一所林中走去。么凤看雷五的进出，似乎极有主张，不像初到乍来，东张西望的模样，心中正自奇怪，忽见雷五尚未入林，先向众人摆手，似乎叫大家不要让人马出声之意，众人于是一步步潜踪地走到林边，雷五早伏在一方大石后向里张望，张了一会儿，又引众人向左边一带乱草走去，一看地形，似乎是一个小山口子，却是没有出路，月光下望去约有十余亩方圆，四围被山坡乱树绕成一个深坑似的，雷五便悄悄叫众人将马匹拴在坑内树上，然后又领着众人走出坑外，向左边一条冈上走去。

么凤才知雷五对于此处地理，极甚熟悉，所以连藏马的地方都预备好了的。么凤便如瞎子一般，事事都唯雷五马首是瞻。一时众人将马拴好，雷五又领着众人从一条僻径中走上山去，走不到数十步，便听耳旁有水声淙淙，静夜听来，愈见喧闹。雷五循了泉声走去，一望百余步前，有两个山峰对峙，中间挂下一道丈余长的瀑布，水声便从此发，那正是所谓佛泉。月光下看那道泉水，真像匹练也似的，正自闪闪发光。

雷五回头招呼众人悄悄地绕过瀑布左边那座山顶，向右一看，正是流泉下激之处，么凤觉得人在飞泉之上，明月之下，大有置身玉宇青天之慨，胸襟为之一快，可是再看雷五，正聚精会神地在找寻什么地方，东看看，西望望，又侧耳听听，如此进退徘徊了一阵，忽见从半里外的林隙中，透出一阵火光来。

雷五一见，立刻向众人一摆手，大家都走在一处，雷五忽然低声向么凤道："姑娘知道村长已经被他们逮住了正要处死吗?"

么凤骤闻此言，正如晴天霹雳，就问道："被谁逮去？现在什么地方?"

雷五用手向火光处指道："就在那边，离此约有半里，那里地名叫狼窝，乃是佛泉山最西边的一处深谷。早年那谷中多狼，人不敢去，故名狼窝，近因猎户多了，狼群已散，但是轻易不见人迹。如今我们各人将家伙预备好了，悄悄地掩过去，且看看他们正在做什么，再作道理。"说完自己早从肩上卸下那支单头棍来，向前领路，么凤便紧跟在他背后，其余三人也都跟了么凤而来。

半里路程在雷五等足下，当然不算什么，一会子就已到了狼窝外边的冈子上。么凤一看，才明白狼窝的命名；原来四面俱是险峻的冈子，围绕着一方数十亩方圆的广场，那场中一片平阳，真赛如人家的花园，可就是场中只有一丛丛杂乱的野树，却没有花草，这便是与花园不同的地方。

雷五将众人引到冈上，拣了一处不易被人发现的丛草，立即潜伏在内。

么凤急于要知传诗的情形，忙向窝内一看，见广场中为一丛丛的野树所蔽，有的地方不甚看得清楚，可是广场正中有一堆木柴，正烧得通红，从火光中照耀着场中许多人影。彼此距离约在五百步以上，只近火处看得明白，只见火光中有一只高约两三丈的木架，架上面正吊着两个人，俱是凌空分吊着左右两手，离地约有两丈高，正是晃晃荡荡。四围的火光照在这二人的面上、身上，不由么凤吓得几乎脱口惊呼，原来一个正是自己哥哥钟传诗，另一人却是随来的从人。

雷五此时向么凤比了个手势，意思是叫么凤看清楚了，然后悄悄地招呼了那三个人，大家一同从冈上慢慢地蛇行向左绕去。五个人爬一回，停一回，完全听雷五的指挥，么凤心中尤为惶急，爬几步，便向火光中看几眼，见木架上吊着的传诗，原来吊得甚高，此时忽将绳子放下，传诗两脚，离地也只尺余，就见人围中有几个人席地而坐，指手画脚，在那里说话，可是一来路稍远些，二来风势不顺，竟一句也听不出。这几个说话的人，似乎是首领，四围的人虽多，像似听这数人的调度。

此时雷五等已经越爬越近，已将爬到离木架只有百十步路远近的冈子上，不过冈子离窝底，约有七八丈高，下面的人，如不抬头细看，实不易发觉上面的人。雷五来到此处，立即向后面一摆手，打了个招呼，叫众人暂住。

么凤爬在冈上，侧耳向下听去，只听有人嚷道："叫你在这张归降书上画个押，我们就饶了你二人的性命。"

接着就听得一阵喧杂之声，似在传语给传诗听，可是因人声过杂，一点也听不出怎么传语，更听不见传诗怎么回答，又一会了忽然一阵纷乱，重又将绳子收上，眼看着传诗和那从人重又高高地升入云霄。

么凤见此情状，正是心如刀绞，恨不得立即跳下冈去，杀他们个落花流水。旁边雷五似已看出么凤之意，忙摇手止住，悄悄说道："姑娘且别发怒，到时我自会下去搭救的。"

此言一出，么凤眼含泪痕，不由望着雷五，发出一种感激的、佩服的心理，并将营救传诗的希望，全都寄托在雷五的身上。

此时狼窝广场中人声忽又喧哗起来，传诗也越吊越高，只见众人纷纷拨动角上堆的木柴枯草，堆到木架中央，正是传诗等所吊的下面，一望而知是要用火来焚烧传诗。么凤一见，立刻要下去抢救。

雷五低声道："姑娘先别着急，我们必须有一计划，便是我们五人中，三个去敌住贼人，分出两人去抢救村长，才不致顾此失彼。"

么凤答道："此法甚好，我与你去救人如何？"

雷五沉吟道："我想姑娘和我这位姓李的朋友前去救人，我们三人去敌住贼人，不然你们也救不下来。"

么凤点头道好，雷五当即向么凤指着身边一位高个子的汉子说道："这是李濠安兄。"同时又指着旁立二少年道，"这二位是冯性存、裘瀚二兄，都是我的师兄弟。"说完，又回过头来向三少年道："钟姑娘你们都知道的，也不用我介绍了。"

于是雷五便命李濠安随了么凤，绕过前面，自己却与裘、冯二人向敌人坐处上面的冈上走去。双方离开之后，正在互相打过手势，将要向冈下冲去之时，忽听冈子对面岩石上一声叱喝，随即听得弓弦响处，一支短箭夹着风声，直向雷五这边射来。

雷五眼明手快，一面招呼冯、裘，一面一塌腰避过来箭，月光下向放箭处仰头望去，只见有两三个人影，正在岩上林隙间躲躲藏藏，雷五本待不理，既而一想，以为是敌方守望之人，如不除去，少时动手必受钳制，当即叫冯、裘在此少待，自己用足轻功，从冈脊上连纵带蹦，不几下早已跃到对面岩下，仰头一看，似乎上面人影尚在，明知从下向上仰攻，非常不利，心想一个守望，绝无好本领，便鼓了勇气，先相好了形势，向岩石上一方凸起的怪石上跃去。刚一站稳，果然上面又是嗖嗖地接连两箭，雷五一面斜身，一面用棍拨，两箭都被避过。此时正好天公作美，飞来一片乌云，将月光遮住，岩上下登时一暗，雷五便不等上面发第三箭，早就一个旱地拔葱，从怪石上直蹿上岩。

哪知他一到岩上，敌人竟不敢迎斗，见林间有两个人影，倏地向岩后逃去，看去身法甚快，绝非庸手，绝不是守望的逻卒，但何以竟至不战而逃？正自不解，忽然此时天上乌云过处，月光又从云隙吐出，正照林中，雷五眼毒，一眼便望见逃的两人，前一人身长，倒像沙金的后影，后一人身矮而肥，正在转向石后，斜影里好像周郁文父子中的一人，因道生与他父容态绝似，故黑夜间竟辨别不清。

雷五一见此二人后影，一发证明了自己白天所闻不假，至于他白天所闻何事？此时已不及细说，只有到下文再为读者诸君补叙。

雷五见二人遁去，知道追之无益，救人要紧，既被二人发现，更是愈快愈好，想罢，用口撮了一声胡哨，向冯、裘打了招呼，当即由岩上飞身直下，正落在下面广场中席地而坐的那几个敌人之后，那边冯、裘一闻雷五哨声，又见雷五已由岩上飞身下去，便也各自施展轻功，正要从另一面跃到场中，向那些敌人的右边扑去，以便与雷五成个前后夹攻之势，却听下面一阵爆裂之声，火光大发。原来传诗等被吊的所在，那些木柴早已焚烧得烈焰腾空，从火光影里，便见传诗等吊在架下，随了夜风和火势，刮得他们身躯悠悠晃晃直在空中动荡。

传诗究竟怎的会被吊在空中？究系被谁人所害？上文是无暇述到，此时却不能不向读者报告一个详细了。

当传诗在夜饭后，带了一个从人，骑了一匹快马，向佛泉山赴那盂兰胜会，本非传诗所愿，无非勉从村众之意而已，一路在马上闷闷地向村子西北佛泉山走去，因知路远，故而跑得甚快。因传诗不识这条路径，故由从人居先，传诗在后，足走了十五六里路，将到佛泉山的入口处，传诗远远望见山边似有几点火光，走到近处，只见前面一排站着五六个村众模样的人，齐向传诗唱了个诺，口称村长，说道："我们是盂兰会的办事人，因想晚间佛泉山路不甚好走，特在此迎候，以便引道。"

传诗细看这几个人，虽是村民打扮，但一个都不认识，好像从未见过，但既说是盂兰盆会里来迎候的人，自然不疑有别的缘故，当即在马上含笑道："这真劳动诸位了，即是如此，我们大家步行吧。"说罢就要下马。

其中一人却拦阻道："村长不用与我们客气，山里的路不比村里，非常难走，时候又不早了，还是骑牲口快些。再说我们是佛泉山里的人，从小就会爬山，不信试一试，你老的马还许跑不过我们两条腿呢。"

传诗闻言，笑了一笑，也就不再客气，便请他们带路，这五六个人又是一窝蜂地拥到传诗马前马后，暗暗地将传诗包围住了，然后由先前说话的那人在前引道，传诗做梦也想不到这一班人竟是乔装了专来对付自己的。

行行走走，约有七八里路，果然人马并驰，尚还快疾，只是山径难行，愈走愈僻，传诗本未来过，便随口说道："佛泉山原来如此僻远，我真不曾想到。"

一句话刚刚说完，忽然天上一大片乌云经过，将一轮明月，遮了个密密层层，路上立时漆黑，原来方才几支火把，早在路上烧完丢弃，因此传诗骑在马上，忽然眼前漆黑，不由心中想到这等时世，这等环境，自己孤身入如此荒山，万一遇上些儿危险，正是叫天不应，入地无门呢，但心中虽一时感触，终觉绝无此事，当然也只一转念，仍是不以为意，同时天上乌云亦散，明月再临，光华似更明皎，心中也就恐怖全无，无意中向自己左右追随的村人看了看，暗暗叫了声奇怪，心说怎的好像少了两个人呢？

原来，传诗为人向来精细，方才这班人道边迎候之时，传诗曾暗数人数，连那个说话的共有七人，此时一看左右只剩了四人，连那引道的也只五人，心中十分奇怪，暗想这明明是方才乌云蔽月之时，他们乘黑溜去的，既来迎接，又都是向会里去，何必半路溜走？就是要走，也不妨直说，何必乘黑而逸？正是疑怪，忽从马头迎面起了一座高岩，夜间望去，虽有月光，也显得黑巍巍、阴惨惨的甚是怖人。

正转念间，人马早已走到岩前，传诗不由随口问道："前面高岩何名？"一连问了两句，这五个人一个都不搭理。传诗正自心中不解，忽见岩前一道羊肠小道，道的两旁都长着一人来高的丛草，夜风一吹，簌簌乱响，大家行到此处，虽然人多胆壮，但传诗忽然一个警觉，觉得今晚走的山路，太也偏僻，自己孤身远出，又非什么重要之事，真觉有些不太慎重，自己暗暗告诫自己，此后必须谨记，不可再做如此无聊之举。

传诗在极短促的时间内，想到这许多顾虑，正是说时迟，那时快，忽闻前面引路那人高声陡地说道："这里就叫'撞钟岩'，姓钟的要记住了。"他这句话，乍听去仿佛是在回答方才传诗所问此岩何名的那句问话，但以时间而论，此人说此话时，去传诗所问的时节，已在两三分钟之后，似乎早已前后语气不相连续，传诗已感到有些诧异，而且他既说此名撞钟岩，又直呼一声姓钟的，这句话岂是有礼貌的口吻？再以撞钟二字的意思猜想起来，更是大有侮辱之意，与他们起先特来迎接的用意大不相符，这真使传诗尤为骇怪。

此时，那马虽入深山，未能疾驰，但仍是不慢，正如箭一般地向这条羊肠小径直驰过去。传诗眼前对着如此险恶的山道，耳内听着如此奇突的语声，在此一瞬之间，正觉得今晚有些不妙，谁知两边丛草中陡然呼啦一声，草头乱动，坐骑一个龙钟，前蹄早已跪倒，只听扑落一响，马倒人翻，传诗便从马背上直滚到地上。

这一下因事出意外，毫未防备，落马之后，未免有些惊顾，不能立即腾身跃起，早从丛草中伸出许多钩索，钩到身上。传诗才知道真遇了险，要想施展身手，却已迟了。他落马之后，觉腿臂两处，立即有物来钩，刚要挥手格去，哪知早已钩住衣裤，无法摆脱，稍一转动，本来追从左右的四人，早一声叱喝，连引路那人，他们五个人服侍一个人，有何难处？将拇指粗细的麻绳，把传诗两臂两腿，捆个结实，传诗此时才觉出他们的身手，竟都是武功甚深的主儿，而不是村民了。

钟传诗中了佛泉山中的埋伏——绊马索，竟被那些人容容易易地、不费力气便将他逮住。传诗一经下马，除了马前五人而外，早从两边草中钻出十余个人来，帮着捆人，一会儿工夫捆好，立刻将传诗与那从人架起来向前面进发。

传诗既不知何人在作弄自己，更不知为什么要作弄自己，真闹得莫名其妙。

大家用棍子将二人扛了，直走了二里多路，才走入一条隧道似的谷中，那是狼窝的入口，迤逦着又走了多时，才走到一座广场上，这便是方才说的狼窝。当即看见在广场地上和石上坐着许多服装奇诡的人物，一望便知不是村中人。众人将传诗推到那些人面前，传诗近前一看，见有一个年约六十左右的大汉，光着一颗晶亮的脑袋，穿了一身鹅黄缎子的箭衣，下面皂靴，旁坐二人，一个年约三十余岁，紫面浓髯，十分威猛，还有一人约在中年，生得黄瘦干枯，却是两目灼灼，二人都是身穿绸缎，色泽鲜明，一望而知，不是寻常老百姓。

传诗一面看，一面打量，知道必是川边诸氏的羽党，但可怪的是怎会与本村盂兰会串通？正自凝思，忽听年老的大汉问道："你就是狮村的钟村长吗？"问话之时，态度相当和蔼。

传诗点头道："不错，我是狮村钟传诗，不知你们是什么人？将我逮来又是何意？"

那汉听了，向两边的人笑看了下，似乎觉得此人糊涂得有趣，便又说道："钟村长，我们知道你是个英雄，你村中虽有人将你卖了，可是我们还不肯害你，只要你能把狮村让出来。话又说回来，我们也不稀罕你这小小村子，只要我们伙伴到此借道，你们准备一批供应，事就完了。"

传诗闻言，已知他们果是川边诸自雄的部下，便问道："你们是何处来的？我一点都不知道。"

旁边那紫脸汉子已抢说道："我们是川边诸自雄寨主派来的，专为你狮村来的，要你投降。"

传诗一听，登时两眉剑竖，双睛一瞪，喝道："胡说，我钟传诗乃是安分良民，岂肯同强盗合伙？慢说我不能入伙，就是我们全村的人民也不肯从你，你们休得妄想。"

紫脸汉一闻传诗说话倔强，立刻怒容满面地喝道："什么？你有本领，不会被我们逮住。既逮住了，就算完了，还敢逞强？"

传诗正要答言，中坐的年老汉子便对紫面汉摇手道："不必和他斗口。"说完又回过脸来向传诗说道，"你村里已有人把你卖了，你纵想不降也不成了，好汉不吃眼前亏，你还是思虑思虑吧。"

传诗听他口口声声说村中有人把自己卖了，看今晚情形，此话一些不假，但究是何人与他们通声气呢？莫非真是周、梁二人吗？他一边思忖，一边答道："我也不管有人卖我不卖我，你也别想我来入伙你们。"

中坐老汉闻言，似有点头赞叹之意，可是紫脸大汉早不耐烦，立即将脸一沉说道："哪有许多废话，他不听就砍。"说完了，回头向左右说了声，"把他捆在架上。"

左右当即哄的一声，把传诗主仆二人拥到架前，动手就捆。

传诗向他喝道："他是我一个跟随的人，为什么也要捆上?"

但这班人好似不可理喻，竟将主仆一齐挂得高高的，挂上之后，那年老汉子又传命下去，劝钟传诗入伙，并叫传诗在一张写好的降约上签名。哪知传诗心如铁石，毫不畏怯。众贼中有好几个人都舍不得杀他，后来偷偷地派人到岩顶，向出卖传诗的两个人去问，想征求他们同意，将传诗监禁起来，暂不杀害。

可是出卖的二人不答应，倒说："养虎贻患，将来不好办，而且此人不死，全村绝不投降，只要此人一死，蛇无头而不行，便不足惧惮了。"

老年汉子听了，暗骂好狠的汉奸，可是目前还要利用他们，不得不听从他们，于是吩咐在架下升火将干柴烧着，慢慢地拉长时候，这也是恐吓恐吓传诗，也许会答应。话又说回来，幸而老年汉子爱才心切，多延长了一会子，要不然么凤等人到时，传诗早已不保的了。

读者如要问出卖传诗的那两个人，明眼人大约早已看出，那便是周郁文与沙金二人。

周郁文不足为奇，独有沙金与传诗既是至亲，又系总角相处，同室学艺，更受过轶群鞠育深恩，不料为了么凤，竟至反噬起来，此等人与其说是感情用事，毋宁说是秉性凶残。

闲文少叙，传诗一经吊在上面，心中一点也不怕，只恨自己忒也大意，谚说千金之子，坐不垂堂，我可太不将自己看重了。他正自沉沉地追想，忽觉脚下面渐渐热烘烘起来，低头一看，原来架下一堆干柴，早已点着了火，正向自己脚下直冒青烟，自己到此地步，早将生死置之度外，可是他旁边悬着的那个随从，就大哭小叫起来，传诗对于殃及此人，倒真是一件没法补救的事，又不好劝，只瞪眼望着他直叹气。

此时间不容发，下面干木枯草，越烧越旺，噼啪爆裂之声，响成一片，同时一股青烟早已直上云霄，向传诗等身上、脸上熏去，传诗觉得烟熏火燎，不但热得难受，而且咳呛不已，身既悬空，又不能用力，因此竟十分狼狈。

忽然听得下面一声大喝，便有许多人抢到架下，将一部分干枯草用叉子挑开，下面烟火立即减少，上面传诗也就觉得舒服得多，正透过一口气来，忽觉下面抽动绳索，将自己渐渐放下，离地尺余，下面有一个粗大嗓音喝道："叫你在那张入伙书上画上个押，就饶你二人的性命，要不然就立刻将你活活烧死。"

传诗闻言，只望了那随从一眼，那随从也睁着大眼，静等传诗的一声答应，就好救了自己一条命。可是传诗望了一眼之后，一狠心将双目闭上，一句口都不开，这正是雷五等人听见下面喧嚷之时。

一阵喧扰过去，下面三个为首的人，似又重新商量了一会儿，依老年汉子之意，欲将传诗监禁起来，可是紫脸的不赞同，他认为这种人自命英雄，绝不肯降，早晚要砍的，不如早些做了干净。老年汉子拗他不过，只得重命堆上干草，二次再点火焚烧。

此次烧法与上次不同，上次乃是威吓，此次乃是真烧，所以将干草等引火之物，全堆在木架柱子下面，一经点上了火，风送火威，豁啦啦几声响过，轰的一声，木架早已烧着半边。

正在此时，雷五等三人也就分两路跳下冈去，真如三个杀神下界一般，三柄刀向人丛中卷进去，立见两边已倒下十余人。雷五意在先杀为首的敌人，所以与冯、裘二人早已约定，一下手便奔正中坐的三人。那三人正在瞪眼看烧木架，忽听左右两边林中一齐叫喊起来，心中奇怪，他们以为有周、沙二人做靠山，二人在岩顶守望，绝不会闯进奸细来，所以还不疑有变，正在喝问左右，何事惊扰之际，猛一抬头，就见从东边林内飞出一条人影，迅疾无比，四面守卫竟拦他不住，眨眨眼早已奔到身边。紫脸大汉也早已狂吼一声，从衣襟下抖出一柄镔铁倭刀来，一跃上前，接住来人，那正是雷五。

这一面裘瀚、冯性存二人也同时奔到身后，裘瀚的刀已砍到旁座那个黄瘦汉子背上。那汉子真个了得，一见敌人刀到，已来不及起身躲避，也来不及亮家伙，当即乘着自己本来的盘腿坐势，向外一滚，早已避开了刀锋，一骨碌又早已立起，脚下一个挫步，退出三五步，手上的兵刃也就亮出来了。他使的是一柄三棱刺，尖端有一锋利的刃口钩，既能钩扎，复能刺击，甚为厉害。裘瀚知是劲敌，不敢大意，二人登时就走开了各样招数。

这边冯性存使的是一柄宝剑，窥准了中坐的老年汉子，向裘瀚说了声："此贼交给我吧。"早已一个箭步，跃向老年汉子身后，使了个乌龙出水，嗖的一声真比一支箭还快，直奔了老年汉子的后心。哪知他却也不弱，耳听背后风声，早已将身上鹅黄缎大氅向座上一抖，平地两脚一点，一件鹅黄缎大氅飞起多高，等到落下来，正罩住了冯性存的宝剑前端。性存心内一惊，忙挥剑撩开那件大氅，他急在腰中亮出一条七节软鞭，唰的一声早撩到性存头顶，性存一个纵步，横纵出两三尺远，老年汉子一鞭落空，正要翻手腕横扫过来，性存不等他翻手，早使一个白鹤亮翅，斜挥宝剑向他肩背砍下。

这六个人分成三对厮拼，暂时不去管他，单说么凤与雷五约好，要在雷五等动手之后，再去救传诗，好叫贼人不能相顾。此时偕了李濠安，绕向前面，那正是传诗等被吊的木架对面，么凤到了对面冈上，相了相地势，便悄悄向李濠安说道："我们二人下去，一人救一个，哥哥这边由我来吧。"

李濠安点头道好，二人一先一后从冈脊上悄悄向下面滑去。虽是冈上无路，但二人均是一等武功，自然如履平地一般，一会儿已到了场上，那地方地广人多，乱哄哄的本不易觉察有人混入，何况此时正是雷五等从林中跃出，去袭击众贼之时，众贼自然大乱，有的发声大喊，有的竟自顾逃命去了。

么凤一见已是时候，立即与李濠安一面一个直奔木架而来，黑影中人多影杂，二人向前跑去，贼人真还不知道是外人呢，虽有人看见也不去管他，及至二人如一对猿猴似的一路揉升，上了木架，这才有几个看守的人觉得二人有些奇怪，再一细看，么凤这里早已一路揉升，援到中央，一手拔住木架横梁，一手持剑向传诗手腕间捆着的绳索挑去，同时口内低喊道："哥哥，我来了，快醒醒，我将你捆手的绳索割断，你自己揪住大绳索下去吧。"边说边用剑挑索。

可是么凤一手悬空，不易着力，挑了半天，还不曾挑断，有心一剑将大索斩断，又怕传诗浑身捆住，无法着力，容易摔伤，而且下面木草此时早已烧得旺盛，一股浓烟烈火，直往上冒，在上面眼目既不易睁久，烟火气熏人欲咳，更为难受。再看传诗，被烟火熏灼时久，本来似已有些昏迷，此时忽于朦胧烟雾中看见么凤到来，不由精神一振。他毕竟是有功夫的人，一经提起精神，自然会有办法，便接口说道："妹子，你只将我左手大索割断就行。"

一句话提醒了么凤，立即凑将过去，一剑将传诗吊左手的大索斩断，传诗立刻从空中向右一飘身，左手正抓住吊右手的大索，他二手一经并到一处，便容容易易地只两三下就将两手腕的索子连解带蹬地脱了羁绊，两手一经自由，谁还能奈何他？么凤见传诗已将两手解开，正要过去帮助李濠安解救那从人，只听从下面一声大喝，耳内听得呼呼乱响，原来下面正向上放箭呢。

要知当么凤等来救时，一则正当烟火弥漫空中，一切景象都看不真切；二则雷五等正与三个为首敌人厮拼，多半敌人顾了厮杀，便忘了木架上的，雷五又在此时将紫脸汉子一棍打了个半死，众贼越发胆寒，发一声喊，竟有逃跑的，自然谁也不去看顾那快要烧死的两个人了。哪知老年汉子毕竟精细，一面与冯性存交手，心想他们既有人来，必有人去救那个姓钟的，便一面对付性存，一面高叫手下，留神木架上的两个人。他这一叫喊，立刻发现传诗已经双手解开，正在弯着身解腿上的缚束呢，于是就纷纷向上放箭。

偏偏风势甚大，传诗悠悠荡荡的，身不由主，正摆来摆去，索又被风吹歪了些，失了准头，因此直到传诗解开腿上缚束，跳到地上，一支箭也不曾射中了他，倒是那个从人，也算他年月不利，好容易么凤与李濠安二人将他的吊索割断，竟又被下面的乱箭射中了一支在腿上，疼得他大呼小叫起来，因为传诗自己能救自己，只要一只手索子一断，便有了办法，那人却是全靠救他的人，因此格外费力，幸而么凤、濠安丝毫未被射中，大家落地之后，传诗见从人受伤，忙命濠安保护着跑向岩下躲避一时，少时再来叫他们，自己赤手空拳，就和么凤从架子下面杀了出来，一看雷五等三人正在力斗，二贼十分了得，虽是以三敌二，竟丝毫占不了便宜。

原来那个穿黄衣的老年汉子，名叫应天化，外号人称七煞神鞭应老鼠，因他属相是子鼠，故有此雅号，一条软鞭真是神出鬼没，异常高明。旁边那一黄瘦汉子，正是么凤那晚在村西路上所遇持剑之人邓炳文，应、邓二人都是诸自雄手下的枭目，此时幸而传诗兄妹到场，雷五等一见传诗已经脱险，心中一宽，胆力自壮，这边应、邓一看要犯已经给人救下，不免心中又急又气，这一来又未免气粗心浮，两两相形之下，不必传诗兄妹伸手，已经分出强弱，何况传诗一跃向前，别看他未带兵刃，双拳一挥，向应、邓二人刀剑中直裹进去，正是空手入白刃的功夫，应、邓岂有不识之理？

应天化对传诗先前那等气概，早已心许，此时一见他到，立即说道："钟村长，你来得好，你毕竟是个好手，居然给你逃出罗网了。"

邓炳文知道应天化的脾气，怕他再说出露马脚的话来，便喝道："这有什么多说的，既是他已逃出，我们还在此做什么？不如走吧！"一句话说完，邓炳文早已一个大转身，手中三棱刺直递到冯性存的前胸。

性存向后一仰，避过他这一刺，以为他必然要收回兵刃，重换招数，哪知邓炳文一刺未中，竟手使毒招，只一翻手腕，向性存下三路来了个拨草寻蛇的招式，拂的一下，早已刺到了性存两裆之间。性存喊声不好，立刻双腿向上一起，平地拔起七八尺高，算不曾被邓炳文所伤，可是裆前垂下的一幅丝绦，却早被三棱刺扎去半幅。

雷洪一见大怒，一点单头棍，直奔了邓炳文的心胸。原来单头棍棍法只有七字，其中以点法最为厉害，雷五的棍法，乃是少林李叟嫡派，自然不同凡响。邓炳文连接了三招，知道这个使棍的，便是上次夜间在村里所遇那人，不由胆寒，忙向应天化递了一个暗号，说声"走"，立即飞跃出一丈多远，一连两个跃步，已去得无影无踪。

众贼见首领一死一逃，自然发一声喊，各人向山里逃散。这里却只剩了应天化一人，雷五等五人向上一围，七煞神鞭应老鼠，好似见了猫一般，没法施展，毕竟他是个老江湖，见多识广，当时心内不乱，向传诗这面唰的一声一个盘头盖顶，将软鞭砸了过去。传诗知他手下有功夫，不敢轻视，忙一挫身，一低头，使了个下势，让过上面这一鞭，随即跨左步，进右足，一脚已经踏入应天化裆内。

应天化心内一惊，心说好快身手，正要向后撤出身去，传诗哪里还容他转动，陡地起右拳飞左足，使了个十字摆莲腿，只听啪的一声，一足正踢在应天化腰肋之间，应天化一路歪斜，不由噔噔向右冲出六七步远。裘瀚正在他身后，此时看得真切，哪肯怠慢，看准应天化肩上就是一刀。应天化毕竟了得，虽当此被踢中跌出去时，依然心神一丝不乱，见身后刀光到来，喝一声“好”，连歪带斜，乘势向右侧一旋，他以为自己下盘有功夫，怎么也旋不倒他，只要躲过这一刀，也就随了邓炳文一走完结。哪知偏他命运不济，正赶上脚下有一方三角石子，一脚踏到石上，没有站稳，足下一虚，自然立身不住，口内刚叫得一声“不好”，已被裘瀚一步赶上，横左臂向他上身一肘，应天化哪里再有挣扎的余地，只听咕咚一声，已经栽倒地上。

传诗自从使过十字摆莲腿以后，看见应天化一连几招，竟将险难避过，武功真了得，不由十分叹服，及见倒地，裘瀚已经举剑望下欲砍，传诗不愿伤他性命，忙一个箭步，上去一拦，就将裘瀚宝剑托住，口说且慢。

裘瀚见是传诗，自然就停了手。么凤正自奇异，见传诗已经抢到应天化跟前，用手将他一扶，道：“足下请起。”

这时慢说左右之人不明其意，看着奇怪，就是应天化本人也十分诧异，愕然望着传诗，慢慢站起来问道：“钟村长，你老怎的还不把我砍了？”

传诗闻言笑道：“你我素无怨仇，今日的事我全不明白，你既倒地被擒，我何必多伤人命呢？”

应天化骤闻此言，面上立刻露出一种惊奇感服的神色来，望着传诗，说不出话来，好半天才叹了口气，说道：“果真名不虚传。”

第二章　倒行逆施

传诗自从佛泉山带了么凤、雷五以及李濠安等三个雷五的朋友和受伤的随从，并押着应天化，同回村中，日色已上，他将雷五等引到了内院书房里，重新向李、裘、冯三人请教，并谢过相救之情。一时宾主坐定，传诗便向雷五问道："我到现在，还不知道谁在背后赚我，不过那被擒的老贼说过，说是村中有人卖了我，雷兄你怎么知道我被困佛泉，又是听谁说的？"

雷五闻言，最初似乎欲言不语，似有顾虑，传诗当即屏退左右从人，室中只有么凤等五人，雷五才手指着李濠安等，低声说出自己昨天整天的经过。

原来李濠安与裘、冯三人，都是雷洪当初学艺的师兄弟，他四人都是福建少林寺下院一泉禅师的门徒，少林拳传俗家子本是极少的事，只因一泉与这几个孩子的父亲，俱是多年好友，这才肯破格收录，又因雷五资质最佳，最为一泉所钟爱，武功传授也最精。学成之后，师兄弟各走一方，最近因明室已亡，清兵入关，有志之士都愤恨不愿出来做事，便想结伴隐居，以待时机。李濠安等三人约齐了，便到狮村来找雷五，看看可有什么出路。

哪知李等从川入滇，路遇武定州，在一家客店里，忽然听到隔壁两个陕北口音的人，向店中问哀牢山狮子峰的路径，李濠安等见这二人服装诡异，猜到他们大半是川边诸自雄手下，又因关心雷五住在狮子峰，便一路与那二人故作周旋，这才知道狮村有一个姓周的富户，和一个姓沙的投阵，碍着有姓钟的村长在，不易成功，周、沙献计，定下七月十五日晚上，有意地以盂兰胜会为名，将姓钟的骗往某一山中，结果了姓钟的，然后开门迎匪入村。李濠安听了此言，也不知姓钟的是何人，但觉得既知狮村危险，他们都是行侠仗义的人，如何肯放手呢？一想雷五既住狮村，不如找到雷五，偷偷地送一信给姓钟的，叫他好有个防备。哪知一路不熟悉山径，略一耽误，直到七月十五日那一天早上，才找到雷五家中，也算凑巧不曾误事。

其时雷五正要上西村口上查勤，一见李等到来，多年阔别，自然要留住款待，李等却劝他且慢张罗，先告诉了他这一件可惊可异的事。雷五一听，可就吓傻了，但他素性谨慎，虽知李濠安等不至会胡说，但言内有沙姓一人想结果村长这句话，他不甚深信，因雷五知道沙、钟无异手足，何致如此？故觉所闻是否确实，正应查明，不要冒冒失失去报告村长，他哪里知道沙金为了么凤，已经丧了良心呢！因此他将李等三客，留在家中，自己却先到北村暗探，费了不少心思，东探西问，一直打听到日落以后，才知道果然有此阴谋，正想去报告传诗，可是一经问到钟家下人，都说村长吃了晚饭，已往佛泉山盂兰会上去了。

雷五扑了个空，本想赶上传诗，又恐万一事发，寡不敌众，不如想妥了再去，而且默念昔日打猎时，佛泉山一带，常到熟悉，不怕找不到传诗，当即匆匆赶回，将所探情形，告诉了李等三人，一问三人，俱已用过晚饭，便约了三人，找了四匹马，跑到么凤这边，拉了么凤就走。又恐一路沙、周有埋伏，因此和么凤换马而乘，自己骑了么凤常骑的那匹白马，让么凤骑一匹黑马，为的黑夜间白色易见，黑色易藏的意思。以后之事都已在上文表过，毋庸再说。

传诗当时听了雷五一席话，心中诧异到万分，便向雷五说道：“他们的诡计，已经由我们大家身临其境，当然是千真万确，但是这主谋的沙、周二人，周郁文我早知其居心叵测，自不会假，至于沙表弟，他与我钟家是什么关系，何等亲密，焉能做出此事，只怕雷兄你听的有些不确吧？”

雷五点头道：“村长说得一些不错，我最初也是这样想，所以才特地向北村去探了个不亦乐乎，哪知此讯正是千真万确，那人并说沙爷每天都在周家呢。”

么凤点头道：“难怪这一向总看不见他的面呢！”

传诗总还不信，雷五又道：“还有一事，也可做证。昨晚当我们正要向狼窝下面奔去的时候，忽然由半山中射来一支冷箭，幸而我躲过了，当时我跳上岩去追赶时，亲眼看见有两个人从林中逸去，月光下看前面一人，高高的身量，正像沙爷，后面一人是矮胖子，正像周郁文。李兄与钟姑娘先下去了，不曾看见，裘、冯两位却都看见，可惜他二人不认识沙爷，却无法证明了。”

传诗知雷五绝不说谎，也料到沙金因么凤以致怀恨，或许做出此事，但总不愿真是他所为，闻言只是默默不语。

么凤见传诗还是一个劲地深信沙金是好人，便冷然道：“如今不是有一个很好的证人在这里吗？”

传诗忙问：“是谁？”

么凤道：“昨晚擒住的那个应天化，他不是再三向哥哥说村中有人卖了你吗？”

传诗拍掌道：“对的，本来我也应该问他个底细。”说完立命左右将应天化带到书房来。

一时那个应天化来到书房，传诗忙命取过椅子让他坐了，然后屏退一切从人，向他和颜问道："你叫什么名字，是哪省的人？"

应天化道："我叫应天化，陕西长安的人。"

传诗道："此次怎会想到我们这个穷乡僻村头上？是自动的呢，还是村中有人勾结你们的呢？"

应天化闻言，看了传诗一眼，叹了一口气道："我不是昨晚就对你说了吗，你村里有人卖了你，你怎么忘了？"

传诗问道："是谁卖了我呢？"

应天化道："有两个崽子，我本都不认识，可是我们的邓炳文邓头目认识那个姓周的，我前天到了村里，就住在周家，我才认识他，原来是个矮胖的老滑，还有一个却是年轻小子，漂漂亮亮，高个儿，人才真还不错呢。"

传诗闻言，望了么凤一眼，便和声问道："这个高个儿姓什么呢？"

应天化昂头想了一想，说道："姓沙。"

他这两个字一经说出，屋内的传诗兄妹与雷五三人，全都互相目视，肃静无语，这样沉静了一会儿，传诗又问道："你和姓沙的谈过话吗？"

应天化嘿了一声道："就数他话多。"说完了又向传诗朗声道，"实不相瞒，我们大王只求自保，也绝不再想别的了，自己常说闯了十七年万字，也该歇息歇息，享几年福，再说年岁也老了，也做不动了，所以我们一点儿没有要狮村的意思，偏偏你村中那个姓周的老头，再三再四地派人上我们山上献殷勤，诸寨主和邓头目等被他说得一时心活，就对他说个条件，便是第一件要他自己献村，我们不费人力，第二件要他助十万两饷银。谁知他说十万两银子不难，村子也好献，可是得先除去姓钟的村长，要我们借几位头目，帮助他成功。寨主这才派下我带了邓炳文，和着你们宰了那个姓姜的老头儿，率领二百名喽啰，在五日前悄悄从川南到此，到此以后，见到姓沙的，才知道这件事儿原来又都是姓沙的一个人鼓动的。这小子我不爱看，说话飞扬浮躁，一脸不是人样，吃里爬外，天生的下流，再说钟村长，我得问问你，你和姓沙的是什么仇？他怎样这么恨你，好家伙，我瞧他对你那个仇人哩。”

在座诸人，一闻应天化这一套供词，真是人人愤怒，个个咬牙，暗骂沙金真不是人呢，尤以传诗究出真情，心中十分难受，回想昔日总角之时，哪里料得此人竟会一变至此？一时问完了供，仍将应天化押了起来，可是可惜他是一条好汉，所以虽在押中，一切饮食待遇，都与宾客一样。应天化问明了此中原委，心中对于传诗，十分感激。

过了三天，传诗重又将他叫到书房里，便对他说道：“你这一身本领，可惜从了诸贼，我实在替你抱屈。依我个人的意思，此番虽逮住你，但实不愿送你到官，只是一来国法如此，二来本村人民也不依，不得以才将你交与土司那里来的差官，如今他们明天就要起程，将你解往大理州，你我都是练武的，惺惺惜惺惺，希望你到了大理，逢凶化吉，脱离桎梏，千万不可再回贼巢。如今中原鼎沸，似你这般本领，怕不能显亲扬名，何必做此鸡窃狗盗之事？”

传诗送走应天化之后，对于周、沙诸人，因有许多窒碍，所以倒尚未对他二人施以任何措置，可是沙、周二人却自己深感不安起来，便有不得不扑杀钟传诗，以免后患的计划，这正所谓“人无害虎心，虎有伤人意”。

这次佛泉山中借了盂兰胜会，赚来传诗，要将他烧死，果然是沙金的谋主，但因他自己不便露面，所以只藏在狼窝上面的一座岩上守望观风。当雷五等人下冈之时，特然射来响弩，也正是他预备的毒弩，幸而未曾中着。后来邓炳文逃走，应天化被擒，他的诡谋竟被雷五等搅了个七零八落，不但传诗依然无恙，献村之计不能实现，深怕应天化被擒，究出实情，岂不是自己的阴谋，完全暴露？为此那几天他终日藏在周家，不敢回到钟家去。后来向钟家左右一探听，果然应天化早已实话实说，这一来不但沙金在狮村无颜立足，就是周郁文全家，也正担着个私通强盗的罪名，幸而传诗既未向土司那里告发，土司也就不闻不问。

在传诗所以不去告发，第一因有沙金在内，不忍忘了总角之情，将他打进官司里去；第二周家从此挫折，料想也不敢再有此种举动，当此时局，以为得饶人处便饶人，同时也正想用仁义去感动他们弃邪归正，自己自认不念旧恶，仍旧和好如初，岂不是好？论理，周、沙对于传诗的宽大，应当感奋改过，岂知他们不但不感奋，反倒认为不可不斩草除根，以去后患，但是这棵草如何除去？这正是件不好办的事。

大凡一个人如果到了倒行逆施的时期，他那股勇往直前的气势，也正有一发不可复止的情况。如今沙金见上次计划未成，反倒被传诗知道了自己的诡谋，这是多糟心的事，他深思传诗不能容他，所以他日日夜夜谋之愈急，最后他想了一个破釜沉舟、不顾一切的方法，便是计划着传诗这方面的力量，最扎手的就是他兄妹与雷五三个人，其余便无可虑之人，但此三人中，么凤虽然了得，究是女流，凭自己便可以制伏她，传诗与自己同堂习艺，知道更清楚，本与自己在伯仲之间，但自己自从随了少林僧悟性禅师习会七十二套拳经之后，对于龙虎豹蛇鹤五宗拳法，俱皆精妙，传诗极非自己之敌，所虑者就是雷五一人。

看雷五手法，也是少林嫡派，但拳经只有自己师徒二人研透，尚未传人，雷五绝不能会。他如此一算计，觉得如果自己与传诗兄妹去火拼，当不致为他所败，只要将传诗除去，狮村谁敢不遵？那时再慢慢地计算周、梁诸家，但在目前，还非拉拢周、梁不可！

沙金于是处心积虑，加以笼络，自谓与周郁文同为传诗之仇，必须两家互助，同时又与道生拜了盟，视郁文为尊长。郁文本已有心交结这位少林嫡派，自然将来也好利用他。他们各人的心中，均无义气，纯是以利结合，倒也臭味相投。

道生好弄拳棒，沙金出其高兴时，为道生点拨一二手，道生就喜得抓耳搔腮，郁文也自高兴。沙金见时机已熟，于是向郁文父子说以利害，劝他联合梁实甫，共谋传诗。原来传诗家业富有，良田千顷，如果将传诗除了，周、梁两家得其财，沙金则思得其人，那便是么凤了。他们一是利令智昏，一是色欲迷人，便不顾一切，三家联合于一起，日图发难。

雷五本来早有耳闻，知道沙金近日又联合周、梁两家，以图不利钟氏，但一经与传诗提到，传诗总是一无表示，雷五自也不便深说。皆因自从佛泉山出事以来，沙金一直躲在周家不敢与传诗见面，传诗还以为他有悔过自愧之心，所以总不敢来见自己。其实，沙金真要来的话，传诗仍是与他和好如初，哪会与他计较过去的事，但沙金岂有悔过之心？这不过传诗片面的希望而已。

雷五每与么凤谈到，便喟然叹道："据我听说，沙金诡计十分歹毒，恐怕一旦暴发，我们将无葬身之地，怎奈令兄不听，为之奈何？"

么凤自然也向传诗屡屡劝谏，传诗一来不忍自相残杀，二来除了报官，说明沙金通贼以外，更无别的办法，但将沙金置诸缧绁，真又非所愿为，所以总是踌躇未办。此时村中守备，因不幸事件已过去，便慢慢地缓了下来，已不如前几月的认真。

传诗眼看村中局面被沙、周等人搞得将要涣散，心中闷闷不乐，这一天他正打算出去巡逻，忽听外面喧哗，见一个随从匆匆走进，面带惊慌之色，向传诗说道："外面秦土司带了兵队，已将前后庄门围住，口口声声要逮村长到州里去呢。"

传诗闻言，心中疑怪，正说待我出去看看，外面早已轰的一声，拥进一班人来。传诗抬头一看，正是本管土司秦毓明，后面跟了七八个大个儿苗弁，一个个都是弓上弦，刀出鞘，心中不由诧异。这秦土司平时自己也见过几次，向来客客气气，何以今天如此情形，一面疑怪，一面上前见礼，躬身说道："小民钟传诗叩见土司。"

秦土司向传诗望一眼，只点了点头，传诗当即将秦土司让至屋里落座，自己站在下面。只见秦土司向他说道："钟传诗，有人在本司这里告下你了。"

一句话不由将传诗吓了一跳，忙躬身说道："小民素来安分守法，不敢为非，不知何人告了小民？"

秦土司道："你现在也不必问是谁告你，到了司里就会知道。"说完，回过头对众兵士说道，"派几名在他家看守，如有可疑之人一起带走。"说完又向传诗笑说道："你得跟着本司走一趟。"

传诗不敢不听，连声称是，于是也来不及与么凤见面，就匆匆忙忙地随了秦土司而去。传诗一走，么凤才得报告，心中猜不着为什么事带走的，只得悄悄派了雷五到土司衙门去打听。

直到晚间，雷五才探明回来，原来正是沙金与周郁文等向土司那里告了传诗一状，反说他勾结川盗诸自雄，引贼入村，以图狮子峰为根据地，袭取大理州等等捕风捉影之词，这原是深怕传诗先向州里去告，所以倒打一耙。但又怕州里不肯办，周郁文向与州官吴仁勾结，便暗暗向吴仁处通了关节，吴仁便命该管土司将钟传诗逮捕。幸而土司素知传诗是个良民，现正押在土司衙内，未向州里解送，早晚还不知怎么个发落。

么凤一听到这个消息，不由急得没了主意，雷五叹了口气道：

“这也是怪村长太也仁厚，哪知人无害虎心，虎有伤人意，你不办他，如何使得呢?”

么凤皱着眉道：“事到如今，埋怨也是枉然，还是快快想法救他出来才好呀。”

雷五道：“此番比不得佛泉山，非得事情人白，没法去抢救，不然的话，我们不是通贼，也是通贼了，这村里还能站足吗?”

么凤闻言，也觉得真无办法，不由委委屈屈地哭了起来。

雷五着实安慰了一番，又允她明日续去打听，再作办法，这才别了么凤自去。

么凤此时独坐房内，细想此事的前因后果，皆由自己而起。当初自己对雷五不过是爱才而已，并无他意，不料沙金以小人之腹，度君子之心，妄起猜嫌，还要陷害哥哥传诗，真是禽兽不若。再看雷五为人，何等光明磊落！前番佛泉山要不亏他，哥哥早已完了，如今哥哥又被陷缧绁，看来只有雷五可以解脱此难。她这样一想，不由芳心就嵌上雷五的影子，从此一线深情，才渐渐贯注到雷五身上。

此是后话，如今先说雷五到了第二天一大早，也不再到么凤那里去，就一直地奔了土司衙门，悄悄一打听，才知今日早晨，土司已经将传诗审了大半天，结果如何却打听不出，闷闷地直在衙门前后打转，直转到午后，还不见什么动静，看看天色就要黑将下来，怕么凤在家忧急，忙又回到村中，见了么凤，将所有情形告诉了她，答应她明天再去探听。

么凤这一夜，思前想后，简直不曾合眼，眼睁睁把一个雄赳赳的花木兰变成了多愁善感的林黛玉了。到了次日清晨，么凤因一连两夜未曾好睡，黎明以后，倒不由困倦起来，躺在床上，迷迷糊糊地正在似睡非睡、似醒非醒的时候，一会儿见沙金走来和自己啰唆，一会儿看见雷五正拿着一根单头棍，和人家单打，一会儿又看见传诗和沙金在一处门口。

她正在睡梦颠倒之时，忽听耳旁有人叫唤，睁眼一看，乃是自己身边的丫鬟，向着自己笑嘻嘻地说道，“告诉姑娘，叫你欢喜，大爷一早就回家来了。”

么凤闻言，一骨碌从榻上坐起，忙问道：“大爷回来了吗？现在哪里?”

那丫鬟道：“正叫人来请姑娘去呢。”

么凤也来不及梳洗，立起身来，一路飞跑，就直奔了传诗的书房。

原来，秦毓明土司性情爽直，也精于拳棒，素知传诗父子武功绝伦，人品端正，狮村向来由他管理，从无越轨的行动。此次奉了吴知县的公事，心中颇不以为然，及至一问吴仁谁人告发，才知是周郁文和一沙姓少年，秦土司素知周家本以贩私为生，不是好人，知道这里面有鬼，不好驳了吴仁，只得带了兵士，将传诗带到土司衙门，自己审问了一番，传诗当然极口呼冤，并且又说出上月十五在佛泉山遇险，由妹子么凤救出，并且擒到盗伙应天化，早已解到州里的话。秦土司一听，忙又向州里将在押的应天化解到案下，细问一番，果然应天化一五一十地将前后情形，说了个详尽，最后他也望着传诗，向秦土司说道：“我是已经被你们拿住的人，早晚一死，绝不肯冤枉好人。若说姓钟的勾通我们，真是天大的冤枉，倒是那个姓周和姓沙的，才是真正的大汉奸呢。”

秦土司一经有了川贼应天化的招供，自然名正言顺地将传诗开释回家，同时又向州官吴仁说道：“依了应天化的供词，我们该将周、沙二人逮来问问!”

哪知吴仁与周郁文素有首尾，如何肯去捉他？只说了句：“无凭无据的，怎好随便去捉，过一天有了真赃实案再说吧。”

秦土司哈哈一笑，这件天大官司，就算完结。

传诗自从遭遇这次逮捕以后，虽说官司未成，安然回家，可是他此时才知沙金果然要和自己过不去，非害得自己家破人亡，不肯完呢，心中自然益发闷闷不乐，真想不出一个适当的防身方法来。

那日子过得真快，一转眼已是将近八月中秋，传诗因头天夜里睡觉受了些寒，次日便觉全身困倦，懒懒地躺了一天。传诗今年虽已二十九岁，但是尚未结婚，依然过的单身生活，一到晚间，从人替他备好卧具，退了出去，将房门闩上，传诗因精神不佳，也不曾再将房门拴上，便自上床睡了。受了感冒的人，虽然睡着，也不甚沉酣，同时虽不怎熟睡，也总是昏昏沉沉的！一切的听觉、视觉，当然不如平时清楚了，因此传诗此时迷迷糊糊似睡不睡之际，虽有所闻，也不甚措意。

他昏沉中听得院子里有一种响动，在平时他早已惊醒，可是今天他也懒得去注意，仍是闭目睡着，直到房门呀的一声开了，他以为是仆人送茶水，又一想时近深夜，他们向不在此时送茶水的，怎的今天巴结起来？于是慢慢地睁开眼去看，哪一个仆人？传诗平时是熄灯睡觉，今日病中，竟不曾熄，灯光下人影一闪，万没想到自己目前，竟发现一人，浑身黑衣黑裤，右手执刀，正在鹭行鹤伏地走向自己床边。

传诗猛地一惊，也忘了身上的病痛，立即一个鲤鱼打挺，唰的一声从床中直跃到地上。那人正自持刀作势，要够上尺寸，才给传诗一刀，哪知还未近身，人家早已觉得，跃身避过，说时迟，那时快，那人刀尚未举，传诗人已离床，那人心中一惊，喊声不好，立即一撤步，掉转刀锋，又向传诗立处横刀砍去。

传诗一边跃避，一边大声喝问：“什么人黄夜来此做此不法之事？”

但那人一句口都不开，那把刀却上三下四，左五右六，向传诗一路猛进，看意思恨不得立刻就将传诗劈了，可是传诗岂能让他砍中！不过一来传诗究在病中，二来手中既无兵刃，屋内地方又窄，旋转不开，躲闪不易，心知时间一大，说不定要吃亏，一开手就大声叱喝，为的是好使左右仆从听到。

原来传诗虽是爱武之人，家中除了几个仆从之外，并不像别的富贵人家，养了多少护院拳师之类，但仆从虽不甚懂武艺，毕竟人多些，来者自怯，而且也好让他们向么凤送信去，所以想唤起诸仆。哪知许多时间，院内仍是静悄悄的声息俱无，心中大疑，其实那些仆人，早被来的人们收拾得服服帖帖的了。

此时传诗已连连退避到一只木桌旁，深觉地窄，不得不夺门而出，于是顺手操起桌旁一只椅子，向来人迎面砸去。那人果然悄悄向后一闪，传诗就趁他这一闪，双脚用力一点，蹿出门外。那人原也是打算利用房中地窄，自己手中有刀，趁这两利，可以对付传诗，如果一到房外，就没了把握，不料仍被传诗夺门而出，也只得直追出去。

传诗一到院中，虽然地方宽敞，但是手中依然空着，并无兵刃，一见那人跟出抡刀就刺，忙一纵身，避过来人，尚未还招，早见从房上房下，连蹿出三个人来。传诗正自奇诧，怎的自己家里的仆从一个不见，人家倒会四面伏下了好几个？再一看，来得三人中，正有一个是周郁文，登时大怒，喝道：“我道是谁，原来果是你们这一班私通川盗的匪类。”说着怒从心起，也顾不得赤手，一摆双拳，就单奔了周郁文。

周郁文一见传诗，心中多少有点内愧，见他扑来，也就一抖手中的朴刀，侧身避过传诗的来拳，倏地展开朴刀，向传诗拦腰砍来。

传诗此时怒火中烧，早已不顾一切，拼着命，运开双拳，但听风声嘘嘘，甚是厉害，见周郁文朴刀砍到，也不躲闪，只侧身迎上去，猛飞一腿，啪的一下正踢在郁文腕上，便听当啷啷连声，朴刀落地，飞出三五步外。传诗先不打人，只随着那把击落的刀，一个箭步，抢到刀前，早已屈身拾起，重又向郁文杀来。周郁文一见刀落人手，心内一虚，回头就跑，传诗正待赶去，却早被那三人围住。

传诗见三人中有一人似乎会过，原来就是在佛泉山狼窝败走的那个邓炳文。邓炳文使的还是那把三棱刺，其余二人说起来传诗虽不认识，读者诸君却有个理会，原来便是周郁文死党张全胜和岳涛，方才进屋图刺传诗的，正是岳涛。传诗见周郁文虽然带了贼党，却杀到自己家来，知道已不能善罢甘休，心里一发狠，手中刀连劈，张全胜腿上早就中了一刀。果然这个悍盗十分蛮横，虽中一刀，依然不退。

传诗一看打了半日，声气不小，怎的自己家中仆从和守夜壮丁，一个不见？知道这班人来时早使了手脚，因此便忽然想到了么凤。他想，家中只有自己兄妹懂武，余人竟没有一个能对付一手的，如果此时尚有余贼，去到内室，么凤虽不至怕他们，但他们人数一多，时间一久，难免要糟。

传诗一时心中有了顾虑，未免分了些神，手下自然略慢，对面三人中，张、岳本非传诗之敌，独有邓炳文却是一名积贼，软硬功夫，实见独到，此时又是三打一，显见传诗有些吃力，邓炳文是行家，一见这个情势，心中立即打了主意，原来他们认为，佛泉山的一计未成，告到秦土司衙内的二计又未成，而周郁文、沙金的阴谋却已暴露，此后已无法疏解，总之在狮村境内，传诗不死，周郁文一家便永不能再在这里住下去，沙金是更不必说，因为此时全村村民都已得知他们结仇谋害之事，自然人人向着传诗，除非将传诗杀了，再以威力胁住村众，不然，便是村众也要群起反抗。有此情势，所以今晚来意真是来拼命的。三个人谁也不肯放过了传诗。

此时传诗稍露一线破绽，邓炳文岂肯错过机会，立时虚晃左掌，向传诗面门一挥，传诗见掌到，不该举左手去格，这不是他的武功不到，看不出虚掌实掌，实是悬念么凤，一时心不在意，等到自己举手格去时，已经后悔上了当，又是前胸门户已经稍敞，忙着撤回掌来，想封住上焦，已经不及，邓炳文真比风还快，右手那支三棱刺早已和箭一般地平递过来，直点到传诗胸口。传诗自知这一下准伤，可是毕竟他不是凡手，到了这样生死关头，还能自救，他立即一声威喝，来得好一句喊出口，人也跟着下盘一坐，刚使了一个下势，对面那支三棱刺却已刺在传诗的右肩，只听扑哧一声，三棱刺入肉。传诗心神一丝不乱，忙着一抖身体，向后翻倒，才算脱出了三棱刺的刃尖，随听得当啷啷一响，因传诗右手受伤，握不住刀，朴刀便脱了手。

就在这一刺一翻一滚之间，传诗虽然脱险保了这条命，但右肩伤重，自知不能再战，正借向后一个倒栽葱翻出圈去，紧跟着就地一个乌龙绞柱，已经腾身立起，刚一举步向后面跑去，还未到三五步，只听斜里有人喝了声“哪里走”，随着就是吧吧吧三声弩响，传诗万想不到在自己家里，竟会处处有了埋伏，还算他的能耐高，耳灵眼快，一听弩声响，知道暗器，一回头见斜刺里飞来几点寒星，知道本是前进之势，万万回避不及，索性向前一探身，一个鲤鱼打挺，半跌半跳，向前面蹦去，指望借前蹦之势，躲过暗器，可是射来的飞蝗弩共有三支，连翩而至，任你传诗身法快疾，也只躲过了两支，啪的一声，第三支正中在左边的腿肚子上，传诗一个龙钟，几乎栽倒，一咬牙重又拧身站住，一看后面三人将要赶上，再一看在横里放暗箭的，不是别人，正是老奸周郁文。

传诗身中二伤，自然力尽，见四人一同赶来，幸而自己家里门户熟悉，一阵逃跑，刚刚脱离了四人的视线，猛听从内宅旁院中传来一阵脚步声，似乎正在追赶往外跑来。传诗向内跑去，原为是不放心么凤，此时一闻内宅又有脚步声向外跑来，不由大惊，转念间，果见么凤从一条甬道中跑出，正向自己这边来，手上并无兵刃，气急败坏，面容失色。

传诗更惊，还来不及问她，就见三五十步以外追下一人，月光下一看来的正是沙金。传诗此时虽已受伤，且知敌众我寡，自己一无帮手，但一见沙金紧追么凤，又看么凤惶急之态，不由立时怒气冲天，胆量陡壮，当即让过么凤，大声喝道："好一个丧尽天良的沙金，竟自勾结匪徒，残害我兄妹，你可还记得一些当初父亲待你的情义吗?"传诗骂到最后一句，气愤填胸，不禁悲泪夺眶而出，那语声也带着哭声，令人听了，真是万般悲愤。

说也奇怪，沙金正从后面击落么凤的宝剑，追将出来，猛被传诗对面高喝一声，提到当年轶群待他的情义，沙金毕竟平时自命也是谈侠论义的人物，猛可地听了传诗这句伤心的话，又见传诗那等悲愤之声，不由得良心一时复活，脚下便也迟疑起来，竟不再追来，远远地站了一站，似乎正在考虑如何应付这一对兄妹。但是他的良心发现的时间太短，略一思索，他觉得自己与传诗已是势不两立，只有么凤，看在她的姿色分上，舍不得把她杀了，总想弄活的到手，要不然方才就可以了事，何必再来追逐费事?

沙金如此一个转念，立即将方才仅有的这点天良也消灭得无影无踪，随着凶心再起，猛吼一声，十分难听，真如疯了的野兽叫声一般，连传诗都觉得毛骨悚然，心中奇怪，因为沙金也是个白面书生、倜傥少年，怎的会有此种凶怪的吼声，心想这不是恶兽附体是什么呢?

传诗方一犹豫，么凤知道自己兄妹，手中都已失了兵器，没法与他对敌，而且觉得沙金武艺，果然远胜自己兄妹，过去因从未交手，故不知他的厉害，直到方才才知道，当即一拉传诗手臂说了声“走吧”。传诗也知前后是敌，没法抵挡，忙挽了么凤，二人拼命地放开足步，一阵奔跃，究竟是自己家里，门路比较熟悉，居然逃出危险，可是兄妹二人逃出家门，正商量到何处去暂避一时，打算等到天明，再唤集村人，理直气壮地向周郁文兴问罪之师，一面逃一面转念着。

哪里知道，远远地从村口外传来一片人声，远听去真如万马奔腾，仿佛来自村北。传诗听了，不知是怎么一回事，兄妹二人此时倒将本身的危险忘了个干净，便迎着人声跑去，打算看个究竟，跑不到半里路，此时人声越来越大，也越觉得清楚了，大哭小叫的，倒像就在前边，忙又循声迎去，果然看见远远有一大堆人，男女老幼，携妇抱儿，纷纷哭喊前来。

传诗大惊，忙向前一问，这才吓得直跳起来，原来正是诸自雄手下，从北面杀进村来。传诗大叫完了完了，本想迎上前去，凭着力气，也要杀退他几人，怎奈身受上下两处伤痕，此时已无力再战，而且手无寸铁，也没法向前，正自与么凤徘徊，不知如何设法之时，忽见一人自人丛中如飞地跑来，么凤眼尖，已经看清那人正是雷五。

传诗一见，忙高叫：“雷兄且住!”

雷五正跑得如同疯了一般，忽听有人叫唤自己，闻声猛地一惊，忙站住向这边一看，见是传诗兄妹站在路边，雷五忙赶到面前问道：“原来村长早已得知，已经出来，怎的站在此处?”说到这句，猛见传诗肩上腿上都流着血，惊问道，“怎么?村长已与来贼动上手了吗?”

传诗闻言，长叹一声，握着雷五的手问道：“据说是川贼又到，此话信否？”

雷五道：“怎么不真！东北两口上，都已拱手请他们进来了。”

么凤问道：“那些守村的人呢？”

雷五连连摇头道：“姑娘怎的还不明白？这正是周、沙等人请进来的。”

传诗闻言便道：“怪不得他们能明目张胆地寻到我家了。”

雷五惊道：“什么？谁寻到村长家里？”

传诗此时一看，全村一片哭喊声，远远的竟有多处起火，见路上逃的村民更多，便定了定神，觉得自己不能久站在村路上，便向雷五道：“我们还有大事在身，且找个僻静处好说话，我还不曾把我家所遭的情形告诉你呢。”

于是三人一同寻到一座树林内，悄悄地藏在一所岩下，其时天色将近黎明，东方稍有一线曙光，四野的哭喊声虽比方才远些，可是愈来似乎范围愈广。传诗等三人在岩下坐定后，才将夜间所遇沙、周行劫，与受伤被逐的话，对雷五说了个备细。

狮村人民，自从钟传诗村长被沙金、周郁文二人以盂兰会为题，串通了诸匪，设计陷害，堪堪得手，竟被雷五等侦悉了，救出险地，并将匪犯杀逃的杀逃，被擒的被擒，一场风波始告平靖，村中的百姓对这件事也渐渐地平淡了下去。

偏偏沙、周等人，实是人面兽心，不念传诗的宽大不死，反而日日夜夜地毒念横生，预备借刀杀人，告了他私通匪犯，又未告成。沙金等见两次不能得手，有心一不做，二不休，就与老奸周郁文商计，再派人向诸匪游说。

诸自雄本是一个莽夫，听了他们的一番鬼话，竟信以为真，就约定中秋节动手，图谋传诗等，便派了手下头目邓炳文，率领了张全胜、岳涛以及喽啰五百名，偷偷到狮村北口山中隐藏，歇住了脚，专等时机进行。

沙金等知外援已到，就与邓贼等计划了如何杀害钟氏兄妹。当日傍晚，就由沙、周带了邓炳文等，先到钟家，将传诗杀去，然后再放强盗从北口入村，占据全村。沙、周等的计划便是将传诗一家消灭后，狮村可占便占，不可占就弃了狮村，随了强盗，索性落草为盗去。故而一面沙金等杀入钟家，一面已将那五百喽啰由村北守口上放了进来，于是没等到天亮，好好一座太平的狮村，早给五百强盗焚掠了个不亦乐乎。

传诗、么凤与雷五三人藏在一所岩穴下，互相叙述所遭之事，最令人发指的，便是沙金对于么凤的一段情景。因传诗只见么凤赤手逃出，沙金在后追赶的情形，而不知二人如何地争斗起来，及至此时一问，才将他气得连连顿足痛骂。

原来么凤那天晚上，因知传诗偶感不适，想必早睡，也就未到前面去，见月光皎洁，便独自在庭中看了一回月，直到二更过后，才回房安歇，正卸了衣饰，打算上床去睡，忽听院中似有足踏落叶之声，不由一怔，她家中向来安静，村中谁敢到钟家来偷鸡摸狗呢？所以么凤向来大意，从不疑神疑鬼，但近来因与沙金等结了仇，才稍稍注意。此时一闻院中声息，忙站起身来，走到窗口，忽觉窗外人影一闪，么凤深怕有惊，忙向床头一伸手摘下那把宝剑，擎在手内，刚一举步，又闻廊下窸窣之声，忙喝问是谁？问了两声，窗外寂然不答，么凤正想过去将灯吹灭，尚未移步，遂听门上忽起剥啄之声。心想这样深夜，除了哥哥，谁会上这里来？当即又问是谁在叫门，一语甫出，便听门外低声应了个我字。

么凤一时听不出是谁，又问道：“你是谁？”

此时便听门外说道：“连你沙表哥的声音都听不出来了吗？”

一句话将么凤愣住了，心说他怎么忽然来了？欲待不理吧，正不知他到此何事，欲待开门吧，又怀疑他别有用意，因此沉吟。

可是外面又说道："怎么你不开门呢?"

么凤一想，就开了门，又怕他何来?当时将宝剑掖在左肋下，身上加披了一件斗篷，遮住了宝剑，然后开开门来，向外一看，月影下果然站着沙金，全身武装，背插一把长剑，昂然立在门口。

么凤见了一呆，心说你这身打扮是什么意思?可是口内却不是那样问，只淡淡地道："夤夜到此何事?"

沙金一听，睁着一双无赖的色眼，盯住了么凤，笑嘻嘻地说道："正因为夤夜才来呢。"

么凤闻言，立时大怒，喝道："放屁快些走，免得讨没趣。"说完就要关门退入室内。

哪知沙金正是有为而来，一见么凤要退身入室，立即一脚踏进门内，用手一拦，说道："忙什么?"

么凤见他居然用上无赖口吻和无赖的神情，愤怒已极，立刻喝道："你竟敢到此胡闹，我若不念彼此至亲，立时叫你下不去。"

么凤以为自己如此申饬，沙金自应知所畏惧，可是他反倒哈哈一笑，大声说道："好大的口气，我怕你给我下不去，也就不来了。"

么凤一看他今夜神色不同，知他不怀好意，立即将身一撤，用手向沙金肩头一推，只望将他推出门去。

哪知沙金也有准备，乘她推来，一歪身将右手一把就握住么凤的左腕，意思想向自己怀里拉去。

么凤哪里用他如此，立刻一翻手腕，撤脱了手，喝道："好大胆蠢才。"只说出五个字，她就将两肩一抖，斗篷落地，右手一挥，唰的一声宝剑已亮了出来，跟着一个箭步，又蹿到了院中，口内叱道："姓沙的，你如念当年老父对你一番恩义，立刻走去，我也不为已甚，你如再敢这样放肆，莫怪我钟蕤贞不认识你。”

她以为沙金经自己将正义责备，至不济也应走去，岂知沙金今晚之来，就将葭莩之谊、鞠育之恩，全都忘了！前面已经派几个川盗，正在打算杀害传诗，哪里还会把么凤这几句谈话当件事呢！

只见他立即一声怪笑，那种狂傲的样子，么凤见了，恨不得立刻过去给他几个大嘴巴子，他笑罢之后，用手一指么凤说道：“我老实对你说吧，你本人就是祸根，我不为了你，姓沙的还不至于到这一个地步，现在什么话也不用说，我还是最后给你一个忠告，你能答应嫁给我，我们立即化仇为亲，就连你哥哥也占了便宜，要不然，哼哼，你就试试瞧。”

么凤哪里听过此等狂言，立即兜头给他一个呸，随后骂道：“姓沙的再不滚出，休怪我的宝剑不认识你。”

哪知一语未了，沙金一阵狞笑，已把背上剑拔下，一纵身也到了院中，什么话不说，举剑就向么凤砍来。

么凤也真恨极了他，一上手，上三下四左五右六，就把本门剑术施展出来，如换一个人，眼看早已手忙脚乱，哪知沙金自受悟性之传，果然与前大不相同，自他回到村中，平时只知沙金受了少林僧的传授，也从不曾看他露过一两手，自然更不曾和他去比武，因此沙金武功究竟已到如何地步，莫说么凤不知，就是连传诗也不曾清楚。

此时么凤与他一对上手，三两个照面一走下来，么凤才暗暗吃惊，知道莫说自己的剑术，就是传诗与他对敌，恐也难取胜，一边想一边进招，怎敢有一丝怠慢。可是沙金却跟玩笑似的，指挥如意，已把么凤闹得手忙脚乱，还算么凤学有根底，又本着武当本门剑，一丝不敢大意，这才算与沙金对付了一时，但自知不是对手，却难抵御，正拟逃到前面，求救传诗，原来她还不知传诗此时也正被困呢。

但沙金已看出她的弱点，手中剑略紧一紧，么凤越发慌乱。此时沙金一剑向么凤前胸平击进来，么凤慌忙用剑去格，哪知沙金手法极快，么凤刚一起剑，他早已变了来势，已把直进的剑锋倏地一抖，不知怎么一翻手，那把剑已从后边右肋下横扫过来，么凤因剑已向上去格，对方一变剑势，她来不及抽回剑来，只得向左一撤步，撤出身体去，避过他这一剑。

岂知么凤这里刚一撤步，沙金的步位也是变了，其快无比，总赶在么凤前头，因此么凤向左一撤步，沙金仿佛早已等在左边，么凤一见，才喊得一声“不好”，沙金已经腾起左足，嘣的一声，正踢在么凤右手腕上，肘臂一木，当啷啷宝剑已经脱手，沙金一见她扔剑，哈哈一声怪笑，右足又已踹入么凤的洪门，他是封住右手，向前一伸左掌，这一手名为龙虎掌，乃是少林寺中有名的一手，啪的一下，又正击在么凤前胸，么凤哪里还站得住，不由得噔噔噔一连向后退出几步，使劲一拧身，上盘才算稳住，不曾跌倒，可是这因为沙金始终对么凤存了邪心，舍不得对她下毒手，要不然这一掌便是龙虎都能立毙掌下，故名龙虎掌，么凤如何能不伤?

么凤撞出老远之后，沙金更不进击，只站在那里睁着一双色眼，盯着么凤，面上微微发笑。么凤倒真不怕他的枪刀，而反怕他那一副奸狡淫凶的笑容，一眼望见，不由打了一个寒噤，自知绝非此人对手，如落在他手内，这危险就大了，她想到这里，真如亡魂丧胆一样，抹头向外就跑。沙金倒料不到她忽然会跑，的确出乎意外，不由微微一愣，再追出去，只差这么一会儿时间，么凤才算未被追上。

二人一前一后，一个弯两个弯，转了出来，么凤虽然家里的路熟，可是沙金也是从小就居住在此，正与她一样的熟门熟路，脚底下又比么凤快，自然眼看已经赶上，幸而这时传诗为惦念么凤，撇了群匪，跑到后院，与他们对面碰上，才算解救了么凤的危险，双双逃出了危地。

第二章　孽之果

传诗本是一个最和平、最能忍让的人，平常对于沙金更是优厚，虽沙金早已和他兄妹结成深仇，但他始终不肯破除情面，将沙金逐出村去，以致才有今天的结果。此时他兄妹与雷五藏在岩洞中商量此后的办法，眼见此时诸部已经进占本村，沙金的势力愈大，自己平日守御得虽严，可是到今天已成了前功尽弃，不但不易恢复，连自己这几人存身之处，都成了问题。因此传诗只愁得连连叹气，一点办法都没有。

雷五却毅然向传诗说道："我看此事并不困难。"

传诗问他此话怎讲？雷五道："我想川贼不想得本村，此是真意，如今忽然地来，这不是为了那个姓应的被捕，便是沙、周等去求来的，这些都是乌合之众，只要把为首的人一经降服，他们也就完了。"

传诗道："话是不错，试问为首的人，如何降服呢？"

么凤又道："昨晚我曾与沙金交手，那贼确是了得，我们还真不曾遇到这样的一个劲敌呢。"

雷五闻言点头道："我知道他，不过我向未说过就是。实不相瞒，此人不但可算是我的同门，而且也算有些师门的瓜葛，原来他的师父悟性禅师，人虽刚愎，却还正直，沙金此种举动，他绝不知道的。我也闻得许多少林同门说过，沙金与悟性二人，一同参透七十二种拳经，所以能为甚高，差不多的同门，都不是他对手，我想此事只有去求他的师父悟性来收服此人，其余之贼，则不难一击而灭了。”

传诗闻言，诧异道：“如今一时三刻又到哪里去找悟性禅师呢?”

雷五道：“这个我有办法，村长就不用管了。我看眼前且到我家暂避，待我找到悟性禅师再说。”

传诗想了一想，望向雷五道：“我看你家也不能去，那贼对你准有举动，你忘了上回栽赃诬陷之事吗?”

一句话提醒了雷五，便点头道：“如此你二位就在此洞内暂时躲避，待我悄悄回家看一看，因为我若要找那位悟性，必须请李濠安去，才能找着。”

当时他们商量好了，等到晚间，雷五一方面悄悄通知了几个忠于钟姓的村民，向岩洞内送吃送用的物件去，一方面便回家去找李濠安。一路上遮遮掩掩，也遇上好几拨川贼，多是三五成群，全被雷五躲过，哪知他跑到离家不到二里路的地方，正低着头向前急走的时候，忽觉身后有人将自己后衣一把扯住，雷五冷不防吓了一跳，回头一看，正是自己要找的李濠安。

原来雷五上次同往佛泉的三友，冯、裘二人住了些时，也就他去，只李濠安尚在他家住着，此时一见濠安，面色灰败，还带着些惊惶急怒之态，心中奇怪，便问道：“你怎么到这里来了，我正要回家找你有事呢。”

李濠安一听，兜头就是一句道：“你还想回家吗?”

雷五闻言一惊，知道不好，强自镇定道：“怎么样?不能回去了吗?”

濠安哭丧着脸说道：“家里全完了。”

雷五一听大惊，忙抓住濠安一只手道：“我父亲呢?”

濠安道：“完了，被那姓沙的给害了。”

一句话不要紧，险些没把雷五气疯了，当即一顿足，强忍着满腔痛泪，道了声“好”，拉着濠安回头就跑。

二人一路上经过多次危险的局面，居然都被雷五躲过，直到黄昏以后，才又回到传诗等住的那岩洞内，将家里被害情形说了一遍。传诗兄妹听说雷父被害，连连顿足，不胜痛恨。雷五等又向濠安谈到访寻悟性之意。

濠安道：“此事不难，我知悟性禅师与师父一泉禅师最为莫逆，定知他踪迹。”

雷五等闻言大喜，当夜就请濠安上道，向福建少林而去，临别雷五又请濠安如有法寻到裘、冯或是其他同门肯来帮助的，就多约几位。

不提濠安此去如何，再说村中自从被众贼占了，沙、周等人格外耀武扬威起来。沙金早占住了传诗的家宅，又因传诗在逃，终是后患，便派手下日夜在村民家中搜查，闹得鸡犬不宁，人人敢怒而不敢言，越发同心协力地将传诗兄妹藏到一个极安稳的地方。

沙金虽明知村众必知传诗的藏处，可也无可奈何。雷五之父，就在川贼入村那夜，由沙金亲去搜捕雷五，没有遇上，李濠安又被他打跑，便将雷父生生地活埋了，到了第二天，心中气还不出，又命人放一把火，将雷家的房屋烧了个精光。其余村中所遭的，诸如奸淫掳掠，直闹得不能一日安居，没一个不将沙、周二人恨得要扒皮食肉。

这样纷乱不安的情况，一直延续了二十余天，也不知什么人竟将传诗兄妹藏匿的处所，偷偷地向沙、周报告了个大概，沙金于是下令大索，将那一带林木十停烧掉了八停，结果还是不曾寻到，也只得罢了，正在此万分紧张之时，李濠安居然回到了狮村。

原来少林寺的戒规最严。少林拳术，平时差不多只传本寺僧众，不传俗家，偶尔传一俗家子弟，也必诰诫甚严，如果犯规，自然立即由本门师父严加惩处，其名谓之清理门户。悟性禅师自从参透七十二种拳经以后，功力自然大进，沙金的功候，本还不够学习这多的拳经，只因悟性禅师念在此事成功的一半，亏了沙金的文字，所以当时也颇感激他，就于参悟之时，也教授了沙金一部分。

沙金因限于功候，并不能全部学会，又因思念狮村，亟于返里，对于拳经，自然无从继续研究，所以这七十二种拳经中，沙金真已学成的，也只有十三种，其余五十九种，不过得知名目与架势而已。可是他到了狮村一吹一擂，好在他本已得知七十二种的名目架势，只要滔滔不绝地那么一卖弄，自然人都认为他是精通拳经的主儿了。

此次李濠安千里寻师，找到一泉禅师那里，将悟性弟子沙金如何作恶，与师弟雷洪之父被害等事都说了个备细，并将搬请悟性之意也说了出来。

一泉听了，自然也觉得通匪陷村，正为少林之羞，何况自从明室鼍革以后，那些有武功的朱姓宗室，纷纷出家投少林寺来，以备暂时韬晦，待机而动，再图恢复，岂容本门徒弟，反倒通贼呢？因此一泉当时便找了悟性，将这情形一说，又将自己门徒李濠安叫来见过悟性。悟性听了，真个气得一佛涅槃，二佛出世，什么话都说不出来，当时便答应李濠安，在五天之后动身，因他日内正有一件功事未了。

李濠安由是拜别先行，他又在归途中到湖南醴阳去访裘瀚和冯性存，知是正到邻县亲戚家祝寿去了，虽未见着，却留了一封信，说明狮村之祸，请他们回家后，即日到狮村某处相晤。等到李濠安回到狮村，见过传诗和雷五，那时川贼盘踞村中，已经半个多月，那一种骚扰，正是一言难尽，全村之人，没一个不将沙、周二人恨入骨髓，只是奈何他们不得。

这天李濠安回村之后，雷五知道悟性等人快要到来，虽然有了能人可以对付沙金，但这五百余名川贼，虽系乌合之众，毕竟临时也须要人抵挡。

过去村中守卒，自沙金等开门迎贼以来，村北村南两方，自己完全投贼，村东一路，正是梁实甫所守，虽然心存观望样子，但也还不至于与贼一气，到时尚可利用，至于么风与自己防守的村西一路，此番抗贼时，杀戮最重，后因寡不敌众，悄悄地叫他们暂时与贼众虚与委蛇，不必徒做无谓牺牲，这才大家逃的逃，躲的躲，目前已经四散。

自从濠安一归，雷五便与他二人着手召集这些散亡在四外的村众，同时又悄悄联合村东梁部。原来梁实甫这人最是稳健，事前虽曾与周郁文同谋降敌，但后来看到沙金这类行径，也深表不满，知他必站不住，便变了观望态度，不过他与周郁文俱是客户，又多年相与，而且怕被他们招忌，不便十分露出不合作来，所以自从村子失陷，他除保住了自己的范围以外，也和他们虚与委蛇，此时见雷五召集村中散亡，倒是同情，便也悄悄与雷五说过，自己这面到时自当为保护全村而尽力。

等到雷五把此一工作做到差不多的时候，川贼已经占了将近一个月，村中治安更不堪问，传诗等只有干着急，毫无办法。濠安回来也有旬日，眼看悟性禅师还是没有影儿，众人正在岩洞内无可奈何之时，忽见一个村民直奔进来，满面惊慌之色，向传诗说道：“村长快逃吧，不好啦。”

传诗被此人没头没脑地一叫，正不知是怎么一回事，忙问道：“你是何人，到此何事，为什么叫我逃？有什么不好的事？”

那人见问，愣愣柯柯地望着传诗半晌道："你老不知道吗？我准知你不知道。你老住的地方，已经让姓沙的小子知道了，一会子就来拿你啦，快逃吧。"

说完了，雷五问道："你怎么知道的，真有这事吗？"

那人听了似乎不耐烦地一跺脚道："嘿，你们还不信，我来告诉你吧，我就是他派来逮人的，可是我可不能做那种缺德事，为此特来给你们送个信，大队人马一会儿就到，快走吧。"说完了，头也不回地匆匆跑了出去。

传诗见此人走去，料他所言非伪，大家一商量，还是迁地为良。

濠安一看已经日暮时光，便说道："天色已晚，我们一时不易找到好的地方，倒不如先在左右觅一个暂避风雨的地点，混过一夜，明天再与村众们商量如何？"

众人一想，也只好如此，当时传诗兄妹和雷五、濠安四人，带了两个旧日的随从，携了什物，匆匆跑出岩洞，还走不到半里路，果然远远听见从北面吹过来一阵喧哗的人声，他们忙向丛草中伏下，细辨来人方向，才知还远在一里以外。

雷五道："如今贼自北来，我们只有望南走。"

旁边一个随从说道："小人有一外婆，正住在离此不远的绀溪口，她家没有闲人，又无邻居，不如奔她家里？"

传诗点头道好，于是他们一行人便奔了绀溪口，暂时藏在这一间茅屋内，可是不到半个时辰，早已听到原来路上呼声震地，还夹着些树木爆裂之声，雷五偷偷地隔篱向西北上一望，只见原来藏身的那个岩洞，内外俱是火焰。秋天草木本就干燥，经此一烧，只见拉拉杂杂，岩洞左右，早成了一片火海，四面却站满了贼众，擎着弓，向着火，持满待发，以备见了从火中逃出来的人，就一齐放箭，幸而着急众人早走一步。雷五见了此种情形，不由咬牙立誓，要将沙、周碎尸万段。

那时村中妇女被奸自杀，或因奸不成被杀的事，日有所闻，抢劫更不必说，传诗觉得自己忝为村长，今日事到紧急，自己躲在屋里，不能保护全村人众，实在有负他们平日的期望，觉得愧恨万分，恨不得立时跑出去与沙金拼个死活，但与事实仍是无补，雷五等就劝他留待有用之身，徐图报复。

不言传诗等这种情形，单说沙金念念不忘于么凤兄妹，他的用意，乃在诛其兄而辱其妹，所以纷纷派出许多暗探的人物，混入村众间去打探，他又知道传诗得村民之爱，轻易不肯为己所用，便出下重大的赏格。这一来，自然有那些见利忘义的人，会替沙金效力，当时便有一个人，本是传诗等人目前藏匿这一家的亲戚，也就是传诗从人外婆家的远房内侄，名步高顺儿，素来游手好闲，不务正业，近来与川贼们做眼线，抢劫村人财物，弄到几个钱，便狂赌起来，这几天赌输了，正没办法，一听见赏格，便悄悄地向沙、周密告了传诗的藏处。

那天夜间，还未到三更天，么凤忽从睡梦间听到远远的一声喊叫，心中有事，自然分外关心，忙起身走到窗口向外望去，果见人声嘈杂，直向自己这边奔来，一看形势不妙，忙唤醒传诗等人，正要逃避，只见火光影里，果然是沙金带了数十名川贼，向这里奔来。

传诗此时怒气冲天，不等他们围上来，手提一柄宝剑，与雷五的单头棍，一齐杀了出去，后面紧跟着么凤和李濠安，来的人虽多，但这四人都不是好惹的人，一阵劈砍，围上来的人，早已纷纷倒下七八个。

沙金怒吼一声，先奔了传诗，传诗刚刚接住，旁边雷五也向沙金身后的岳涛扑了过去。这一场恶战，来者沙、邓、张、岳，也正是四个人，和传诗这边正是一个对一个，不偏不倚，半斤八两。只是沙金究竟武功出众，传诗与他力战到半个时辰，渐觉剑法散乱，心想沙金的武功果然是好，可惜如此一个人物，心术不正，竟落到盗匪群中，还要残害从小一处的村众，真是人面兽心。

他这一思索，自然格外分神，此时沙金宝剑，正从当头落下，传诗见他来势太猛，不敢用剑去格，便想侧身避过，哪知沙金下手奇快，一见传诗有右侧之势，立变招式，那柄剑陡向右斜方一侧，变成了单臂擒龙的招式，那柄剑就斜着奔了传诗的肩窝。

传诗叫声不好，忙一个大转身，索性往左边蹿去，虽然闪过这一剑，可是哧的一声，左肩上早被剑端带着一丝，不但肩上衣服划了一道口子，便连皮肉也受了微伤，心内一惊，便自气馁不少，正想招呼么凤一同逃走，一看么凤此时早被邓炳文缠上。

邓炳文在上文么凤巡夜时，曾经对过手，么凤还吃过他的亏，不是雷五赶到，么凤已是危险，不想今天又曾遇上，当日么凤虽不记得敌人面目，但一见身法，自可立辨，便不敢怠慢，正自小心翼翼在对付着，忽见传诗敌不住沙金，心中一急，未免分神，邓炳文看出便宜，立紧手中三棱刺，唰的一声如电一般直逼到么凤肚腹上，么凤耸身向后一退，不料山间道路坎坷，一脚正踹在一道浅沟里，不由脚下一软，两腿向前一歪，几乎成了跪势，便要向前跪倒。

跪倒还不甚要紧，可是这一来就躲不开三棱刺的尺寸了，眼看敌人一刺，正好搠在小肚子上，幸而雷五一棍打倒了岳涛，乘他尚未跃起，一见么凤要糟，也来不及换别的招儿去解救，只有腾出单头棍，从下往上向着邓炳文的三棱刺这一撩，当的一声，才算将三棱刺格开，救了么凤的这一手。

在上面这一场火炽的战斗，以人数论，倒是四对四，一点也不算不公平，但是其中就因为有了一个沙金，他的武功，可以说是压倒眼前这一班人，就连雷五都略有逊色，结果传诗等自被打得七零八落，四个人纷纷向田野间逃去。

沙金一心想先捉住么凤，他便撇了传诗，竟向么凤追了下去。么凤一见，知他存心不良，不由一咬牙，回身一撒手，只见一道寒光，直奔沙金的面门。沙金虽不知她发的是什么暗器，可是他艺高胆大，见暗器发来，看得清，伸左手只一掏，原来正是一只棱子镖，哪知他刚刚将镖接住，么凤已是拼了命的，一见镖被接去，又是一举，同时两道黄光，又奔了沙金的咽喉和心窝，沙金也是忒大意，见她将二次暗器发出，就将左手一扬，对准来镖，就将她原来那只棱子镖还打出去，果然铮的一声，二镖相触，中途击落，可是他忘了么凤二次本是发出两镖，上面一镖，虽被顶了回去，下面一镖，却依旧直飞过来，等到沙金觉得，已到了他的心口，这倒真使他吓了一跳，真亏他身法轻快，赶紧一拧腰，将整个身体，几乎横倒地面，这才算躲过那一镖，一时心中不由大怒，立即狂吼一声，一个箭步，蹿出一丈多远，向前一探身，轻舒猿臂，去抓么凤腰上的带子，正好雷五赶上，一见危险，一声怪叫，立起单头棍，从横里向沙金扫了过去。

沙金跑得好好的，正要伸手抓住么凤，忽从道旁扫来一股劲风，忙纵身一跃，单头棍已从他脚下直扫过去，沙金举目一看，正是死对头雷五，高叱一声："好小子，今天有你就没有我。"话到，风到，人到，一柄剑正如矫夭游龙一般，向雷五当胸刺去。

雷五真料不到此人身法如此快疾，不由哎呀一声喊了出来，跟着就想向后倒退，好闪过这招，哪知沙金下手比他快一步，无论如何也输他一招，眼看怎么也没法躲过了，正当此性命呼吸之际，忽见眼前一道人影过处，沙金的宝剑早转了向，原来那人凭空在沙金身后臂肘上这一磕，沙金不由身体一侧，手臂就转了向，这一剑正捌在空间。

沙金登时心中大怒，回过脸来厉声喝骂道："什么人大胆？敢……"哪知一语未了，面前立着一人，正是自己的师父悟性禅师，立时一愣，不禁诧异道，"师父怎的到此？你莫非来看我的？"

悟性禅师面色铁青，厉声答道："我正要来看你，因为你的事闹得太不像话了。"

沙金一听师父的口气不善，不由有些局促，忙道："师父且到我家里，尚有要事细谈。"

悟性禅师一看沙金满脸杀气中，还带着些淫凶奸狡之色，说话时双目乱转，见了自己并不行礼，真是一点礼貌都没有，不由喟然叹道："孽障，孽障，我看你还能横行几时？"说罢两足一顿，回身就走。

沙金一看师父情形，虽还不知正是雷五等所请，但觉得对于自己似有责备之意，看他转身走了，便也不高兴再去趋奉他，略一凝思，再回过头来，看么凤等人俱已不见，忽觉四野夜风飒飒，一片凄凉，只剩自己一人立着，回想方才之事，恍恍惚惚，如做梦一般，心中正自疑怪，忽听北面有人呼叫，隐隐中见多人明火执仗而至，近前一看，正是邓炳文等人，因自己一人追了下去，放心不下，才又赶到。沙金问起传诗等人，都说已被逃脱，沙金也就率众而归。

传诗等回到绀溪口，幸而房屋尚在，大家进入，一见悟性禅师也到了，不由大喜，忙由雷五向传诗引见。传诗自然不比沙金，见了悟性，便行大礼，然后再令么凤拜见，大家分宾主坐下，先由传诗将自己与沙金的关系和村中前后情形，都说个详细，只不便说出沙金为了么凤而已。

哪知悟性闻言微笑道："钟檀越与孽徒的幼年时事，贫僧一概尽知，不过孽徒虽然狂妄，究非疯癫之辈，而且他性智敏慧，资质过人，此次通贼叛乱，又与总角之交结下深仇，我想此中必有缘故，必是有激而起，到底为的是什么呢?”

果然悟性是明心见性的人，一语中肯，便道着了病源，但是传诗一听，这话当着妹子，如何能说？同时么凤一听悟性之言，便回想到沙金的狂妄，不由粉颊低垂，面红过耳。

悟性一看他兄妹的面色，又一眼看到么凤是个容华绝代的女子，此时羞涩之中，似怀愤怒，心中早已了然，便暗暗点头，又叹了声道：“孽障可杀，我悔不该授他武艺，以贻门户之羞。”说罢，便向传诗问道，“村中向着檀越的，现有多少人?”

传诗尚未回答，雷五早说道：“除了周家死党以外，全村没一个愿意从贼的，也没一个不向着村长的。”

悟性点头道：“如此甚好，我看此事尚易办成，我们必须找一座深固可守的穴洞或是山头，在那边振臂一呼，将全村义民，呼集一处，然后我来收拾孽徒，众位与村众可专一对付川贼，此番只好大开杀戒了。”

传诗闻言，十分佩服悟性的计划，便与雷五商量，正说话间，忽然李濠安陪了裘、冯二人走了进来，二人正是闻了濠安去请悟性禅师的话，才一同赶到村中助阵，辗转询问村民，才能寻到这里的。

悟性认识他们俱是一泉禅师的门下，便道：“你们目前快去寻到一所合适的山洞，我们便可招收村众，村众一齐便可举义讨贼了。”

众人闻言，无不兴奋，次日就在村西磨盘岭找到一个相当的山谷，名曰磨盘谷，四面高岩围绕，只有一条一人一骑的出入口，真是一夫当关，万夫莫敌的形势，于是由悟性、传诗带领众人一同投入磨盘谷。

人心谁不向着正义呢？传诗素来以大公无我的精神，为村众服务，任劳任怨，无一人不崇敬他、服从他，在他主持村中事务时，各路防守，无一人不尽忠竭力，直到沙金等人这一捣乱，竟将匪徒等引进村中，奸淫掳掠，谁不痛恨！只是限于力量，不敢做积极的反抗，只得做一种消极的不合作。及至传诗在磨盘谷一经号召，村中除了周郁文死党外，无论老少男女，没一个不倾向传诗，即使有许多人不能抛撇家庭，赶到磨盘谷去参加，也无人不在暗中出力，至于那些少壮的村民，可说十九都投到磨盘谷来。

传诗见人心可为，便与悟性商量进取之策。悟性慨然对传诗说道："我看孽徒沙金，恃能妄作，早晚是不可收拾，但贫僧与他，毕竟师徒之分，不忍不教而诛，所以打算于今日晚间，我单身去到他那里，以大义譬解，希望他能幡然悔悟，那便是两全其美，如果真个执迷不悟，总算已尽到我做师父的一番意思，檀越不以为贫僧多此一举吧？"

传诗闻言，忙答道："老禅师说哪里话，就是晚辈，也本不愿和他决裂，怎奈过去他逼迫太甚，而且献村通贼，这是何等的事，实在没办法庇护他，才与他对立。其实晚辈凭良心说一句，实在无时无刻不想他翩然来归，大家言归于好，重为手足如初，所以老禅师这番意思，正与晚辈素意相同，就请老禅师辛苦一趟吧！倘能使沙金悔过来归，我钟传诗就真要向老禅师叩一百个头，承谢你这拔登彼岸的功德呢。"

悟性站起一笑道："且试试看，看看人定是否可以胜天。"说完，就在那夜二更以后，脱了长裰，背了宝剑，单身飞离了磨盘谷，直向村中昔日钟传诗家而来，原来沙金此时早将钟家房屋占为己有了。

不言悟性夜探孽徒，再说沙金自从引贼据村，便以为大功全是自己一人的，曾屡次向邓炳文表示，要求诸匪收留手下，便可在狮村隐隐以首领自居。自以为人生享受，不可虚度，第一件事便向村中搜寻美貌妇女，可怜狮村风俗素来敦厚，谁肯以身事贼？沙金亲命手下到四面去抢，如此已非一次。

这一天他正一人坐在传诗的卧室中，面前摆了一席酒，怀中搂着两个村中少女，喝酒取乐。可怜这两个少女，一个十八岁，一个十五岁，哪里懂得风情，被沙金搂在怀里，只急得嗦嗦地抖，沙金一见不大高兴，便一手将这小姑娘推在地下，那小姑娘又不敢哭，只躺在地上不敢起来，沙金见了，益发有气，推开桌子，一脚将那小姑娘踢出五六尺远去，然后回手一把搂住那个大的，喝了口酒，口对口地灌起皮杯儿来。那姑娘究竟年纪大些，稍解人事，居然战战兢兢地伺候着沙金，灌了个半醉。

沙金正在那姑娘身上起腻，醉眼模糊地望着她那一张小脸蛋，忽觉庭前烛光一暗，人影一晃，刚一回头，就见桌前多了一个人，正要叱问是谁？只见那人白面乌须，一身夜行衣靠，背插宝剑，十分威武，原来不是别人，正是他的师父悟性禅师。

悟性禅师从磨盘谷别了传诗，单身去找沙金，原来本想去劝导劝导他，使他及早悔悟，免得不可拔救。到了沙金住的屋上，忽然心中一动，心说我倒看看他在家做些什么，便悄悄地使了个倒插莲的招式，将身倒挂在屋檐上，一眼向里望去，哪知不看犹可，一看时不由悟性禅师气往上冲。

原来屋中灯烛辉煌，廊下立满了伺候的人，屋内正中正摆着一桌子酒菜，沙金朝南坐着，怀中抱着一个小姑娘，身旁还坐着一个小姑娘，似乎在低头拭泪，沙金却只顾搂着怀中那一个，双手捧住了姑娘的俊脸，只是乱闻乱嗅。

悟性几时见过这种情形，立时回想沙金在自己庙内学艺之时，何等老成规矩，到如今仅仅相隔年余，怎的一变至此？当时不愿再看，两腿一蹬，唰的一声翻下房来，向屋内直走，廊下人也来不及拦阻，悟性早已到了桌前，那正是沙金回头看见师父的时节。

悟性用手戟指着沙金骂道：“好孽障，果然多行不义，如此看来，你这孽障魔劫已深，也无法劝导的了。”说完，转身便要走去。

哪知沙金忽地将身上那个小姑娘向地上一推，立起身来，向着悟性道：“师父，你老从哪里来？怎的见我就不说好话？”

悟性听他居然口出不逊，不由立住了回过脸来问道：“你还要听我的好话吗？”说着看沙金脸上，正醉眼模糊，歪着头微笑，一脸的奸狡。悟性想到当初授艺一场，不由长叹一声，刚刚一脚跨出门外，只听沙金以一种轻蔑的口气说道：“好一个高明的师父，不向着徒弟，倒向着外人！我告诉你老吧，狮村不见得给你供长生禄位的。”

这句话一出口，悟性便沉不住气了，当即喝道：“你说什么？你自己不想想，你做的什么事！通贼献村，害了全村人的生命财产，还要自恃高艺，到死不悟，难道你觉得你这点本领，便是天下无敌了吗？”

不想沙金一听，也立刻翻了脸说道：“师父，你不要以为我怕你，你也想想，本领果然是你教的，可是没有我沙金，你师父也照样成不了名，学不了七十二种拳经。如今你自己过河拆桥，倒还拿大义来责备我，这可真是新鲜。”

悟性一听沙金居然说出这样的话来，真把收徒弟的心寒透了，本待再责叱他几句，既而一想，此人天良尽丧，正不必再与他争口舌之长，便一声不响，走出屋门，到了庭心，身形一晃，早已蹿房越脊而去。悟性走后，沙金心里毕竟也有点警惕，便独自考虑悟性此来的用意，既而想到传诗已在磨盘谷召集村民，要向自己抵抗，这一回有了这贼秃，倒不能大意，于是眉头一皱，主意早已拿定，便暗暗地先自布置起来。

传诗在磨盘谷号召村众以来，村民十人中倒有八九人都愿为传诗效力，同时村东的梁实甫也派了人暗中向传诗接洽。传诗虽知他有些儿骑墙，但也来者不拒，以诚意接受他的合作。不过，目前所欠缺的就是兵器一事，因过去守备所用的，都被诸自雄派来的强盗与沙、周收罗了去，要制既无财力，时间又不许可。好在那个时代作战，不像如今讲究机械化，所谓利器，也就是刀枪矛戟而已，如今传诗等无此利器，就以农家耕作的农器来替代，一时锄耙铁棍，全都负起了杀敌致果的使命，精诚所至，也居然一样地发生了极大的效用。

在一个准备了相当可动的时期，传诗与悟性、雷五等人商量攻势，大致要分为三个部分，第一部分就是沙金所在，也就是最最重要的所在；第二部分便是周郁文的庄院；第三部分才是诸氏手下的营垒。因为川匪之来，全靠内应，诸自雄派了一个头目名叫刘胡子，率领了五百来名喽啰，驻扎在村里，原意是打算肃清了本村，再上州里去劫出应天化。哪知本村既肃清不了，州里更不易进去，以至就在村里一面劫掠，一面就在狮村驻扎下，过着掳劫的生活，根本各谋各的力量，只要将沙、周扑灭，村中便可立时恢复，因此传诗特别看重沙金。

当晚，由自己带了么凤、李濠安去攻沙金，雷五、裘瀚去攻周郁文的庄院，冯性存带了百余名村中壮丁去攻刘胡子的匪寨。分派已定，就请悟性禅师坐守磨盘谷大本营，因为深怕沙金乘虚而入，大本营如有蹉跌，便不好发号施令了。这原是传诗的一种预防，不想竟给他防着哩。

当传诗一众人率领三十名壮丁悄悄地奔向沙金住所，那正是当日传诗的庄院。

那庄院盖得相当宽大坚固，宅子四周，也有一道宽约近丈的小河，仿佛是护城濠的意思，沟内高墙，几有丈五，墙内又有一道夹墙，夹墙以内，才是房屋，传诗等人虽是自己家里门户道路皆熟，但是沙金加派守护之人，所以仍是小心翼翼，他们一路上也遇见几次放哨的，都由么凤与李濠安等轻轻地将那些守卫消灭了，一连闯过五道口子，竟人不知鬼不觉地到了钟家庄院外面。

传诗一看濠沟四面，静静的并无一人防守，心中奇怪，再看中间墙外，本有一道木栅，那是与壕沟并列的，论理栅口应有守卫，但是仍然没有，他三人正在暗暗议论，说沙金武功虽精，一点也不懂得防备，哪知话刚说完，觉得前面的木栅影子，渐渐地暗淡起来。

么凤低声道："看来今晚就要下雾，这倒是给我们一个机会。"哪知她一语未了，只一霎眼的时间，不但栅门已经隐入浓雾中，便是栅后高墙与那一带的崇楼高树，一切的一切，都已沉浸在雾中。

传诗看着奇怪，暗想今夜天气不像个潮闷有雾的样子，何以转眼已起了这大的雾？再一回头，除了自己家宅这方面以外，来路上与两边的村落，竟然一些也没有，虽在一里路以外，还能隐约辨别，再抬头望去，一轮皓月，依然悬在天空，心中越发疑怪，这种天哪里还来的月亮呢？如此一想，便识得其中大有缘故，便即轻轻向么凤二人说了，命他们不可大意，仗着是自己家里大门口，便闭了眼也能走，三人就慢慢地摸到栅边，果然扪之木栅依然，而望之不见。

么凤便向传诗说道："大哥不必踌躇，这地方还能拦得了你我？"回头又向濠安道，"李兄随我来。"当即摸过木栅，走进高垣，就是大门，可是一片模糊，仍然看不见，但么凤此时已有了办法，便不用目力，专凭印象，知道哪里是门，哪里是路。

她一段一段地摸将过去，传诗也依着她的方法，跟了她走进去，这是全仗着到了自己家里呢，心想照这样的摸法，也一样可以摸到上房，哪知一念未了，么凤忽然失色惊呼起来，她一时忘了形，幸而声音不大，未被屋里发觉，要问么凤如何惊呼，原来她摸来摸去，自以为已经该摸到二门了，谁知还是在栅门外边打转。这一下连传诗也怔住了，心说怎么一回事呢？明明已到了二门内了，怎的还在这里？二人正自狐疑，忽然觉得眼前的一切现象，全会通辘轳般地转动起来，一时便将兄妹二人的方向迷糊了，李濠安自然更摸不到头路。

三个人直转了一个更次，始终也不曾离开那道木栅的方寸地。

传诗此时，猛地醒悟道："是了，我明白了，我们快走吧，再不走还许要吃亏。"

一句话未完，就听四面号角乱鸣，只见远远的人影憧憧，往来不绝，传诗拉着么凤，抹头就走跑，李濠安也急急跟了下来，幸而三人的脚力快，不是那些守卫的人所能追获，可是已经吃惊不小。

三人一口气跑回磨盘谷，不多时，雷五这一支人马也是一样地闹了个一塌糊涂，不得要领而归，只有冯性存的一百多名壮丁，到了刘胡子寨子近边，一看步哨守望，什么也没有，原来刘胡子蔑视那些村民，自以为有一身武功，又有五百名喽啰，哪会将这些村众搁在心上，他们竟自吃饱喝足，搂了抢来的妇女正睡得好觉，故而一些防备都没有。

也是冯性存要露脸，一个信炮一放，百余名村壮，虽只有铁锄铁耙，却是恨透了这些奸淫掳掠的贼人，无一人不是勇气百倍，见人就砸，再说强盗手下，除了几名头目，比较有一两手，余外的也不过全是些地痞无赖、不务正业之辈，也正是乌合之众，此时睡在梦里被一声信炮惊醒，慌得连门都摸不着，正赶上村众咬牙切齿地见人就砸，于是不到一会儿，五百个喽啰，容容易易地去了一大半。

刘胡子搂着一个娘儿们睡得正香，一炮将他惊醒。他毕竟经验多了，正想起身看看情形，偏偏那个娘儿们是村子里一个混事的，这回被劫，她自然什么也不怕，先落个好吃好穿，夜夜把那刘胡子反倒耍个够，此时她明明听到外面人声喧哗，"不要放走了贼首。"知道准是本村大众杀进来了，她倒也想得周到，知道自己不能杀贼，何不腻住他，免得他又出去造孽，一看到刘胡子睡眼迷蒙的正想下床出去，那娘儿们一把将刘胡子拉住，腻声说道："你忙什么，大约又是弟兄们喝醉了撒酒疯，要不就是赌输了打架，你管这个干吗，来吧来吧。"说完，一把重又死命将刘胡子搂得紧紧的，不让下去。

刘胡子也真是死星高照，一时竟糊里糊涂地又躺在娘儿们身上，等到冯性存的宝剑眼看已经到了刘胡子的背脊上，刘胡子要想极力挣扎起来，那娘儿们知道此时正是刘胡子的生死关头，如何肯放，下死劲将刘胡子一把搂紧，说什么也不放。刘胡子先还不明白她的意思，以为她的贪欢忘晓，后来一看神色不对，才想到妇人不怀好意，当即怒吼一声，右手一下向妇人咽喉上掐去，左手挈了小衣，一躬身跳下地来，可笑他还未立稳，冯性存的剑锋已拂到他脖子上，只听咔嚓一声，骨碌碌登时滚下一颗又肥又亮的大肉球来。

可惜冯性存心粗了些，他以为与强盗一床睡的绝没好人，顺便将剑向床上一扫，又听扑哧一响，可怜一个心存舍身杀敌的娘儿们，竟也丧命在他剑下。刘胡子一死，众贼更没了头脑，大家谁肯送死，忙不迭丢了兵器，跑向四面山里去了。冯性存在寨中救出许多掳去的男女，都放了出来，男子们一听是传诗派来的搭救，忙命妇女们回家，自己都随了冯性存到磨盘谷效力来了。

传诗等人回到磨盘谷，将自己在沙金门外迷了方向的话向悟性禅师说了一遍，随即问道："尝闻沙金自诩，他曾学得奇门术，今夜之事，颇有点相像，是否此术作祟，还求禅师指示。"

悟性闻言，长叹一声道："怎的不是！不料此术正所以济其罪恶，真是我授徒不慎的过失了。"

原来沙金自从悟性一到，也就防着有人要来，便在自己这边和周郁文庄院四外，设了奇门阵势，使敌人不得其门而入。幸而传诗已经醒悟，便即退出，如果一往直前，入了他的禁网，再触了他的禁忌，立即发生反击之力，可就危险了。此时悟性闻听沙金连奇门都用上了，觉得此子不除，日后的祸事正不堪设想，就是这样，事完之后，自己也得回到河南少林寺，去领受师父明远上人的责罚，这明远便是发明达摩祖师十八手为一百七十二手的觉远上人第十二代师门弟子呢。

悟性当时秘密地与传诗、雷五三人定下了一举扑灭沙金恢复村子的计划，就分别着手起来，遣兵派将，准备即在当夜动手。

刘胡子已死，川匪四散，这路已不必顾及，周郁文也是碌碌余子，不足为虑，只到时由悟性先带了冯、裘二人，二百名村壮，到了周家庄院外，悟性将沙金所设的奇门禁法破了以后，便由冯、裘杀入庄内。同时梁实甫见刘胡子都已被杀，部下四散，又闻沙金之师少林僧已到，眼看沙金、周郁文都将败亡，自己如何不想掉转风头，向传诗去送秋波。传诗自然是加以赞许，当即与他暗暗约定在攻打周郁文家时，请他协助，梁实甫自然一口应允，但他自己究不好意去赶落周郁文，便请家中的两位拳师，带了一部村丁，在冯、裘杀入时，也向周氏庄院后面乘了个现成的。

周郁文父子见大势已去，还想逃到沙金处求庇护，于是撇了家财族人，父子二人急急忙忙如丧家犬一般，骑了两匹牲口，赶到沙金这里，谁知这里更热闹，原来正当悟性、传诗等人大破沙金的奇门阵法与七十二种神拳之时，结果与沙金同归于尽。

雷五本名雷洪，原也是少林僧一泉禅师的得意门人，十五岁便学成，在江湖上闯荡，享了盛名，因他年青，爱穿一件白色绣花短袄，面貌又生得白净，当时人便送他一个外号叫“锦面狮”。本书这狮村中，原有五狮一凤，一凤自不必说，那五狮前文也已说出四狮的姓名绰号，只余一狮，尚未说明，那一狮便是锦面狮雷洪。

此五狮同居一村，如能和衷共济，那是何等好的一件事，奈何他们为了一凤，便生了嫌隙，不但不能同心同德，沙金反而通贼献村，毒害全村，要说一句迷信话，五狮相争，也是狮村的一层劫数。幸而雷五深知沙金就是师叔悟性禅师的弟子，要论武功，自己并不在沙金之下，可是因沙金不但学会了奇门遁甲之术，况又得了他师父悟性不传之秘七十二种拳经，自己便输与他这一手，为此特烦师父一泉禅师，请来悟性，以便降伏沙金，好挽救全村的浩劫。

当夜传诗与悟性商定二次围攻贼人的办法，雷五受了悟性禅师之命，第一个先去打头阵引沙金，一来因知沙金认自己为情敌，要激怒沙金，必须自己出马，二来自己与沙金有杀父之仇，不共戴天，明知敌不过来，也绝不肯退缩，因此雷五单身持棍，挨到钟家庄院。

此时庄院内外，沙金本已按了五行生克，设下奇门六甲的阵法，外人不识阵者，走到阵里，但见五花八门，一片光怪陆离，摸不着头脑，既不能进，又不能退，等到天明，沙金只要准备绳索来捉现成的好了。他自以为金城汤池，无其坚固，却忘了师父已到，他岂不能破你？

当时雷五到了钟府外墙，禁法早被悟性破了个干净，雷五便一纵身翻进高墙，一阵蹿越，早到了沙金住的内院。沙金此时，仍是左拥右抱的怀中搂了两三个少年村姑，在那里取乐，岂知乐极生悲，雷五早看得不耐烦，高喝一声："反叛沙金，还不出来受死。"

沙金正在迷迷糊糊的当儿，这一嗓子可真将他喝醒了，因为他万不料有人能闯进奇门阵内，当时想到必是悟性破的，立即一咬牙，推开怀中妇女，向案上提起宝剑，风一般地闯了出来。

他也知道自己师父和他作对，到了这时，心中有些发慌，但他本性凶顽，近来为了么凤，刺激受得深了，神经上实已起了变化，自从通贼献村以后，这样的倒行逆施，究竟他也是聪明人，岂有不知败亡在即的，也是事到临头，无可奈何，老实说，到这个阶段，其人的神经，早已近于疯狂，已是孤注一掷，冥不畏死的了，做到哪里算到哪里，因此一动上手，他就拼上了命，对手往往败衄，这就是因他的神经作用，已足使他如同杀神附体一般了。

二人在院中一见面，沙金一眼望去，又认识是雷五，这时沙金的脑筋，被外面冷风一激，忽然清醒，回忆当时与传诗一家共住此屋时，何等的融融泄泄，就从姓雷的这个小子来了以后，么凤忽然改变态度，自己才落到今日的结局。

他想到伤心处，又悔又恨又痛，不由一声怪喊道："姓雷的，今天可是我与你二人该拼的时候了。"一语未了，话到，风到，人到，家伙也到，向着雷五的上下左右，一阵狂挥猛砍，正如疯虎一般，猛不可挡。

雷五也正念着杀父之仇，恨不得亲划沙金之胸，只是雷五纵然武功好，也不能抵御他这样神经质的剑法，还不到六七个照面，已杀得还招不迭，顾了上面，顾不了下面，但听哧的一声，雷五小腿上早被剑尖刺中，幸而雷五武功好，忍得住疼，咬着牙一味躲闪。

沙金见一剑未能致死，又狂喊一声，剑光就如雨点般直奔雷五。雷五此时实为他的狂焰所慑，竟至连招架都来不及了。沙金在乱击乱刺之中，又是一长胳膊，嘶的一声将剑向雷五眉心里直刺过来，雷五忙一侧头避过，就觉来剑向下一沉，自己要用剑去格，已是不及，左肩上登时又受了他一剑，幸而退得快，不过剑端略微擦过，可是衣服早被划破，肩头上渐渐向外冒血，雷五一见，心中发怵，正在危急之时，偏偏空中一声娇叱，飞下一人，正是么凤。

沙金一见，更如失了魂似的，口内高喊道："好呀，你们两个来赶落我一个，来来来，我们拼了吧。"

么凤见他神色有异，心中也有些凛凛然，不知骂他什么好，正在这一惊顾之间，沙金下手真快，只听嘶的一声，宝剑早已向么凤当胸带着风就卷进来了。么凤一个纵步，退出去有一丈远。

沙金见一剑刺空，绝不让么凤还手，接着一连两个箭步，哧哧两声，和一阵风似的，已蹿到么凤跟前。么凤在那一夜间，已知得沙金的厉害，又见他行动如风，更有些胆寒，正在待退不退的当儿，沙金已经举右手剑在么凤剑上一磕，么凤猛觉右臂一震，宝剑已被磕向下垂，正自惊顾，沙金左手早进，在么凤右肩上这一击，下边左脚又是一扫，只听嘣的一声，正扫在么凤右腿上，上身被掌击着一歪，下面又扫中了一脚，哪里还立得住，一连几个退步，噔噔噔冲到墙根下。

好狠的沙金，他今日仇人见面，分外眼红，一见么凤已退到墙边，无可再退，当即一绞右手宝剑，高喝了声："我的好妹妹，我送你回舅母家吧。"哧的一声，那柄剑真如一条银龙似的，向么凤心窝直刺进去。

么凤此时已无可再退，如左趋右避，却已都在沙金的拳脚尺寸之中，万万逃不过去，只喊了声："好贼子，你杀吧。"喊完了双目一闭，就在墙边等死，哪知宝剑竟不曾扎到身上来，但听耳边似乎一阵微声过处，就听有人喝道："休伤我妹。"一句话知道哥哥传诗到了，睁眼一看，果然沙金已被传诗接住，此时正与雷五二人竭力围攻，么凤也立刻参加进去。

三个人丁字式围住他一个，但是任他们怎么拼命也战不下沙金来，一不留神，么凤又被沙金双手摔出两丈远去，那一手名为展翅腾鸦，乃是七十二种拳经中鹤拳的一手绝招，能双手摔敌于数丈之外，此手一使，竟无人能破，所以么凤就遭了殃了。

传诗一见么凤被摔，心内一惊，好个沙金，就乘得传诗这略一惊顾之际，果然是心狠手辣，立即一翻右手腕，宝剑先向雷五面门上一晃，雷五一步退后，沙金乘剑势下垂，一个大转身，面冲传诗，腾左足进右足，单臂举剑向上一撩，其名为撩阴。此手在拳中名撩阴手，在剑法中名撩阴剑，厉害处就在一个快字，令人无从退避。

原来传诗只见他如何转身，却不见他如何起剑，等到传诗看见剑到裆下，已来不及退避，也来不及用刀去格，这真是危险万分。

雷五在旁也在暗暗忖道：“这一下完了。”

哪知说时迟，那时快，只听当的一声响过，传诗裆前，金星直迸，忽然从平空来了一柄晶莹夺目的短剑，一下正击在沙金这手撩阴剑上，立见沙金的剑头向下一沉。

沙金见了一跳，再一看，面前又立定自己的师父悟性禅师，沙金立刻怪嚷起来道：“好哇，师父帮着外人打徒弟呀。”一语未了，哧的一声，立剑就向悟性刺去。

悟性倏一旋身，已到了沙金身后，二人就一往一来地对上招数，这才是棋逢对手呢，索性连传诗等三人都不打了，立在旁边，仿佛看他师徒比武。

传诗此时旁观者清，才看出沙金剑法的高妙和身手的灵敏沉着，不由暗暗叹息，想他如此武功，便饶上两个钟传诗，也不见得能击败他，哪想到此人竟会误入歧途到如此地步，真正可惜到万分。

不言传诗等在旁观局，再说沙金，见悟性帮了外人来和自己作对，不由动了杀机，心想如不是这贼秃赶来，姓钟的、姓雷的都得躺下，偏偏这贼秃赶到，也是我命该如此，我纵然被这贼秃杀了，也得拉着他给我垫背。

沙金心存歹毒，已做了困兽之斗，每一下都是致死命的招儿。

悟性虽深恨沙金的荒谬，但究属自己一手教出的爱徒，而且他念目前少林门中能通七十二种拳经的，不过二三人，何况自己参解拳经，此子亦有功劳，此时纵为公义所迫，本也不肯伤他，希望他自己悔过。哪知他一见自己救了传诗，居然就与自己动手，毫未顾及师生的礼貌和情分，及至一动上手，又居然每一手都下绝招，看他恨不能一剑劈恩师为两段，悟性看了半天，看他越来越狠，简直和野兽一般，哪有一丝一毫是人类的行径，不由又悔又怒，大喝一声道："大胆孽障，你真想一剑刺死你的师父吗?"

他这句话，还是存着几分犊爱在里面，无非希望一语提醒他，他能醒悟，也就放他去了。

哪知沙金闻言，大喝道："你这秃驴，不念师徒之情，谁来念你。"

传诗等见悟性一闻此言，陡地面色一变，发须尽张，其时正当沙金立剑当胸，猛地一摇剑柄，那柄剑便横着奔了悟性的右颅旁，真如风驰电掣般快，这也是少林剑术中一手绝招，名曰"豹尾摇金"，那功力全在剑前的一摇剑柄，以乱敌人眼神，但又如何能乱得了悟性?

只听悟性大喝一声"孽障"，接着又一声"去吧"，这二语相隔，也只在片刻间，悟性不等沙金剑到，忽地腾身而起，真如神龙一般，就连传诗等这快眼光，也不曾看出他是怎样起来，正一惊顾，就听见当的一声，沙金宝剑早被踢上数丈的高空，紧接着一声"去吧"，也不曾看清悟性是怎样下手的，剑光闪处，听沙金一声惨号，已经飞跌出两丈以外，伏地不起。

传诗望过去一看，只见沙金左右两腿齐膝盖以下，全被剑砍断，只剩下大半截上身，两只手和一张将死的白脸，平摊在地了。

在沙金与传诗等三人动手之时，悟性已将邓炳文与张岳三个人擒获，因不肯杀害人命，故捆绑后交与村众，命他们好好看守，事毕好解往大理州，与应天化并案办理，安排已了，才到沙金这边，一进门就救了传诗，原希望沙金自己悔悟，哪知一动手，居然有杀师之意，屡下毒手，这才飞剑削他双足，使他不能再去为恶。

在沙金倒地以后，周郁文父子还不知道，正好从家中逃到这里，就被传诗逮住，这一件通匪献村案中的几个要犯，总算全数被获，过了两天，便一齐解往大理州归案。

本书写到此处，全部均告结束，悟性禅师十分感慨地回转了少林寺，传诗与么凤仍回到自己家中，全村村众为了感谢传诗兄妹的保卫乡土，便在村中磨盘谷开了一次盛大的胜利会，以纪念恢复故乡的壮举，在会场中，传诗又当众赞颂了锦面狮雷洪的功绩，同时并宣布了他与妹子钟蕤贞订婚的消息，招得村众一阵阵的欢呼，直到深夜还不曾停息。

全集终

注：本集1950年1月育才书局出版。

铁　　汉

卷头语

小说是一种艺术作品，在学识和技术方面，个人修养不同，自有其特殊作风，然时代的社会意识和群众观点，以及当前文艺工作者的使命，是每一艺术作品的共同条件，通过了这些条件，写出的作品，不论其历史性的或现代性的，武侠的或恋爱的，立场确定，意趣自高，中外名著不乏先例，我想这些观点，是作者读者以及批评家出版界应有的共同认识。

小说上面为什么要冠上“武侠”“言情”“社会”等字样来区别？我想这是近几十年内，出版家迎合社会一时的好尚，冠上了这些名词，形成了一种社会风气，一班小说家也投入了这个旋涡，迷途忘返，自命为某种小说的作者。其实真正艺术、成熟的作品，一部有一部的含义，绝不能用简单的名词硬加区别，比如一部《水浒》，描写方面有武侠，有恋爱，但是这些描写，是某一时代的反映，是文字技术的一种穿插，全部作品自有其含义所在，不能硬用一种名词来区别和范围它。

我是一个艺术没有成熟的作者，曾经一时投入了武侠小说作者群的旋涡，但是近年来，我写的几种有历史性的作品，如仅用武侠二字来范围，我是不大愿意承认的。

武侠小说确是要不得，确是应该淘汰，但是要不得的责任，却不在“武侠”两个字上，武侠二字的出处，可以用《史记·游侠列传》所说“侠以武犯禁”这句话做根据。这个“禁”字，便是封建时代专制君主的法令。这种法令，往往偏向于官绅豪霸一流，官绅豪霸利用这种法令来鱼肉穷苦的民众，奴隶没有保证的工农。扶弱抑强的侠客，便在这种压迫下产生，斗争的对象便是官绅豪霸，同时也不得不触犯了禁令，而逃亡远游。游侠的名词，大约是这样来的。这个“侠”字，是少数或多数民众的同情尊称，在官绅豪霸的眼内，当然是盗贼，凡是被人尊称侠客的，多少是封建时代压迫下的一个反抗者。不过这个“侠”字，有广义、狭义之分，如果小说里侠客故事，扩充到广义上去，如“抗秦救赵”的信陵君，在本国是“唇亡齿寒”，应该“同仇敌忾”，在赵国民众，却不能不讴歌信陵君的侠义行为，这个“侠”字，便不是一人一事的狭义奋斗，故事亦显出特具精彩来了，可惜许多武侠小说里，往往把一个侠客染上了个人英雄主义的暗淡色彩，反而把侠字的精彩本色冲淡了。

我根据了上面一点浅薄的意识，我又写了这部《铁汉》，我本意把它写成剧本的，为便利出版起见，先以小说体裁发刊，而结构制插，仍有点近于舞台剧的形式，匆匆写成，纰缪定多，尚希读者予以不客气的批评。

第一章　饥寒之火

陕西中南部分，渭河之滨，黄土高原的交通枢纽，便是大散关相近的宝鸡县。凡是经过宝鸡城北的行旅，必定可以看到赤黄色的高原顶层上，苍松翠柏，碧瓦红墙，尤其巍然矗立着的一对铁铸华表，是宝鸡县出名的古迹——金台观。据说这金台观是张三丰经常驻足之所，观内还保存着他的遗物。在宝鸡城内街道上走的人民，一抬头，便可望见这金台观，如从宝鸡北城外，走上高原金台观，却有二里多的山道。

在明室没落、清廷入主中华的初期，陕西连年遭受旱荒和兵灾，非但陕北赤地千里，十室九空，便是陕中、陕南也是饥民遍地，加上满清兵力所至，视汉族民众为征服的民族，官吏狐假虎威，鱼肉百姓，更是水深火热，苦不堪言。宝鸡县区的人民，那时便在这种环境下度过一个极困苦的时期，在这时期，而且发生了一桩悲壮的流血故事。

这桩故事发生当口，正值深秋寒风砭骨之际。

有一夜，天上一钩凄清的月色，和满空闪烁的寒星，笼罩着黄土高原上的金台观。观中几个香火道士，大约为了发生那桩流血故事的影响，已逃得一个不剩。观外一对巍然对峙的铁华表上，却挂着许多血淋淋的脑袋。

如果仔细数它一下，挂着的脑袋，怕不下二三十颗。从脑袋滴下来的颈血，湿了华表下面一大片黄土。似乎砍下这许多脑袋，还没多少日子。

距离两支华表几步以外，矗立着一块高脚木牌。牌上贴着官方告示，月色微茫，看不清告示的笔画，不外乎“聚众作乱，格杀勿论”等官话。

离开金台观一段路，在一座黄土坡脚下，搭着两座兵帐，蒙古包似的静静地搭在那儿。刁斗无声，四野寂寂，看不出兵帐内有多少兵士睡在里面。只营帐前面一支长竿，高挂着一盏明角红风灯，下面木桩上拴着几匹军马，在那儿摇尾蹴蹄，时时发出马喷嚏的声音。

这样夜深景惨、人影寂寂的金台观，忽然从观旁跃出一个人来，一伏身，便跃上围墙，再蹿上金台观屋顶，活像猿猴一般，伏在屋脊的上面，向下面黄土坡脚下两座营帐瞧了一回，一转身，一个“乳燕辞巢”，如像燕子一般，蹿到金台观后面去了。

这个人就在金台观后墙上一停身，听到墙脚下面轻轻地发出一声“嘘”，又从墙脚黑暗里蹿出另一个人来，墙头上的人把身体一晃，急跳下墙去，便和墙脚下面的人会合在一起，喊喊喳喳地谈起话来。

“南宫师哥！我们在县衙监牢内，找不着铁师叔的踪影，这儿华表上许多头颅，也没铁师叔在内，大约因为他是自己投案的饥民头儿，监禁在秘密处所了，事情这么糟，我们怎么办?”

说话的是一个二十余岁的英俊青年，一张白如冠玉的俊俏面孔，故意搽了许多灰尘，包头缠腿，一身劲装，外面却罩着一身破烂乡农的衣服，背着一个薄薄的长形包裹，这人姓钟名秋涛。

“钟师弟！最糟的，就怕那女魔头也从这条路上闯来。至于铁师叔，我想不至就地处决，刚才我们越城而进，暗地探监，虽然一时找不着监禁铁师叔的处所，我们不是探出县衙内一队军健，督率几个木匠，连夜在那儿赶造长行囚车么？我想定是押解铁师叔进省用的，看情形，大约长安回文到时，就要起解，事不宜迟，师弟先走一步，赶快去通知许家姊妹，不论用什么法子，先得拦住那位女魔头，不要趁火打劫，然后我们在虢镇到扶风一带地段，把起解的铁师叔截下来，决不能让囚车过武功。如果一过武功，长安已近，人烟较密，便没法下手了，师弟快走！我在这儿暗探动静，押解囚车一启程，我便随着他们，到前途和你们会合，只希望那位女魔头不来扰乱才好。”

这人复姓南宫，单名弢，年纪比钟秋涛大了八九年，已经三十出头，长得豹头环眼，紫膛面皮，个儿也比钟秋涛高出半个头去。身上装束，两人都差不多。这两人原是同门师兄弟，情逾手足，而且两人都是明没亡国大夫的后裔，仗着一身武功，隐迹风尘，形同游侠。

这两个英壮游侠，突然在金台观深夜出现，诡异的动作、闪烁的对话，以及金台观前铁华表上面挂着的累累人头，究竟怎么一回事呢？原来这里面包含着一桩壮烈奇惨的故事，这故事发生于两位游侠到金台观不久以前。

陕西地处高寒，深秋叶落，西北风一阵比一阵紧。宝鸡四乡的穷民，经过了几年旱灾兵灾，家室荡然，个个都已成了囚首鸠面的哀鸿，身上还只一领破单衣，肚里多塞着树皮草根，能够弄一顿热热的稀粥喝的，便是天字第一号的福人。在这样惨况之下，怎禁得阵阵作凉的西北风，只冻得他们瑟瑟直抖，肚里饿得吱吱乱叫。突然听得宝鸡城门口贴着告示，县官儿居然动了恻隐之心，想到了百姓身上无衣，肚内缺食，煌煌告示内，写着会同地方士绅富室，举办急赈，不日发放捐募的衣服粮食，而且四城还要搭棚设厂，收容穷无所归的老弱，种种抚辑流亡、赈恤灾黎的话，皆是仁至义尽，天地都要感泣。于是一传十，十传百，四乡穷民，欢声震动天地。大家伸长了脖子，望着县太爷这点天地之恩，早一天发放，早救活几条穷命。

哪知道光阴飞快，一天天过去，县太爷告示上举办的急赈，还没看到一点影儿，城门口贴着的告示，已被一阵阵西北风，吹得四分五裂，只剩下了告示的白纸边儿。大家盼望的急赈，还是在半天里飞，简直越等越没影儿，暗中一打听，才知县太爷和当地劣绅恶霸，上下其手，借急赈为名，捐募的银两确实可观，却悄悄私分，塞在自己腰包里了，一面有意推宕，说是“本县兵灾之役，流亡太多，无业游民，良莠杂居，为治安计，应先编户设保，厉行清乡，然后再举办急赈，好在未到严冬，急赈无妨从缓”等掩饰之辞。

这一来，四乡饥着肚皮，天天盼望活命的急赈，变成了画饼充饥。陕西人民素来强悍，虽然饿得有气无力，也动了公愤。大家众口一词，说是县太爷装聋作哑，不管小老百姓不要紧，何必拿告示骗人，而且利用急赈的美名，募捐肥己，实在太无良了。

公愤一起，如火燎原，每人高擎着一炷香，拖女带男，扶病携老，像潮水一般，从四乡涌至各城门口，哭声震地，口口声声责问县太爷：“四城贴出的急赈告示，算数不算数？老百姓都要饿死、冻死了，到底发不发？”

城外震天动地的哭声，把城内那位汉军旗人的县太爷，吓得麻了脉，躲在县衙内，一个劲儿喝令紧闭四城，又一个劲儿喝令宝鸡城内所有军健，上城防守，保护县城，一面又悄悄派人赶往大散关总兵衙门求救，捏称莠民聚众作乱，包围县城，火速派兵驰救，镇压地面，以免扩大。

他自以为得计，只要紧守城门，等候大散关救兵到来，便可一天云雾散，城外千万灾民，哭断了肠子，也不在他心上了。

城外的灾民，越聚越众，哭声变成了骂声，渐渐地石头瓦块，像雨点般往城上飞。城头上防守的军健，人数不多，而且多半也是本乡本土的人，对于城外潮水般的灾民，何尝不抱着同情，砖头瓦块雨点般飞上城来，手上虽拿着弓箭，虽然县太爷有格杀不论的话，也不好意思张弓搭箭，射死同乡同土的苦哈哈。住在城内的人们，除出富厚的绅商士宦，怕灾民涌进城来抢劫他们的金银财宝，其余普通商民，谁不恨县太爷太已无良，谁不同情城外可怜的灾民。

这天晚上，城外聚集的灾民依然不散，城内的商民也惶惶不安。城外城内，交织着漫天的怨气，县衙内的县太爷却依然灯红酒绿，邀请几个朋比为奸、为富不仁的绅士，窃窃私语，不断地打发人到城头上去眺望，只盼大散关总兵派遣人马到来。

这当口，城内靠着北城根有一排矮矮的土房子，都是小本经营的负贩和车脚之类，其中有一间土房，却是打铁匠的房子。平时人们走过这间土房时，常常瞧见屋内一个虬髯绕颈、身躯魁伟的中年汉子，不论冬夏，精赤着虬筋密布、浑似熟铜的上身，虎也似的站在炉砧边，一手用铁钳钳着一块烧得通红的铁块，一手举着铁锤，一下一下地打着那块红铁，叮当！叮当！一下一下的打铁声，老远便钻入街上人们的耳内。

这人很奇特，谁也摸不清他的身世，也摸不准他以前是不是打铁匠出身。大乱之后，流离的人们，从各地返乡，都是从新安家立业，只要听得这人一口乡谈，便认为本地人了。这个打铁匠是光身汉，没有家小，在这北城根发现他在这间屋内打铁，也只一二年的事。大家只知道他姓铁，因为人家初次请教他贵姓时，他指着打的一块铁说："这便是我的姓。"左右邻居的人们，便喊他一声"老铁”，至于他什么名字，从哪儿来，以前干什么，老铁平时不大和人交往，连说话都不大多说，独往独来，人们除出知道老铁二字以外，便什么都摸不清了。

这个老铁，并没终年干这营生，有时把门一锁，走得不知去向，甚至几个月听不到打铁的叮当声，回来时，也不和人家说长道短，只要听得他屋内叮当声响，便知老铁回来了。

在四城灾民哭声震天的那晚上，老铁并没有出门，打铁的叮当声也没有间断。人们从他门口走过，偶然向他瞧一瞧，觉得今夜老铁和往常大不相同，一下一下的打铁声音，似乎比平常日子慢得多，打下去的叮当声，却显着力猛而音宏，再往他脸上一瞧，不由得要吓一跳。

只见他平时乱草般的满颊虬髯，这时像刺猬般根根地直竖起来，浓眉底下一对环眼，这时往外弩出，发出闪闪的凶光，衬着他高颧阔额，熟铜似的面皮和壮实的精赤上身，又被砧上那块红铁的火光，反映上去，活像社庙里塑着的狰狞黑判，胆小的瞧见他这副怒容切齿的怪相，准可吓得发抖。

人们从街上一瞥而过，瞧出他和往常大不相同，以为他受了人家的气。其实老铁这时耳听着城外震天的哭骂声，心想着县官和劣绅们的无耻行为，不禁悲愤填膺，怒焰上腾，又把他当年豪迈的素性激发起来，心里只想杀几个人，出这口怨毒之气。可是他已届中年，饱尝了家破国亡的沧桑之劫，怒火虽然往上直升，自己还和自己较劲，极力想把这般怒火压下去，没有第二个法子，只好把钳在铁砧上烧得通红的那块顽铁，当作了县太爷和劣绅们，健膊一举，当的一声锤了下去，嘴上便切齿咬牙地骂一声“混账”！或者低喝一声：“妈的！总有一天，要你们的狗命！”

他这样打一下铁，骂一声，非但压不下胸中一股怒火，反而越骂越有气，他的打铁房又紧靠着北城根，北城外灾民聚得最多，连金台观山上山下都挤满了哭号的灾民，突然他又听到城外灾民们，众口同声地大喊着："城内的老乡们，你们劝劝县太爷积德修好吧！"

这一声喊不要紧，老铁可真受不住了，猛地一声大吼，左手铁钳上一块红铁，连铁钳向门外一抛，右臂把长柄铁锤一挟，腾的一个箭步，蹿到街上，左右邻居都惊得蹦出屋来，乱喊着："老铁！你发的什么疯?！你要干什么?"

老铁真像疯了一般，邻居的喊声满没入耳，瞪着一对弩出的怪眼，飞一般向北城门洞奔去，北城的城门当然也紧紧地关着，而且还加上一具大铁锁。城洞内由一位巡检带着几个士兵守着，一瞧老铁大踏步奔来，大家平时也认识他，那位巡检还不防他有甚举动，迎着他喝问着："你来干什么？我知道你气力不小，你想讨点赏，最好上城帮点忙去。这儿没事，用你不着……"

一语未毕，老铁已奔到他的面前，铁锤一举，卜托一声，那位巡检连啊哟一声都没喊，脑浆崩裂，往后便倒。

巡检身后几个士兵齐声惊喊，吓得没做理会处。老铁却不愿杀他们，右臂依然挟着铁锤，左臂一抓一掷，把几个士兵像稻草人似的，掷在城脚旁边。赶到城门近处，举起铁锤，铛的一下，便把那具大铁锁打落地上，铁锤向地上一放，左右开弓，两臂齐力，吱喽喽一声响，便把两扇紧闭的城门开大了，一伏身，捡起铁锤，腾地跳出城外，跳上一个土坡，举着铁锤，大声喊道："城门被我弄开了，你们快进城，找那混账县官儿说理去！"

他这一嚷不要紧，城外高高低低遍地站着的灾民们，山崩地裂地齐声大喊："进城呀！进城呀！"挤在城门口近处的人民，已经有不少抢进城去，只要有几个大胆的先抢进城，后面的人们，便像汹涌的波涛，向城内滚滚而进，宛似一条人流，从城门洞内灌了进去。

城墙上的军健们分守四城，人数原不多，下面有人斩关落锁，放进一股人流，城上的守军们还有点莫名其妙，只要城门一开，这样汹涌的人流，凭这少数的军健，再也无法阻挡，反而悄悄地溜掉了。

城外土坡上站立着的老铁，这时却觉得胸中奇畅，一股怒火顿时消释得干干净净，一动不动地眼瞧着无数灾民，汇合了一股人流，如水归壑般注入城内，觉得这是一个奇观，而且这个奇观是由自己一手造成的。至于这股人流注入城内，发生如何变化，他根本没有转念到，连他自己在这时是否随流返进城内，再去叮当叮当地打铁，也没有在心里转一转。只自己欣赏着，这股伟大的人流，是自己办的一桩痛快的事。

北城的人流一灌入城内，东、南、西三面的守城军健顿时发生了动摇，立时有人扒进城来，一样地斩关落锁，推开城门，灌进了三股人流。

这样每一道城门都灌入了一股人流，城内立时沸天翻地的闹得一团糟。进城的四股人流，没有组织，没有统率，身上缺衣，肚内缺食，外加汇合着一股冲天的怨气，一进城内，当然要像野火一般燃烧起来。

首先遭殃的，当然是该死的县太爷，火光冲天，一座县衙立时成了灰烬，大约连县太爷的尸首也化了灰；次之便是阔绅富商的大宅门，像洗过一般，抢劫一空，然后也难免波及到居民店铺。

这时宝鸡城内像开了锅一般，整整闹了一夜。到了天亮时分，涌进城内的灾民，个个欢天喜地，呼啸出城，依然变成四股人流，分向四门滚滚而出。不过进城时个个衣薄身饥，这时个个都衣上加衣，穿得臃肿不堪。凡是可吃可爱的东西，扛的提的，甚至合力抬着走的，都随着四股人流而去。

这一夜，宝鸡城内遭了一场空前大劫，算一算罪魁祸首，不是饥寒所逼的灾民，也不是见义勇为、斩关落锁的老铁，依然是那位汉军旗人的县太爷和几个朋比为奸的劣绅。不过晦气了一班良善的普通民户，无法避免池鱼之殃罢了。

城外的灾民饱掠而归，四城停止了哭号咒骂之声，城内却遍地呼妻觅子，哭爷啼女，一场伤心惨目的浩劫，一片悲天愤地的哭声，不在城外，却在城内了。到了中午时分，南城外角声呜呜，蹄声嘚嘚，从大散关赶来救应的二百骑兵到了。

救兵到来无济于事，县衙已烧，县官和劣绅们已死，一城的浩劫业已造成。带队的军官只好重新再关城门，严禁出入，一面飞报省垣，一面派兵下乡，搜查劫掠为首之人。其实根本没有什么为首的人物。这又晦气了住得离城近一点的乡民，随便拿来，杀戮示众，把首级高挂在金台观前铁铸华表上。

几天以后，省里又派了一支兵来弹压，新任县官也跟着来办理善后，明知一群灾民，铤而走险，咎在前任抚辑无方，致酿巨变，但是做官的都有一套官诀，绝不从根本着手，只图自己升官发财，博个能员的名声，非得拿获为首之人，解上省去，才算合辙。于是派队下乡，分头搜查，只要看得不顺眼，或者在他家中搜出一点可疑东西来的，便是参与劫城的乱民，立时就地正法，把首级挂在金台观前示众。

铁华表上脑袋一天天多起来，乱民为首之人，却终于没法缉获，本来没有为首之人，叫他们从哪儿捉为首的人去？

这时有一个人，听到灾民进城以后的结果，城内居民无端遭祸的巨变，以及官军到后，每天杀戮灾民，悬首示众的惨酷，越听越难受，越想越不是滋味，这时长吁短叹，难过得要死。这人不是别人，便是斩关落锁，大开城门，放进灾民的老铁。

他在那天晚上，立在北门外黄土坡上，眼看无数灾民，像潮水般涌进城去，心里痛快极了，心里一痛快，恨不得找个熟人，把这桩痛快的事，尽情地说一说，他想回进城去，城门洞已被灾民们拥挤得风雨不透，自己一想，我不是灾民，何必趁这热闹挤在一块儿，灾民们只晓得城门一开，蜂拥而进，也不知城内有个老铁，帮了他们一个大忙。

城是老铁开的，而且开城的人，正立在城门口黄土坡上，看着他们进城，灾民们一个个直着眼往城内挤，大约连黄土坡上的人影儿，都没工夫理会。在老铁全凭一腔义愤，并没指望灾民们见情，看着灾民们像潮水般涌进城去，哈哈一笑，便向城外一条大道上走下去了。

他去的地方说近不近，说远也不远，在平常人走起来，也得骑匹牲口，或者雇辆轿车，在老铁两条腿上，把这几十里路，满没放在心上。他去的地方，是宝鸡、凤翔之间的一个山村，地名棋盘坡，是个山重水复、地僻景幽的山区，隐居着一家姓许的人家。

这家人家，主人只有一位年近花甲的老太婆和她两个未出阁的女孩子。大的名叫俪云，年已及笄，小的名叫俪雪，比她姊姊只小了两岁。两姊妹的父亲是明季名将，捍卫边疆，殁于战阵，生前和老铁是生死交情的结盟弟兄。

老铁当年，也是边疆十荡十决、百战余生的勇将。明室亡后，他才隐于打铁生涯，不时到棋盘坡看望盟嫂和两位侄女。

俪云、俪雪两姊妹生为将门之后，从小得着家传武功，近年又经老铁一番熏陶，两姊妹武功进步更多，已非常人所及。老铁孑然一身，在宝鸡城内并没有至好朋友，他只要心里一痛快，或者有点别扭，打铁的家伙一丢，屋门一锁，便奔棋盘坡去了，一去至少住个十天半月，再回宝鸡城。这夜，他又大步向棋盘坡走去。

天没亮，老铁已翻上棋盘坡近处一重高冈，再过一道险仄的石梁，穿出一条松径，便到了许家的柴门口。许家几间半瓦半草的房屋，是背山面溪盖起来的，两旁还有几家邻居，也是纯朴的山农。住在这种地方，大有世外桃源的风味。

许家临溪的柴门并没关门，对门一条淙淙的溪涧上，搭着窄窄的木板桥，老铁走过板桥，便见柴门内一圈空地上，火光闪烁，围着四五个人，不知在那儿干什么。一进柴门，火把照处，才瞧出俪云、俪雪两姊妹都在场，正在督率几个邻居的壮实少年，当地开剥一只野豹子的皮。

老铁一进门便嚷道："嘿！这只野豹子不小，难得的是这张好看的皮毛，大约是你们姊妹俩打了来的——"

老铁语音未绝，俪云、俪雪姊妹俩已迎了上来，争喊着："铁叔！怎么在黑夜里赶来了？有什么事吧？……咦！走路还带着打铁家伙，大约走夜路，怕狼群围住你，可是铁叔怕狼带家伙，真还是头一遭呢。"

老铁哈哈大笑，把手上铁锤向篱角边一丢，向她们笑道："不要惊动了老嫂子——你们姊妹俩真淘气，夜里瞒着娘，也满山打起猎来了，彩头还不小，居然被你们打下了一只野豹子，我来得真好，野豹子的肉我还真爱吃……"

两姊妹把老铁让进侧面一间东屋内，这间屋子原是老铁来许家时常住之屋，姊妹俩让座、沏茶一周旋，天也渐渐地亮了，姊妹俩问他为何半夜便跑来，老铁便把自己一篇得意文章，一五一十地说出来了。

俪雪直说："城门开得好，这许多灾民进城去，还不把那个混账县官，生生活吃了……"

俪云却皱起了两道柳叶眉，一对黑白分明的大眼，向老铁瞅了瞅，缓缓说道："铁叔！你这档事虽然办得痛快，但是四门成千成万的灾民，涌进了城，怕要闹出大祸来吧?!"

老铁猛地一激灵，腾地跳起身来，在屋内来回急走了几步，小声儿说道："对！也许有你这一想。但是我想灾民们都是本乡本土的人，除出该死的县官儿和几个劣绅是他们冤家对头，难免找着他们要出口恶气，旁的事，我想不至于做出来的。"他嘴上虽这么说，心里可打起鼓来了，一迈步，出了屋门，在屋外空地上来回大踱步，自言自语地说，"灾民们冻得冰了心，饿得红了眼，一进城去，也许闯出滔天大祸来，果真如此，我可作了大孽了，怎的我开城门时，为啥没想到的呢？不好！我不能在这儿待着，我得回宝鸡去!"

他自己心上相商，叨唠了一阵，一抬头，瞧见东山上一轮红日已升上来，朝露都已散尽，剥野豹子皮的几个邻汉和肢解的野豹子都已搬走，许老太太在中间屋内，已有了响动，他突然喊了一声："时候不早，我得快走!"

俪云、俪雪姊妹俩赶出来喊他："铁叔！你上哪儿去!"

他头也不回，只说了一声："我得赶回宝鸡去!"便急急往柴门走去。

人刚到门口，门外脚步响，一个英挺俊秀的少年，穿着一身文生打扮，急步而入，几乎和老铁撞个满怀。

那少年一闪身，却一把拉住老铁，急喊："铁师叔！宝鸡城内遭了大劫，北城根一带的人们，已乱喊着打死巡检，打开城门的人便是师叔，我在城内寻不着师叔，料得定在此地，特地连夜赶来通知的!"

老铁一听这话，立时面如噀血，两眼睁得鸡卵一般，翻手一把拉住那少年，大喊道："秋涛！你来得好！巡检是我打死的，城门是我开的，现在城内怎么样了？灾民们出城没有？你什么时候到宝鸡去的？宝鸡城内究竟怎样情形？快说……快说……”

他大声一嚷，俪云、俪雪已从东屋蹦出来，一见柴门口立着的少年，立时喜上眉梢。

俪云娇脸上似乎凭空起了一层红晕，两脚都不由得抢先赶了过去，娇声喊着：“涛哥！你老远的路，怎么赶来的，宝鸡到底怎么样了？”

那少年尚未答话，上面正屋门口，现出一位头发花白、面貌清癯的老太太，一手扶着门框，笑道：“咦！想不到铁叔和秋涛都来了，快进屋来谈谈。”

老太太这么一说，老铁没法不回身和这位老盟嫂打招呼。大家把老铁拉进了正屋，老铁和那少年都向老太太问候道好。大家在堂屋一落座，老铁又一个劲儿向那少年打听宝鸡情形。

这位英俊少年，便是本书开始，在金台观月下现身的钟秋涛。他是老铁已故师兄名震遐迩梅人杰的徒弟，和棋盘坡许家也有世家之好，暗地里老铁还替他做了月下老人，想把俪云与他配成夫妇，许老太太已一口应允，虽未当面言明，许老太太早已默认钟秋涛为未来娇婿。俪云、钟秋涛两人也心心相印，暗通情愫，只待举行一次仪式罢了。

钟秋涛也是个国亡家破、隐迹草莽的人物，常常住在宝鸡边境和甘肃交界的青石岩。因为青石岩内住着他师兄南宫弢。

这南宫弢也是个铜筋铁骨的义气汉子，和钟秋涛从小在梅人杰门下同堂学艺。他是青石岩首户，和各地绿林魁杰暗通声气，隐为一方之雄，把钟秋涛留在家中，同进同出，无异手足。

在宝鸡灾民围困县城头一天，南宫弢忽地从别处探听到老铁冤家死对头，在潼关开设威远镖局的飞天夜叉萧三娘，新近接了一批官镖，押运天水交镖，不日起程。这批官镖从潼关、长安一路下来，由渭河南岸，渡过北岸，到天水去，势必经过宝鸡。这条大路，老铁住在宝鸡城内，萧三娘也许已经探明踪迹。她心狠量窄，难免寻上门去，惹事寻非。

萧三娘本领非常，一柄斩金截铁的缅刀，八八六十四手五虎夺命刀法，和一袋枣核亮银镖、十二支追魂穿心钉，名震江湖，非常歹毒。怕的是老铁孤掌难鸣，疏于防范，吃了她的亏。

钟秋涛和南宫弢一商量，先由钟秋涛立时赶赴宝鸡，知会老铁。南宫弢再派人去探威远镖局起镖准日子，一得准信，再赶往宝鸡，会合钟秋涛，助铁师叔一臂之力。

两人商量妥当，钟秋涛连夜赶往宝鸡。不料他到宝鸡时，正值成千成万的灾民，涌进城去，以后城内乱得开了锅一般的当口。他仗着一身武功，也进了城去寻老铁，人寻不着，却听得邻居们躲在僻静处所，说出开城门放进灾民的，不是别人，正是自己师叔。心里暗吃了一惊，觉得这祸闯得不小，官兵一到，难以存身，料得老铁闯了这样穷祸，定已到了棋盘坡，慌不及几步赶到此地，多时不见俪云的面，心里也觉空洞洞的不好受，一举两便，便连夜赶来了。

钟秋涛一见老铁，非但报告了灾民进城的情形，把南宫弢得到萧三娘快来的消息也说了。老铁对于萧三娘的事，倒不放在心上，宝鸡城内的人们，知道打死巡检、放开城门的就是他，他也并没十分在心，只一听钟秋涛说出灾民进城，烧、杀、劫、掠，城内大乱，两道浓眉，立时紧紧地连在一起了，猛一跺脚，大声嚷道："坏了！我做错事了，城内这场大祸，是我一手造成的，我再也没脸见宝鸡城内的人民了！"

虎也似的一个汉子，立时长吁短叹，垂头丧气地坐在一边，半晌没有抬头说话。许老太太和俪云、俪雪、钟秋涛几个人，再三譬喻劝解，也解不开他的百结眉头。

老铁在许家坐立不安地盘桓了五六天，钟秋涛不断地到外面打听宝鸡的消息，老铁不断地听着宝鸡城内烧了多少房子，抢劫了几条街，遭难送命的有多少人，大散关骑兵到了以后，又怎样搜索乱杀无辜良民，新任县官又怎样决心搜查出乱民头儿，才能了结此案，办理善后……这种消息，每天钻到老铁耳内，都变成穿心的利箭，几乎把他急疯了。

又过了两天，老铁面色铁青地对着钟秋涛、俪云、俪雪，说出一番惊人的话来。

他说："我早年驰骋疆场，早应该死于千军万马之中，偏偏没死，又偷活了许多年，尤其是偷活于异族征服之下，虽然我隐迹于打铁生涯，想起来也一样可羞可耻。那天晚上，听着城外这许多无衣无食的灾民哀号，激动了我久郁不发的豪兴，忍不住打开城门，放进了北城外无数灾民，谁料到治一经，损一经，替城内无数良民放进了许多饥饿灾民，造成了这般大祸，最难受的，依然救不了灾民，反而叫灾民伸首受戮，现在天天被官军枭首示众。孰无天良，这样水深火热的局面之下，我怎能安心在此避祸，厚颜偷活于人世！现在宝鸡新任的县官儿，不是要拿到乱民首领，才能了解此案吗……"他说到此，略微一沉，忽地一咬牙，一跺脚，胸脯一挺，哈哈狂笑道，"好！我现在情愿替千万灾民请命，到宝鸡去挺身自首，非但承认打死巡检、开放城门是我老铁干的事，我还直认自己是乱民的首领，让新任县官儿，拿我脑袋去请功受赏，我为千万灾民而死，也死得不枉，和当年为国家捍卫边疆，死在千军万马之中，一样的光荣，同时，因我老铁做事鲁莽，替城内的人们招来了滔天大祸，也应该一死以谢宝鸡城内的老乡们，这样结束我老铁一生，最好没有了，我志已决，你们千万不要拦我！"

他说完这话，一声狂笑，便要迈步出门。

这一下把俪云、俪雪两姊妹和钟秋涛惊得一齐跳了起来，死命把老铁拉住。俪云、俪雪更是声泪俱下，齐声喊着："铁叔！铁叔！你这主意万要不得，你再往大处远处想一想！你不要忘记了先父临终托孤之重，更不要忘记了许多为国捐躯的同志们！卧薪尝胆，预备将来抵抗异族、恢复汉室的大志！"

钟秋涛更说得词正义严。他亢声说道："师叔！你数一数我先师一辈的人物还有谁？在我们一班后辈中，只剩下你师叔一人领导着我们了，你忍心丢下我们走吗？这且不去说他，师叔后悔着不该开城放进灾民，闯了大祸，其实师叔开城，完全是一腔义愤，并没有错，灾民进城变成了一大群饿虎，这是前任该死的县官激成的巨变，种下的祸根，便是师叔不开城，相持一久，凭城上一点单薄的守卒，也抵抗不住四城成千成万的灾民拼命。即使勉强守得住，试问大散关救应的官军一到，还不狐假虎威，把手无寸铁、哀号四城的千万灾民，尽情杀戮吗？恐怕比城内一场大祸，还要死得多哩！师叔往这上面一想，再把两位世妹的话，在利害轻重上掂一下，便知师叔前往宝鸡自认乱首的一招，未免有点不值得了。"

三人再三地劝解，许老太太也闻声出来，说了许多话，说得老铁似乎哑口无言，坐在一旁，一声不哼。从外面看来，老铁好像有点心回意转，打消挺身自首的主意了。许家姊妹和钟秋涛还不放心，白天时时刻刻有一人绊着他，不断地说服他，想根本打消他这股心肠。不料第二天清早起来，到他房中一看，人影俱无。大约在半夜里，趁没人绊住他的时候，竟悄悄地走了。

老铁这一走，不用说，是往宝鸡挺身自首去的。走了大半夜，像老铁这样脚程，不到天亮，定已进了宝鸡城，无论如何也追赶不及了。他这一走，可急坏了许氏姊妹和钟秋涛。

老铁素性耿直，宁折不弯，一冲性地直进宝鸡城内，当然是有死无生，但是许氏姊妹和钟秋涛岂肯眼睁睁地让这位铁叔白白送死？三人略一商议，立时改扮行装，配好马匹，离开了棋盘坡，向宝鸡进发，好歹要救出这位铁叔来。

三人离开棋盘坡，走不到一二十里路，凑巧在路上，对头碰着了青石岩来的南宫弢。

南宫弢早和钟秋涛约好，是为了飞天夜叉萧三娘的事，预备到宝鸡会合钟秋涛，替铁师叔助阵，预防萧三娘记着旧恨，向老铁寻仇的。可是他走近宝鸡，在路上便听到灾民烧掠宝鸡城内的消息。他赶到宝鸡，城门口戒备严紧，白天不易进城，在城外一打听，才知老铁进城自首，到处都沸沸扬扬地讲着老铁杀人开城，今天突然自首的事。

有的说："老铁不愧一个好汉，竟不怕死，单枪匹马地进城投案，而且不用三推六问，大步闯进城内，立时到官，自认乱民头儿。"

有的说："老铁是疯了！不是疯子，那晚怎会去开城门？说他是乱民头儿，实在是冤枉，但是他毫不皱眉地投案自认乱民头儿，不是发疯，又怎会做出这种事来？"

城外沸沸扬扬的传说，却把南宫弢吓得不轻，料得自己师弟钟秋涛孤掌难鸣，定已赶到棋盘坡想法去了，便飞马向这条路上赶来，凑巧在半途上，碰着了钟秋涛和许氏姊妹。

四人下马，拣了僻隐之处一商量，决定许氏姊妹在离宝鸡二十里以外的隐秘处所，等候消息，先由南宫弢、钟秋涛改扮乡农，前往宝鸡北城外金台观隐身，到夜晚时分，先探一下城内县官对于自首的老铁作何处分，只要没立时正法，还有法想。这便是本书开始，南宫弢钟秋涛深夜在金台观定计救人的因由。

两人算计老铁必定解省，钟秋涛立时先赶往二十里外许氏姊妹藏身之所，密筹沿途劫囚的计划，南宫弢仍然隐身宝鸡县城近处，随时暗探官方动静，随着押解囚车，到前途暗地会合。于是许氏姊妹和钟秋涛赶往虢镇扶风一带，布置劫囚车、救老铁的下手地段，一面还得沿途打探萧三娘的镖趟子，是否真个向这条路上走来，还得想法阻住萧三娘寻仇。

人手不多，凭这有限几个人，想保全老铁一条命，实在够棘手的。

第二章　老铁与萧三娘

老铁磨难当头。灾民闹祸这档事，已是不得了，要命的，偏在这当口，他的对头冤家，飞天夜叉萧三娘押着镖趟子，确是由潼关启程，过长安，进兴平，沿着渭河北岸向宝鸡一路按站走来。因为她这趟镖驮，是到邻省甘肃秦州（天水）交割的。

萧三娘对于老铁，据旁人说起来，简直是不解之仇。如果她向这条路上走来，一听老铁出了这桩逆心事，非但抚掌称快，还怕她冤家路窄，先下毒手，从中破坏了许氏姊妹和南宫弢、钟秋涛设法解救老铁的计谋。

飞天夜叉萧三娘和老铁究竟有什么不解之仇呢？老铁嘴上从没向人详细谈过，知道这桩事的很少。晚一辈像南宫弢、钟秋涛，只知道两人由爱好变成怨仇，也没明白内中底蕴。

凡是由爱好变成仇恨的，更比平常的仇恨深几分。这事还是俪云、俪雪姊妹俩，知道一点大概情形。因为老铁和萧三娘的事，她们故去的父亲是明白此中情由的。两姊妹从许老太太嘴上略知一二。

据说以前萧三娘父亲是绿林侠盗。萧三娘从小跟着她父亲出没江湖，无意中和老铁在华山道上相逢，一言不合，双方交起手来。萧三娘刀法不敌老铁，眼堪落败，一狠心，暗发了一支家传独门穿心钉。老铁一时疏忽，中钉受伤，几乎被萧三娘一刀杀死。幸而萧三娘父亲赶到，喝住萧三娘，问起老铁武功宗派，彼此都有渊源，父女把老铁带回山上隐身之所，留住老铁，替他医治镖伤。

可笑萧三娘和老铁几天盘桓下来，真成了不打不相识的俗语，竟对老铁钟情起来，嘘寒问暖，终日陪着老铁，情话绵绵。老铁也忘了一钉之仇，觉得萧三娘貌美艺高，很是难得。最合他脾胃的，是她泼辣豪爽的性质，爱便是爱，仇便是仇，绝不扭扭捏捏，做出普通女子的行径。

两人越说越对劲，萧三娘父亲也愿意结头亲，了他向平之愿，用不着挽出媒的，下聘订婚，两好结亲，当面讲定，便算定局。

那时老铁路过华山，原是进潼关，奔京都，预备赶赴山海关军前，效力疆场，一显身手的。萧三娘父亲本想立时替两人成亲，招赘为婿，老铁却志高气雄，和萧三娘约定三年为期，待他在边疆上立下功名以后，再来迎娶。父女俩拗不过他，而且老铁的主意非常光明正大，谁不愿嫁个封侯夫婿，当下一言为定，萧三娘依依不舍地送走了这位未来夫婿，从此身有所属，只盼望老铁依约荣归，百年好合了。

哪知道萧三娘盼望着老铁荣归的三年前后，时局日非，江山改姓，晋陕等省份也遭了惨酷的战祸。非但老铁的生死存亡，一无消息，她自己的生身老父，也在这三年内身死，只剩了她形单影只的孑然一身。但是萧三娘不是普通女子，她有一身高强的武功，有泼辣刚强的个性，还有胜似男子的一腔雄心豪气。她竟弃却绿林生涯，广收党羽，摇身一变，居然在潼关设立起镖局来。为时不久，“飞天夜叉”的旗号，居然飞跃于潼关内外。在清廷定鼎未久当口，道路不靖，非但商旅货物来往，多仗镖局保镖运送，连官厅方面押解官款饷银，也得镖局帮忙。在这局面之下，萧三娘一手创办的威远镖局，便生意兴隆，名头远震了。她的事业虽然一天比一天兴隆，她的芳龄也一天比一天增长。这时她已经是三十有余的老处女了。

她虽然成了三十几岁的老处女，虽然盼望老铁三年之约，早已梦一般过去，但是她不管老铁是生是死，认定老铁是她的丈夫。老铁如果还活在世上，终有一天会回到她面前来的。如果老铁已经不在世上的话，她情愿终生做个老处女。

她刚强坚决的个性，一经打定主意，便铁了心，谁也挽回她不过来的。可是她以一女子，创立这样事业，在她身边围绕着的镖师们和平时与她交往的一班人物，有羡慕她本领面貌的，也有垂涎她生意兴隆的事业的，难免起了人财两得之念，想尽方法去博萧三娘的欢心，虽然结果都碰了一鼻子灰，有几个还几乎送了性命。可是在潼关内外以及江湖上，都传开了许多笑话。这种笑话当然有许多添油带醋、捕风捉影之谈，其实萧三娘还是铁打心肠的老处女，还是盼着老铁安然归来。

“痴心女子负心汉”，飞天夜叉萧三娘对于老铁，也可以说是一位痴心女子了，但是老铁也不是一个负心汉，在萧三娘镖业兴隆当口，老铁百战余生，抱着国破家亡的惨痛，已经心灰意懒，隐姓埋名于宝鸡城内。潼关威远镖局萧三娘鼎鼎大名，他岂有不知之理。当年依依惜别，三年重见之约，他岂能置诸脑后。

原来他在隐迹宝鸡以前，从边疆解甲归来当口，确是先奔潼关镖局，去寻萧三娘，去时还存了力劝萧三娘收拾镖局，不必露头露脸，替满官奸商们保镖的主意，不料未到潼关，在路上便听到许多传说，便是许多对于萧三娘捕风捉影的艳事。

老铁信以为真，他又是一个一冲性的耿直汉子，以为萧三娘既然不贞，对于自己早已置诸脑后，何况自己功名未树，落拓穷途，这样去见她，反而被她耻笑，匈奴未灭，何以家为，这样女子，有甚稀罕，何必自轻自贱去投奔她。

他越想越左，写了封决绝的信，差人送到威远镖局，自己却潜入潼关，先到棋盘坡许家盘桓几时。许老太太耳朵里，也曾听到传说的萧三娘许多艳闻，疑真疑假，也不敢深劝老铁重偕良缘了。老铁亡国之痛以外，又添上萧三娘一段堵心的事，益发壮志消沉，便在宝鸡城内隐迹埋名，变成一个蓬头垢面的打铁匠了。

老铁这面情形如是，可笑那面泼辣刚健的萧三娘，一接到老铁的信时，起初喜出望外，等得她看清信内决绝的话，立时怒气冲天，把手上一封信撕得粉碎。她没有细想老铁这封决绝信的来由，却恨极了老铁负心无良，白费了她多少年痴心盼望，恨不得立时寻着老铁，砍他几百刀，才能略消心中之恨，而且还疑心老铁嫌她徐娘半老，别偕良缘，益发妒恨交加，立时派人四出搜寻老铁踪迹，只要她一见老铁的面，马上白刀子进去，红刀子出来，和老铁拼命。

但是萧三娘手下的人没有见过老铁，老铁隐迹宝鸡没有几个人知道，一时却找寻不着。老铁靠近的人，像许氏姊妹、南宫弢、钟秋涛一班人，震于飞天夜叉的泼辣，风闻到她已派人搜寻，誓必拼命的消息，常常替老铁担心，偏在这要命当口，又探得飞天夜叉萧三娘亲押镖趟子从这条路上走来。隐迹埋名的老铁，这时为灾民请命，自己投案的风声，业已四处传开，一入萧三娘之耳，岂有推测不到之理！

在老铁赴官投案，业已视死如归，在南宫弢、钟秋涛和许氏姊妹，却急上加急，感觉事情益发棘手了。

怕什么有什么！潼关威远镖局承揽下来的一批官镖，果然已经出发，循渭水南岸西进，已经过了长安，到了咸阳相近。镖驮的客栈，是由渭南渡过渭北，向兴平、武功、扶风、宝鸡，一路按点进发，由宝鸡出省直达交镖目的地的秦州。

那时代满清窃据未久，各地啸聚山野的绿林，痛心故国，人心未死，多少有点抵抗异族的色彩。“好汉不斗势”是江湖上庸碌无能，没有英雄气味的口号。有点胸襟的豪侠，痛恨满清官吏奴视汉民，碰着官府押银两过境，或者是私囊充满的官府绅商路过，只要警备薄弱一点，便要沿途拦截，人财俱留。官府方面感觉防不胜防，于是碰到长途运解饷银税款等事，索性委托平时信誉昭著的镖局代运代解。镖局承揽这种官镖，也得出具切实保单，万一出事，便要负责赔偿。官府只要有人负责赔偿，比自己派兵押运，时时提心吊胆的干系轻得多，一来二去，官镖便成了惯例。

能承揽官镖的镖局子，当然也要有相当把握，自己相信得过，才能承揽下来。萧三娘承揽这批官镖，数目并不大，只一万两银鞘。随带的商货却不少，一共装了三十几匹骡驮，名目却是官镖。既是官镖，便可仗几分官势。押镖的镖师、趟子手们，粗豪成性，仗着官镖，打尖落店，格外神气十足，仿佛是半个官人了。

这天威远镖局三十几匹骡驮的镖趟子，由兴平过了武功，踏上了扶风县境，沿着一道长长的岭脚，趱程前进。

最前面一个趟子手，扛着威远镖局的镖旗。这张旗很特别，简简单单的一块白布，旗中心却画着一个赤脸獠牙的鬼怪，身上还长着一对翅膀，手上擎着一支锋利的钢叉，钢叉的首尾，围着赤红色的火焰。外行的人们看着不懂，江湖上的人们一看便明白，这张旗是飞天夜叉萧三娘的特有标志。旗上的画，隐着飞天夜叉的诨号。这张镖旗被山风卷得猎猎有声，沿途招展而过。

旗后或四五个精壮干练的趟子手和一群骡夫，赶着三十几匹骡驮，最后押着镖趟子的两个镖师，都骑着镖局自备的长行快马。这两个镖师，一个细长的高个儿，叫作“洞里蛇田二楞”，一个身子横阔，五短身材的，叫作“矮金刚宋泰”。长长的一行镖趟子，从头到尾，却没见总镖头飞天夜叉萧三娘的影子。人们传说，这趟镖驮，因为是官镖，萧三娘亲身押送这消息好像不确实似的。

太阳渐渐地西斜，镖趟子好容易沿着岭脚，走完了长长的十几里路的一道长岭，地势显得平坦起来，前面现出三叉口的岔道。靠西南那条岔道，是镖趟子向宝鸡去的大路。靠东北方面一条岔道，是通凤翔的一条小路。这两条道都可以到秦州，不过经宝鸡走比较近一点，好走一点。镖趟子走的是通宝鸡那条大路。

趟子手们喊着镖，走上这条道时，后面铃声锵锵，通凤翔那条岔道上，跑来两匹乌黑油亮的健驴，跑得飞风一般快，由那条岔道，转到镖趟子走的道上来。

押队的两位镖师田二楞、宋金刚听得后面铃声响，在马鞍上扭腰一瞧，只见两匹跑得飞快的黑驴上，驮着两个一身青的女子，面上蒙着黑纱，各人背着一个长形蓝布包袱，转眼之间，业已到了跟前。一到跟前，两女手上驴缰一松，驴蹄便放慢了，似乎驴上女子很懂得行道规矩，怕镖趟子起疑，不便越队而过，和镖趟子保持了相当距离，缓缓地跟着镖队后面走来。

宋金刚瞧了半天，口上“噫”了一声，悄悄向田二楞说：“你瞧这两个女子，年纪都很轻，身材都很苗条，居然敢在这条荒道上走，八成不是好路道吧?”

田二楞是出名的色中饿鬼，未答话，喉咙里先咽的一声，咽了口唾沫，两眼依然直勾勾地瞅着后面两匹黑驴上的女子，嘴上笑说道：“你没瞧着她们鞍上都捎着鼓板弦索吗，不用说，是赶码头、串客店的游妓，前面不远是大镇蔡家坪，定然和我们一路到前站投店去的，这两个妞儿不坏，而且天缘凑巧，不多不少是两位，咱们今晚乐子不小。”

宋金刚一缩脖子，扭过身来，笑道：“你是穷星未退，色心又起。万一被我们头儿回来撞见，我可惹不起，她那张嘴又损又刻，我可受不了！”

田二楞鼻子里哼了一声，一颗头还舍不得转过来，半晌，才转过身来，笑道：“你望安，你不知道那位雌老虎嘴上说得好听，说是：‘宝鸡出了乱子，连县太爷都被人宰了，我们镖趟子必须经过宝鸡，怕前途出事，亲自单身先赶一程，去蹚一蹚道。’虽然嘴上这样说，我猜度她肚里另有文章，你瞧她走时神不守舍的样子，也许宝鸡城内有她心上人在那儿，宝鸡离这儿还有不少路，我们在蔡家坪乐个通宵也没碍事，保管她不会赶来的。”

两人正悄悄地说着，后面驴上两个女子，驴缰一拎，蹄声嘚嘚，忽然策驴赶了上来。赶到和两位镖师并骑当口，前面驴上略微年长一点女子，向两人点点头，娇声说道：“两位达官，我们要紧赶一程，到前站落店，恕我们失礼了！”说罢，鞭子一动，驴蹄跑开，一阵风似的擦着长长的一队镖趟子，赶奔前程去了。

在她们出声告罪、扬鞭赶路时，偏偏一阵疾风飘过，把前面那女子脸上的黑纱，卷起一角来，露出半张芙蓉似的粉面，电闪似的秋波，还向两位镖师掠了一下，惹得田二楞失声怪叫：“嘿！这可要了田二爷的命！真够漂亮呀！”

宋金刚也有点发愣，两眼送着过去二女的后影，啧啧有声地说：“真怪道！落道串店的娘儿们，哪有这份人才！连两匹驴，也透着十分精神。我说田老二，咱们不要阴沟里翻船，这两个女子，怕有点说处吧！”

田二楞大笑道：“我的宋爷，你是听鼓儿词听迷了，这一带路虽荒凉，有几处垛子窑，有哪道上的人物，都在咱们肚子里。这两个丫头大约是初出道的窑姐儿，像水葱似的人儿，还会变什么戏法儿，你是有福不会享，不知道想到哪儿去了。回头，你瞧我的，保管你乐得闭不拢嘴！”

前站蔡家坪确是个大山镇，长长的一条街，两边买卖铺各式俱全。镇南一家老字号泰来店，专供过往客商投宿，进门一大片空地，两面搭着一溜牲口棚，备客商卸货存车，正面深深的几层院落，足可住个十几拨客商。威远镖局的镖趟子在黄昏时赶到蔡家坪，便落了泰来店。趟子手们赶着三十几匹骡驮，一进店门，泰来店立时热闹起来。头一层院落，已经住满了过路客商，镖师们便包了第二进正屋三大间。

镖旗在前进过道口高高地一插，趟子手们和两位镖师，挺胸突肚，山嚷怪叫："打脸水，扫土炕，卸行李，沏茶水。"赶罗得店中伙计脚不点地，晕头转向。

田二楞百事不管，马马虎虎地擦了把脸，便急急地跳出房来，前前后后遛踏了一遍，两只怪眼，乌黧鸡似的，向各屋子东张西望。趟子手们还以为他小心谨慎，一落店，先察看察看店内有没有邪魔外道，其实他念念不忘路上相逢的两个驴背女郎。但是他前前后后遛踏以后，各屋子全是男的，竟没一个女的。他立时心上压着一块铅一般，凑巧在过道上，急匆匆走来一个伙计，他失神落魄地把伙计一把拉住。

他手劲是大的，把伙计拉得怪叫起来，他却把伙计拉到一边，悄喝道："嚷什么？我问你，有两个落道吃开口饭的女子，比我们先到一步，怎的没露面呢？"

伙计一听便明白了，哧地一笑，说道："没见她们进店呀！哦！定是落在镇北二友店了。"

田二楞心里一松，慌说："时候不早，劳你驾，替我去跑一趟，好歹把两个妞儿撮了来，朝廷不差饿兵，咱们心照不宣。"

伙计一哈腰，满面笑容地说："你老望安，只要准有这两个人，有财神爷抬举她们，还敢不过来伺候么？说办就办，我马上去跑一趟。”说罢，真个脚不点地地走了。

伙计一走，田二楞长长地吁了口气，好像办了一桩大事一般，这才想起前面空场上的骡驮，不知弄妥帖没有。他从第二进穿到前进过道上，一眼瞧见靠过道客房门口，立着一个文生装束的俊秀书生，年纪不过二十才出头的样子，看了田二楞一眼，背着手，转身踱着方步，向过道外空场走去。田二楞大踏步一走，正赶上了年青书生，并肩而行。

这时田二楞自以为情人将到，心里飘飘然，一转脸便向书生兜搭道：“喂！老弟台，你上哪儿呀？你们是几位呀？”

那书生一扬脸，有点爱理不理的神气，只说了一句：“上汉中，没有伴儿！”口吻显着那么硬绷绷的。

如照田二楞平日气性，马上就得发横找错。这时他一心盼着两位美人儿，心眼儿里老在那儿乐得开花，非但不发横，还平心静气地逗趣道：“嘿！人小口气可不小，这是什么年头？凭你一阵风刮得躺下的身子，在这条路上，愣敢说单枪匹马地独闯，你家里大人，也真放心你这样走远道……”

刚说到这儿，凑巧宋金刚从空场里转身进来，听见了田二楞的话，向那书生从头到脚瞅了几下，点点头说：“我们这位田二爷的话，是一番好意，你难道没有听到前途宝鸡城内出了大乱子的新闻吗？这条路上可真玄虚呢！”

那书生听得似乎吃惊模样，慌不及向两人拱拱手说：“哦！原来有这等事，早知路上不太平，我就蹲在长安不下来了，现在已经到了此地，这……怎么办呢……”

田二楞哈哈大笑道：“何如？像你这样初出学房的雏哥儿，吓也吓不起，瞧你这怂样儿……”

他说到此地，忽向宋金刚笑道：“怪可怜的，我们修点好，带他一程吧！”

宋金刚无可不可地微一点头，那书生慌不及打躬作揖地称谢，慌不及掏钱喊伙计买酒买菜请客。

田二楞双手一拦，大笑道：“老弟！咱们不图你吃喝，今天田二爷有的是乐子，可不带你小白脸儿！你请便吧！明天你听信，跟着我们镖趟子走好了。”

田二楞大剌剌地撇下书生，向宋金刚问明了空场上骡驮，业已安排妥帖，便懒得再向空场上察看，和宋金刚转身向第二进客房走。

这时已经掌灯，两人回到房内，私下一商量，正要招呼店伙预备可口的酒菜，等候两个妞儿到来，大乐一下，忽听得门外脚步响，派去到镇北二友店探问的伙计，急急疯地蹦进来了。

田二楞慌问：“来了没有？”

伙计摇摇头说：“二友店确是有这么两个卖唱的妞儿。不过其中一个，大约身体单弱，路上受点风寒，一落店就睡了，不能应客，一人有病，好的一个也不肯出门了，连二友店本店几位客商，想招呼她们也给驳了。我一进门，叫二友店柜上去知会，这儿走镖几位达官爷，要抬举她们，有病的不去不要紧，没病的可以去伺候一下，中了达官爷意时，大把银两赏下来，连我伙计也沾了光！”

田二楞拍着手说：“你成，说得对，咱们出手绝不寒碜！她们听了这话，定然欢天喜地地来了！”

伙计皱着眉说：“事情可别扭，窑姐儿也有谱儿。没病的一个说：‘对不起！我妹子有病，不能离开她。再说，我们从这道上奔大散关投亲，原没打算沿途卖唱，不过威远镖局几位达官看得起我们姊妹俩，还有把财神爷往外推的吗？听说这条道上有点不好走，我们姊妹俩是女流，前途还希望达官爷挈带挈带哩。今晚妹子有病，委实难以独身应客，除开今晚，明天镖趟子起程，我们姊妹俩一准跟着往前走，前途再补报几位达官爷的美意吧！’话说得中听，我只好回来禀报了。”

田二楞说：“咳！真别扭……可是单丝不成线，只来一个妞儿，也没法安排……”他又向宋金刚笑道，“她们是到大散关去的，想跟着我们走，主意不错，倒是一举两便的事，我们一路乐子不小，屁股吃人参，后补。可是咱们两块料，也替两位妞儿保了镖了。”

宋金刚哈哈一笑，心里也在琢磨前途大有乐趣的滋味儿，不住地点头。

田二楞便向伙计说：“也好，你再辛苦一趟，通知她们，明早一早我们就起镖奔路，叫她们跟着同行好了。”

两个卖唱的妞儿不来，田二楞喝点、吃点便觉乏味，幸而希望不断，如果一路长行，有两个妞儿伴着，这乐子可真不小，比当夜找来，图个一时开心，又强得多了。他念念不忘这一道，连上炕睡觉，还盘算着明天道上怎样取乐儿。宋金刚是和他一炕睡觉的，早已鼾声如雷。田二楞一时还睡不着，一听外面已敲二更，隔屋趟子手们也睡得寂寂无声了。

这当口，忽听得对面窗棂上，哧的一声，接着近炕一张白木桌上，又是咔嚓一声响。田二楞猛地一睁眼，一翻身，从炕上跳起身来。

这一动作，把同炕的宋金刚惊醒，迷迷糊糊地骂道：“田老二，你干什么？我瞧你连魂儿都被两个丫头摄走了……”

田二楞随手掣出自己枕边一柄锯齿砍山刀，一飘腿，腾身下炕，却悄悄喝道：“快起，这店中有毛病。”

宋金刚也是久闯江湖的角色，一听吃了一惊，一个鲤鱼打挺，也翻身下炕，眼神一拢，仔细向房内察看，桌上一盏暗弱的油灯，隐约照出桌子边上，斜插着一支钢镖。

田二愣嘴上轻喊了一声："嗯！"先不看镖，一伏身奔到窗下，便看出窗纸上撕落了一块，从破窗洞上往院子里一看，月光铺地，院子里静静的绝无人影，一翻身，宋金刚已把油灯拨亮，在灯下拿着一张纸条细瞧。田二愣凑过去细瞧，只见纸条上写着：

"前途有人劫镖，火速请萧三娘亲身护镖为要！友白。"

田二愣一看清字条上的话，惊喊了一声："咦？这是谁？巴巴地来通知我们！这条道上，我还没听到过有敢动我们威远镖局一草一木的人物。这位朋友也奇怪，既然自称是友，为什么不露面，光明正大地告诉我们？这样偷偷摸摸，字条上又写得没头没尾，究竟是谁要动我们的镖啊？"

宋金刚没开声，手上掂着那支裹着字条打进来的钢镖，昂头思索了半天，把手上钢镖向田二愣一递，悄悄说道："事情真怪！你瞧这支镖，我们熟人里面，有用这种镖的吗？"

田二愣道："这种极普通的暗青子，并没特殊标志，怎能认出是谁用的呢。"

宋金刚说："钢镖和笔迹，都认不出是友是敌来，这里面便有点悬虚。要命的我们镖头已赴宝鸡，还不知她在宝鸡干什么、在何处歇脚，教我们到哪儿找她去？这镖趟的担子都搁在咱们两人身上，不管这张字条上的话是真是假，里面总有点说处，明天我们走镖不走镖呢？"

田二愣怪眼一弩，大声说道："凭咱们俩也不是摆样儿的货，头儿不在这儿，更得担点风险，前途便是摆下刀山，也得往前闯，我不信真个有人敢动咱们！万一有人故意开玩笑，我们便吓得窝在这儿不敢动了，以后咱们还有脸吃这碗饭吗？"

宋金刚跺着脚说："对！明天照常起镖！"

第二天清早，宋金刚、田二愣两位镖师把夜里有人投镖寄柬的事，存在肚里，没向趟子手们说出来，照常起镖登程。镖趟子离开了蔡家坪，向前站进发。

泰来店里的那个书生，骑着一匹马，慌里慌忙地赶了上来，嘴上还喊着："两位达官，言而不可无信，怎的一声没通知便走了？"

田二楞想起昨天允许他挈带同行的话，没法拒绝他，便说："好吧！你就远远地跟在后面好了！"他说了这句话，猛地想起一事，连喊，"坏了！坏了！"

宋金刚吃了一惊，慌问："什么事坏了？"

原来田二楞被昨夜投镖寄柬这桩事堵着心，清早镖驮登程，竟忘记了镇北二友店内两个卖唱女子约好同行的事。此刻他瞧见那书生赶来，连带想起了自己安排的好事，离开蔡家坪已有一段路，竟没见两个妞儿到来，心里一急，情不自禁地喊出口来了。

宋金刚听他说出原因，笑道："我的田二楞，我劝你把酒字下面那个字，暂时收一收吧！便是后面这个文酸，也多余叫他跟着，谁知道昨夜那张字条，是什么一回事？我只盼我们头儿，迎头赶来，正主是她，免得我们一路提心吊胆地走道儿。"

田二楞一听这话，心里未免嘀咕，一声不响地押着镖趟子走下去了。

两位镖师心里有事，只顾往前赶路，好久没理会后面远远跟着的那个书生。离虢镇还有四十多里当口，正走入一个山口，山湾子内，尽是一片荒林。看看头上日色，业已过午，大家歇下来，在道上下骑打尖，准备吃点随身干粮，休息一下，再往前走。两镖师偶然想起恳求挈带的那个书生，半天没见到来，以为文士体弱，不善骑马，落在后面，也许迷了道，走到岔道上去了，也没在意。

大家休息了片时，正准备上马登程，田二楞一条左腿，刚登上马踏镫，一手攀着马鞍的判官头，忽听得身侧树林内叭的一声响，马鞍上卜托一声，一颗弹丸，骨碌碌从鞍上滚落于地。这颗弹丸几乎弹在田二楞扶判官头的手节骨上，连马也惊得一扬脖子，回头嘶嘶长鸣。

田二楞吓了一跳，镫上一条腿一缩，俯身拾起弹丸，敢情弹丸上还裹着一张纸。宋金刚也在一块儿，慌趸近身来看，只见这张纸上写着：

"赶快停止前进，不听好言，后悔难追，速速派人追回你们镖头，才能脱险！友再白。"

宋金刚一声冷笑，说："又是昨夜的花样，我倒要会会这位好朋友。"说罢，从自己鞍后刀鞘内，抽出一柄轧把长锋折铁翘尖刀，一个箭步，蹿到侧面林口，大声喝道，"哪位同道到此？承你两次警告，承情之至。既然兄台有这份好意，何妨出来见见，说个明白？"

他这一嚷，趟子手们明白出了事，立时乱了起来。可是这片荒林面积很大，林深树密，虽是白天，也瞧不清林内的人藏在哪儿。宋金刚嚷了一阵，始终没见林内有人回答，也没听出林内有甚响动。田二楞倒提锯齿砍山刀，也在林口来回遛踱，观察动静。

这当口，忽听得一片铃声急响，直响进山口来了。田二楞回头一瞧，立时心花怒放，精神大振。原来他瞧见铃声响处，两匹黑驴飞风一般跑进山口来了，驴上不是别人，正是惹得他昨夜一夜没好生安睡的两位卖唱女郎。他一瞧见两位卖唱女郎进了山口，以为话应前言，赶上镖趟子求挈带同行来了。

田二楞立时心里开了花，连树林里面飞出来的弹丸，都有点不在心上了，情不自禁地抬起手来，向那面乱招手，嘴上还喊着："嘿！两位怎的这时才赶来？妇道人家走这长长的道，真叫我田二楞替你们悬心……"

他说到这儿，瞪着眼，张着嘴，却说不下去了，抬起来的那只手，也没处安放了。原来他瞧着黑驴上两位女郎，飞一般跑到离他十几步开外，一齐翻身下驴，手上都拿着家伙。这家伙，并不是他意想中的弦索、鼓板，却是磨得雪亮的长剑，身上依然一身青的衣服，脸上依然用黑纱蒙着脸，却是鸾带束腰、镖囊斜挎，便觉路道不对，把他昨夜打好的作乐主意，打消得干干净净，而且瞪目张嘴，惊得说不出话来了。

“诸位休得惊疑，没有你们的事，我们找的是飞天夜叉萧三娘。知趣的，快去把萧三娘找回来见我们，否则，我们要不客气了！”一片娇音，出于年纪稍长的那个女郎之口。

两位镖师和趟子手们一听口气，简直摸不清怎么一回事。仅只两个单身女郎，而且从后路追上来的，绝不像拦道劫镖的举动，口口声声找的是镖头萧三娘，好像是萧三娘的仇人到了，但是从没听见过这条道上有她的仇人，这两个女郎究竟是什么路道呢？

两位镖师发了一阵愣，宋金刚心里还惦着林内发弹丸警告的人究竟是敌是友，这种恍惚迷离的怪事，威远镖局从来没有碰上过，偏偏萧三娘本人远赴宝鸡。

宋金刚向田二楞悄悄地说了句：“你当心这面林内，我去摸摸她们的根再说。”说罢，把自己一匹马交与身旁一个趟子手看着，倒提着手上轧把翘尖刀，大踏步走了过去，距离两个女郎四五步远近，便站住了，双手虚拱了一下，高声说道，“两位大约也从长安道上下来的，我们在扶风这段路上，似乎咱们见过一面，两位究竟是哪一条线上的朋友，要见我们当家的有什么事，说明了，我们才能派人去找她。”

刚才说话的女郎说道：“我先问你，我们在长安附近，知道这趟镖驮是由萧三娘自己押镖的，怎的一路没见她影子？她到底上哪儿去了？”

宋金刚不住地打量两个女郎的体态举动，随口答道：“我们当家的和我们镖趟子到了长安，她便离开镖驮，先单身赶赴宝鸡去了，我们也不知道她到宝鸡料理什么事。她走时说过，在宝鸡城外相会，两位要找她，我们当家的有头有脸的人物，绝不会藏头露脸，躲着两位，两位何妨径到宝鸡去会她，倘若两位意在镖趟子身上，当家虽然不在这儿，我们也能代替她会会好朋友。现在我姓宋的斗胆，请教两位的高见，找我们当家，究竟为什么事，大家讲明了，免得我们得罪道上朋友。”

宋金刚说得不亢不卑，话里有骨，倒有分量。那两个女子并没理他，大的一个向小的一个说了声：“萧三娘果然上宝鸡去了，走了已有好几天，我们得赶一程，上宝鸡找她去。”说罢，就翻身上驴，满没把两位镖师看在眼里。

宋金刚还忍耐得住，心想只要镖趟子没有风险，让这两个古怪女子一走就算。不料田二楞却发了傻劲，大约为了自己白欢喜一场，竟被两个女子作弄，又恨又气，一半也看轻了两个弱不禁风的女子，没有多大能耐，赶过来大声嚷道：“喂！两位且慢走，昨夜你们在镇北二友店内，不是对伙计说过，希望我们挈带挈带，路上补报我们一番美意么，怎的今天变了腔呢？你们究竟什么路道？我田二爷走南闯北，可不吃这一套。”一面嚷，一面横着锯齿刀砍了上去。

宋金刚嘴上还喊着：“田老二！好男不和女斗，让她们走吧！”

驴上两个女子，一声娇叱，指着田二楞喝道：“嗯！原来昨夜派人叫我们去的就是你，你把我们当作什么了！”娇音未绝，两个女子已从驴背上，飘身下地。

年纪大的一个，双足微点，身法特快，已经逼到面前，更不答话，剑诀一领，叱剑如虹，便向田二楞肩头刺到。

田二楞手上锯齿砍山刀，刀身加厚加长，分量不轻，平时讲究一力降十会，欺侮女子臂力有限，不封不闪，右臂一抬，一个蹦刀式，猛力往上一撩，一下子想把女子长剑蹦出手去。哪知道女子的剑法，得过高明传授，头一抬，原是虚式，并没用实。田二楞竟撩了个空，使空了劲，反而把自己身子带得往前一冲。

那女子手上剑光，电闪似唰唰两下，一个拦格不及，田二楞人腿上已中了一剑，一个趔趄，几乎跌倒，创口的血，已渗了一大片。

宋金刚喊声："不好！"轧把翘尖刀一展，蹿到那女子身后，斜肩便砍。

他是个急劲儿，意思是想救一下田二楞，但是已经不及，而且他这一招也没有用上，那女子早已留神，身法一变，一个"反臂刺扎"，剑锋已到宋金刚的右腕上。

宋金刚的功夫不弱，一拧身，横刀一封，顺势一个"进步推刀"。那女了一坐腰，宋金刚腕底一翻，倏变为猿猴献果，点喉挂胁，招疾如风。那女子一个滑步，退出几步去。她身后正立着大腿受伤的田二楞，他两眼通红，忍着痛，一声怪吼，举起锯齿大砍刀，便向女子后背砍去。

刀未近身，那女子一旋身，人似陀螺一般，已到了田二楞身左，一腿飞出，田二楞吭的一声，往斜刺里跌了出去，一个倒仰，像倒了一堵壁似的，躺在地上了。

这时一班趟子手们一看情形不对，手上明白一点，能三招两式的，纷纷拔出称手刀枪，齐声大喊："围住这两个女强盗！揍她！"呼啦地往上一围，竟想依仗人多势众，混战胜敌。

不料趟子手们刚一发动，林内树梢上有人大喝道："不准动！退回去！"接着林上叭！叭！……一阵乱响，从林口树巅上撒出一阵急弹来，弹丸如雨，并不专打一处，而且又准又急，凡是出头上前的趟子手们，不是脸上，便是手臂上，都吃着林内的飞弹，虽然不至动筋动骨，却也够受的，只要一中弹便青肿一大块。

被这阵飞弹一镇，大家便没法上前，趟子手们脚下一停，林内弹弓也停了。

却听得林内有人发话道："威远镖局听着，咱们井水不犯河水，找的是你们当家萧三娘，没有你们的事，你们谁也不准动，我们要先走一步了!"

林内一停声，两个女子翩若惊鸿地翻身跃上驴背，倏又扭腰，面向深林，娇喊道："师哥！我们先走一步，前途见!"

林内应了一声："好！我监视着他们。"

两个女子玉腿一夹，两匹黑驴立时展蹄飞跑，掠着长长的镖趟子飞跑而去。两女手上依然横着长剑，预防镖行的人们阻挡她们。可是镖师和趟子手们眼睁睁看着两女掠队而过，直到瞧不见两女身影，才梦一般醒过来。只苦了色中饿鬼的田二楞，中了一剑，挨了一脚，替他包扎伤腿，兀自气得蛤蟆一般。宋金刚还盯着林内埋伏发弹的人，却始终没有露面，大约也悄悄地走了。

宋金刚和趟子手们一计议，竟猜度不出两个女子是何路道，口口声声要找萧三娘，也不知为了何事。最奇的两次警告，究竟是敌是友，林内发弹，始终没露面的又是谁？捡起地上弹丸，和第一次字条包着弹丸警告的是一模一样的弹丸，发弹都在林内，可见是一人所为。忽友忽敌，又是怎么一回事？

这样恍惚迷离之局，在威远镖局一班人们，骤然碰着这样没头没尾的事，当然猜度不出所以然来的。其实林内发弹的，便是镖师们以为落后迷道的，那个挈带同行的文弱书生。这位文弱书生不是别人，便是老铁的师侄——钟秋涛，故意改扮成书生模样，暗探镖行动静、萧三娘下落的。那两个卖唱女郎，也就是许俪云、许俪雪两姊妹乔装的。

钟秋涛和许氏姊妹怕飞天夜叉萧三娘趁火打劫，赶到宝鸡城内暗下毒手，谋害老铁，破坏了他们劫囚救人的计划，才留南宫弢一人，在宝鸡监视官府动静。他们三人，兼程并进，在长安下来这条路上，先想法阻碍萧三娘镖趟子行程，免得从中扰乱。不料萧三娘已知宝鸡出事、老铁投案的风声，先已离开镖趟子赶往宝鸡。

三人一急，临时又生计，故意警告镖局的人们，前途有人劫镖，速去通知萧三娘回来护镖，希望以此牵掣萧三娘，一时难下毒手。不意两位镖师将信将疑，依仗平时威远镖局的声威，依然起镖前进。于是二次又半途发弹警告，两姊妹现身威喝，假作和萧三娘有过梁子，狭路寻仇的模样，这才从两镖师口内，得知萧三娘已到宝鸡，事实上镖局人们也无法探寻她寄身之所，诱她返回来的主意，等于白费心思，而且这样一耽误，萧三娘到宝鸡已有好几天。

可怕的宝鸡方面，南宫弢一人挡不住萧三娘。老铁束手投案，定已脚镣手铐的关入监牢，如果被萧三娘寻着监禁处所，暗下毒手，性命难保。钟秋涛从林内悄悄出身，慌不及撇下镖趟子，赶上许氏姊妹，急急向宝鸡路上赶回来了。

第三章　疑窦

钟秋涛和俪云、俪雪姊妹俩心急如焚，不分昼夜，拼命往宝鸡路上赶，可是从蔡家坪虢山这条路上到宝鸡，少说也有二百多里路，拼命地赶，也得费一两天的脚程。

这天三人过了虢山，到宝鸡去有两条路可走，一条是山脚下的大道，一条是捷径，却是崎岖的山路，虽然可以近不少路程，却须翻过几重高高的山冈。三人一计议，走大道难免碰上成队的行旅和官面的人物，容易惹人起疑，不如辛苦一点走山道，既可避免耳目，又可缩短一点路程。计议停当，便离开大道，走入了崎岖的山径。

日落时分，正翻上一道土岗子，人马俱乏，便在土岗上暂时休息一忽儿。忽见远远山脚下黄尘疾卷，瞧不清鞍上人是何等角色，只辨出这人胯下的马，昂头扬尾，神骏异常，向前疾驰，真像活龙一般，觉得这匹马不是千里驹，也是不易多得的骏马，一时也没在意。休息了片时，月轮上升，山道不像白天好走，虽没有像栈道一般的峻险，骑着牲口毕竟危险，只好下骑牵着步行。走到天快亮时，也走了不少路，而且已经翻过几重高岗，向下坡路走，已经接近到宝鸡的官道了。

三人正预备翻身上骑，驰下坡道紧赶一程，忽见前面官道上尘头起处，一匹马驮着一人，没命地奔来，霎时已到坡脚下。钟秋涛忽然一声怪喊，来不及知会许氏姊妹，急急骤马下坡，拦头迎住来人，几句话工夫，已和那人并骑走上坡来。

许氏姊妹一瞧，敢情来人是南宫弢，满身黄土，满脸泥汗，看情形也是奔波了一夜了，慌问："宝鸡情形怎样了？"

南宫弢喘吁吁地说了一句："完了！我们白费劲了！"

三人大惊，慌问："铁师叔怎样了，难道已就地处决了么？"

南宫弢摇摇头，一声长叹，跳下鞍来，向三人说着："还好！碰着了你们，我们且在这儿商量一下，再想办法。"

于是钟秋涛和许氏姊妹都跳下鞍来，牵着牲口，跟着南宫弢又走上坡去，拣下一处林密地僻之所，大家借地而坐，听南宫弢说出宝鸡出了岔子的经过。

南宫弢一坐下，掏出一块布巾，擦了擦脸上汗泥，俪雪慌从自己驴鞍后拿了一小袋干粮、一个皮制水壶，让南宫弢先解一下饥渴。

南宫弢吃喝了一点，叹口气道："我真没脸见你们三位了！我太没用了！我想我们铁师叔，已经落在那女魔头萧三娘手上了！"

钟秋涛和许氏姊妹，都惊得变了脸色。

俪云惊喊着："坏了！我铁师叔落在仇人手上，还有命吗？怎会落在她手上的呢？我们怎么办呢？"

南宫弢说："这应该怨我无能，而且我们安排的计划，师叔起解长安时，中途劫囚救他出来，偏碰着威远镖局趟子，从这条路上奔来，又想拦住那女魔头，免得狭路逢仇。这一来，我们四个人的一点力量分散了。当钟师弟走后，去和两位师妹进行拦阻萧三娘时，我藏身金台观内，监视城内官军动静，在深更人静时，我也几次越城而进，暗探官府解犯日期和铁师叔监禁之地。无奈官府把铁师叔视为造反作乱的重要首犯，没收在监牢内，不知把他藏在什么秘密处所，害得我几次三番踏遍县衙，也没寻着铁师叔藏身之处。

“虽没寻着，却被我探得县官儿等着长安回文，即行起解，而且探出由新任县官儿，率领八十名军健，亲自押解人犯进省。我探准了铁师叔起解准期，心里倒安定了，预备到时暗随押解人马，到前途与你们会合，再行下手，而且料得省城回文到时还有几天，不妨安心在金台观养养精神。哪知道我一大意，便出了毛病。

“前夜我隐身金台观，一觉醒来，大约二更以后三更未到，忽听得城内人喊马嘶，乱成一团糟，急慌蹦出金台观一瞧，城内火光冲天而起，金台观下面山脚下，两个营棚里面的官军，狠急骑上马，奔向城内。

“我看城内情形不对，从按出跑下土岗，在僻处跃入城内。只见城中，满街军民乱窜，嚷成一片，都说：‘要犯老铁，越狱逃跑。新任县官儿、一位都司以及几个看守要犯的军弁，都被杀死。还有同党各处放火，打开牢门，放走了不少犯人。有人还瞧见老铁和一个蒙脸女盗，飞奔西门，从城墙上跳出西门逃走，现在已由一队骑兵追赶去了。’

“人们说得活灵活现，不由我不信，而且人们口中的蒙脸女盗，我立时想到飞天夜叉萧三娘。她把我们铁叔劫出城去，是好意还是恶意？实在没法猜想了。

“我越想越急，慌不及翻身出城，到隐僻之处，寻着我隐藏马匹，匆匆跳上马背，算计萧三娘劫走我铁叔，虽说从西门出去的，西门紧贴北门，当然向长安这条路上跑的。我便飞马追赶，路上幸没碰上追赶的官兵，但是我拼命追赶，从前天晚上起，赶了一天两夜，也没追上萧三娘的影子，直追到这段路上，天光发亮，细辨这条官道上沿途蹄印，看出有一样的马蹄印，大约是用东西包着马蹄不使发声，才印下这异样的蹄痕。从长长的一条异样蹄印上，又看出马印匀而浅，稳而速，是一匹不同寻常的骏马，想追上它也是万难。除出从这条道上追寻你们踪迹，合力想法，别无良策。

“还算好，天幸在这儿竟和你们碰上了。难过的是，萧三娘怎会寻着铁师叔监禁所在，我怎会找寻不着呢？她居然敢一人劫走铁叔，我们只在半途上想法，却没想到从城内下手，把铁叔救出来。结果，我铁叔不死在官军手上，也许死在仇人萧三娘手上，这不是怨我无能吗？而且我们四个人都栽在萧三娘手上了，我们怎么还有脸见人。我已打定主意，非找着萧三娘和她一拼不可！铁师叔活着，还我铁师叔；如果被她弄死了，非叫她偿命不可……但是你们三位，又是怎么一回情形呢？”

钟秋涛便把三人和威远镖局一番纠葛说与他听。

南宫弢说：“唉！我不是说，咱们把事办错，满白废心机了……”

南宫弢话还未完，坐在钟秋涛肩下的许俪云忽地“啊呀”一声，跳起身来，向钟秋涛说：“昨天我们在傍晚时分，不是远远瞧见山下大道上，一人一骑，飞马而过，莫不就是那女魔头吧？”

钟秋涛和她妹子俪雪都喊着：“对！对！一定是她！”

南宫弢慌问：“你们瞧见她仅是一人一骑么？”

钟秋涛急答：“是的。”

南宫弢惊喊道：“坏了！狠心的恶婆娘，定然把我铁师叔劫到手内以后，不知在什么地方暗暗弄死了。弄死以后，才单身往这条道上赶回去，好近头会合自己镖趟子，充作没事人似的，又护着她镖趟子向这条道上走回来了。好狠的婆娘！走！我们迎上去，不替我铁师叔报仇雪耻，誓不为人！”

许氏姊妹都气愤填膺地说：“对！我们非把这女魔头碎尸万段，才消得此恨！”便急跳起身来，一齐上鞍，仍回头往虢山方向走去。

这次都不走山道捷径，从山下大道驰去，因为要迎头截住萧三娘镖趟子，非得经大道走不可。镖趟子一群骡驮不会上山走捷径的。路上钟秋涛仔细琢磨了一阵，觉得有人既然瞧见老铁跟女盗逃出西门，可见身上已没刑具束缚。既没刑具，手脚便利，萧三娘再想用计杀死他，未必容易得手。

四个人分骑着两马两驴赶到虢山时，却没有迎上威远镖局的镖趟子。大家想得奇怪，算计时间，早应该碰上了，怎会没见这批镖驮的影子呢？难道镖师们在路上被许氏姊妹一闹，害怕得又回转蔡家坪去了？这时四人又整整地跑了一天，天色已黑下来了，一不做，二不休，拼命地又赶了一程，又回到蔡家坪镇上泰来店来了。

这当口，四人非但马乏，人也乏了，只好进店占了两间房，休息一夜，再作道理。钟秋涛扮作斯文书生，在这店内住宿过，进店时外面又罩上一件长衫，踅到柜上，有意无意地探问威远镖趟子的行踪。

据柜上说："他们镖头萧三娘从宝鸡探道回来，说是宝鸡乱得很，这些镖驮子是官镖，冒险不得，路上把镖趟子拦回来，在这儿打了午尖以后往回走，改由岔道，从岐山、凤翔那条道上，绕过宝鸡，经汧阳、陇山、马鹿镇到秦州了。"

钟秋涛回到房内一说，大家听得作声不得，心想萧三娘真鬼，大约她在宝鸡劫牢杀人，自知难免有点痕迹落在人们眼内，这样护着镖趟子绕道一走，人家只知道听得宝鸡出事，为慎重起见，才绕道而走，绝不至疑心到她的身上了。他回到房内，和南宫弢等一说，大家又面面厮看，觉得一着错，满盘输，处处都落在萧三娘后面了。

许氏姊妹想起去世父亲和老铁情同手足，在棋盘坡奉母隐居以来，常常蒙老铁殷殷照护，姊妹许多武功，也是经老铁尽心指点，得益不浅，想不到一个铁铮铮的汉子，祸从天降，为了灾民，开城闯祸，奋身投案，偏又阴差阳错，死于情场冤孽、恶妇萧三娘之手。

两对秋波，不禁珠泪簌簌而下。

俪云呜咽着说："两位师兄，泼妇开着镖局，不怕她逃上天去。我姊妹俩立誓要替我铁叔报仇，他们镖趟子不是往岐山、凤翔这条道上去的么？这倒好，我姊妹俩回凤翔去，也许追得上镖趟子。便是追不上，那泼妇不是还得回来么？迟早有一天和她算账！"

南宫弢说："报仇不是两位师妹独行的事，我们四人同心合力，定能成功。但是一误不能再误，趁这时候，我们好好儿地计划一下。"

四人正悄悄地商量着，柜上伙计忽然送进一封信来，说是："外面有人把这信交到柜上，托柜上转交骑两匹黑驴的两位女客。这人只说了这句话，便把这封信摆在柜上走了。"

俪云接过信来一瞧，这皮上没写姓名，只写着"内详"两个字。送信来的伙计却向许氏姊妹瞅了又瞅，似乎认识她们，便是镇北二友店内两个卖唱女郎。

南宫弢虎目一瞪，向伙计喝道："贼头贼脑地干什么？出去！"

伙计吓得一哆嗦，慌不及喏喏而退。

俪云把信皮拆开，取出信来一瞧，只见上面写着：

"小辈！无故拦截镖驮，刺伤镖师，殊属可恨。限三日内，速到凤翔棋盘坡认罪赔礼。否则，休怨老娘手段厉害！"

俪云拆开信封，四人八只眼，都一齐射在这几行字上，四张嘴都一齐张了开来，张着嘴，半晌都没开声，都被这几行字惊呆了。当然，信内自称的"老娘"，除出飞天夜叉萧三娘，没有第二人。奇怪的是，信内写着的"凤翔棋盘坡"，正是许氏姊妹奉母隐居之所。

飞天夜叉萧三娘怎会上棋盘坡去候着许氏姊妹呢？难道已知假扮卖唱女郎，拦截镖驮，刺伤田二楞的是许氏姊妹吗？但是许氏姊妹隐居之所，外人没有几个知道，怎会被萧三娘摸清楚的呢？

大家又想到许家只有年迈的许老太太，像萧三娘这样心狠手辣，难保不做出伤天害理的事来。这一下，可把俪云、俪雪姊妹俩急坏了，急得粉脸发青，直说："怎好！怎好！"

南宫弢也急得直搓手，没做理会处，都觉得萧三娘实在太厉害了。无论如何，许老太太已落入萧三娘之手，便是一齐赶去和她拼命，如果她把许老太太的安危来要挟，便制住了四人的手脚，谁也不敢同她硬拼了。这时，唯独钟秋涛却有心计，一声不哼地在房内来回大踱。

俪云看了他一眼，哭丧着脸说："那泼妇到我家中去了，你看怎么办呢？"

钟秋涛一转身，说道："这事太奇怪，可惜送信来的人已经走了，一时没地方找去。我看这里面另有说处。虽然威远镖趟子绕道赴天水，是经过凤翔的，但是萧三娘要替手下镖师出气，何必定要找到师妹们府上去，而且约定三天，好像她并没跟镖趟子走，又在凤翔停留下来了。而且棋盘坡在凤翔、宝鸡之间，两位师妹平时不大在外面走动，府上隐居之所，不是自己人，绝不会知道师妹们根底和住处的，我们和镖趟子一点纠纷，并没提名道姓，萧三娘从宝鸡回来，和自己镖师们会面，立时绕道登程，仓促之间，试问从何处探去两位师妹的姓名、住所呢？再说萧三娘单身匹马，在宝鸡杀人放火，开牢放犯，罪祸可不小，所以连镖趟子都得绕道走，因为她不比别人有字号、有家业的。她自己明白，别人摸不清在宝鸡杀人放火，但是师妹俩在这当口指名找她，她也应该有点疑惧。在理她应该远避远躲，现在反而写信来要师妹们赶去赔罪，我认为这里面大有可疑。还有一层，她到宝鸡，是趁火打劫，要我铁师叔性命去的，何至于杀官反牢？最奇怪的，南宫师兄几次探监，铁师叔并没关在监牢内，萧三娘为什么多此一举，开牢放犯呢？还有，我们老想着萧三娘要杀死铁叔，但是既然有人瞧见铁叔跟她同时逃出西门，便不像存心报仇的模样。我以为其中另有说处，也许我们都想左了。”

大家经钟秋涛一点破，也觉得其中疑窦甚多。照俪云、俪雪姊妹俩的心意，恨不得当夜赶路，直奔家中，无奈人非铁铸，在这条道上，连日连夜来回赶路，实在人困马乏，需要休养精神才能办事。凤翔棋盘坡路途尚远，也不是一夜赶得到的。

四人仔细一商量，决计明天清早动身，一齐赶往棋盘坡，见着萧三娘再作了断。怕的是萧三娘故意作弄人，故意使他们白跑一趟，也许这封信是个诡计？

南宫弢、钟秋涛和许氏姊妹四人，合力对付飞天夜叉萧三娘，而又怀着不可解的满腹疑窦，于第二天清早，离开蔡家坪泰来客店，改道向路上急驰。

无奈长途跋涉，心急没有用。许氏姊妹骑着家养的心爱黑驴，虽然这两匹黑驴调教有素，脚程很好，但和南宫弢、钟秋涛的两匹长行快马比起脚程来，毕竟要差得多。南宫弢、钟秋涛两人不能尽量疾驰，免得两姊妹落后。

这样一程紧一程慢地赶了两天光景，好容易踏进凤翔境界，又紧赶了一程，离棋盘坡还有四五里山路，太阳已快平西。大家正走上一个上山的坡道，只见坡上松树下坐着一个人，在那儿抱膝打盹，听见了上坡的铃声、蹄声，跳了起来，向坡下四人四骑看了看，立时转身就跑，没入松林之内。上坡的许氏姊妹，看出这人不像棋盘坡左右的山农，一身装束，倒像镖局的趟子手。

俪云便说："两位师兄，坡上这人不是本地人，这样鬼鬼祟祟地跑了，定是泼婆娘的党羽，不知又使着什么诡计哩!"

南宫弢冷笑道："不管她什么诡计，让她三头六臂，我们四个人也不怕她!"

四人上坡以后，又绕了几个山湾子，离棋盘坡只有一里多路了，大家都认得路径，翻过了前面一道峻险的高岗，踱过两岩之间的石梁，便是棋盘坡许家了。岗上一片茂密的松林，围着一座破败古庙，是到许家必由之路。

在那古庙前面一圈黄土空地上，是许氏姊妹从小游玩和练习暗器之所。左右两面紧密的松林，正把这一小块空地，遮得密不透风。藏在松林内这座古庙，已经破败不堪，棋盘坡没有几家住户，也没有人到这庙内烧香还愿。岗那面又隔着一条窄窄的架空石梁，下临深渊，失足便没命，所以到了日落以后，便没在庙前留恋的。

但是四人快走近那座古庙前面，远远瞧见一个俊俏少年站在古庙门口。西面一抹斜阳，和金紫的晚霞，斜照在这人身上，格外显得这人非常特别。

这人头上包着一块崭新的黑绉纱，身上披着一件宽大的青绸长袍，敞着襟，没有扣好，下面是小小的、窄窄的一双青布薄底快靴，远看似乎是个爱俏皮的风流少年，等到一齐走近庙前，仔细向他脸上看时，便不对了。

一张略长的鹅蛋脸，显得那么白嫩细腻，被晚霞一罩，格外显得光彩奕奕，衬上斜飞入鬓的细长眉，黑白分明的丹凤眼，高高的通鼻梁，薄薄的樱红唇，十足是个女相。满脸上似乎隐隐地罩着一层煞气，尤其是眼波如流，射出逼人的精光。

这人逼人的眼光正像箭也似的，射到许氏姊妹身上，顺带把南宫弢、钟秋涛扫了一下，眼神到处，立时伸手一指，发出又尖脆、又嘹亮的嗓音，喝道："牵驴的，是许家两个丫头么？过来！老娘有话问你们！"

大家一听，不用说，庙门口不男不女的人，是飞天夜叉萧三娘了。

四人觉察已和萧三娘对面，立时精神大振，把两匹马、两匹黑驴向近处松树上一拴，俪云、俪雪姊妹俩当先走了过去。

俪云杏眼一睁，开口第一句便问："姓萧的！你把我们铁叔怎么样了？快说！"

萧三娘双手向腰上一叉，丁字步一站，真像一个男人似的。她一听俪云开口便问老铁下落，丹凤眼一细，眉梢一展，好像暗暗地一乐，忽又两眼一睁，精光回射，冷笑道："你且慢问老铁下落，我得先问问你们，我萧三娘和你们平时无仇，往日少怨，你们为什么老远赶到蔡家坪截镖伤人，还指名要会会我萧三娘？我飞天夜叉萧三娘的镖趟子，还没有人敢动过，凭你们几个无名小辈，居然吃了豹子胆，想和老娘斗一下，好！老娘特地在此恭候。我先问问你们找我为什么？快说！快说！"

萧三娘口角锋芒，气焰万丈，简直没把面前两男两女放在眼内。

这时俪云还没答话，南宫弢已气破胸膛，怪眼圆瞪，大步抢了过去，争先张嘴，厉声喝道："姓萧的，你要明白，你在宝鸡城内干了什么事，你自己明白，你杀官放犯，不关我们的事，我们去找你，只向你要一个人，便是我们的铁师叔。你如果动了我们铁师叔一根汗毛，你也休想整着回潼关。百言抄一总，我们只向你要还我们的铁师叔，不必花言巧语，赶快实话实说！"

萧三娘嘴角向下一撇，指着他冷笑道："你大约就是梅人杰的不成材徒弟南宫弢了!”又向钟秋涛指着说,“那个看着聪明,其实笨得要死的小伙子,大约就是你师弟钟秋涛。”

南宫弢和钟秋涛都吃了一惊,心想她怎的全清楚?

萧三娘立时又发话道:“你们这几个后生小辈,有多大能耐,敢问我要人?你们不是向我要老铁吗?好!活的没有死的有……”

她这个死字一出口不打紧,立时急坏了四个人,南宫弢一声狂吼:“好狠心的泼妇!敢杀死我铁师叔,你偿命吧!”双臂一扬,已把腰上一对判官笔,掣在手内。钟秋涛也解下缠在腰上一条绞筋缠丝龙头棒。俪云、俪雪也各自拔出折铁青钢剑,齐声大骂:“该死的萧三娘,今天非要你偿命不可!”

萧三娘霍地退后一步,双臂向后一摆一抖,褪下了外面罩着的敞襟长袍,露出里面一身青绉短靠劲装,腰上束着一巴掌宽的软皮带,这不是“腰里硬”的皮带,这是刀鞘,是她父传而且江湖成名的利器。刀鞘里面,是一柄不易得到的缅刀,利能截铁,软可束腰。腰下还跨着一个鹿皮镖囊,囊有夹层,分藏着枣核银镖和十二支追魂穿心钉。

她一露出里面装束,从头到脚一身青,衬着她粉面朱唇、长眉凤眼,虽然隐隐地透出一层煞气,实在是个美人胎子,还看不出是三十几岁的老处女。她脱下外面长衣,单臂一抖,呼地一卷,便把手上长衣绞成紧紧的一条衣棍,向左肩一搭,指着四人喝道:“和你们几个后生小辈斗斗,还懒得用我随身利器,给你们一个便宜,让你们一齐上,看老娘接得住接不住!”

萧三娘故意卖狂,俪云一声娇喊:“师兄们退后!”娇音未绝,一个箭步,已到了萧三娘身侧,剑光一闪,一个“白蛇吐芯”,挺腕直刺。萧三娘一吸胸,步法立变,剑招落空。她右手依然握着搭在肩头的衣服，左臂一举，“独劈华山”立掌下劈，掌风飒然。

俪云一拧身，撤招变招，展开家传青萍剑法，剑走轻灵，唰唰几剑，剑剑不留情，满心把萧三娘刺个透心凉。不意萧三娘武功真非常人所及，竟凭赤手空拳对付三尺青锋，说实了，还只用一条左臂，已应付有余。俪云用尽绝招，也难得手，不禁暗暗惊心。

这当口，萧三娘一变身法，人已绕到俪云身后。俪云一个“苏秦背剑”，想乘机一翻身，变为“翻臂刺孔”，不知怎么一来，自己拿剑的右臂弯，竟被萧三娘钢钩般的左掌勒住，这真危险万分。如果萧三娘一使劲，玉臂立折。不料萧三娘没下毒手，只掌劲向外一领，俪云身不由己地被她领出几步去。

只听萧三娘喝道：“大丫头！剑法是好剑法，还得多练练！”

她正在老气横秋地卖狂，身后唰的一剑，直刺过来，萧三娘真厉害，头也不回，斜刺里一塌身，右臂一抖，呼的一声，搭在肩头上的一卷衣棍，乌龙似的扫向身后，借着一扫之势，人已扭腰抬身，却向身后暗袭的人喝道：“二丫头！加上你也不成，不信试试！”

原来俪雪瞧见她姊姊失招，吃了一惊，慌施展一招“玉女投梭”，悄没声地向萧三娘身后刺来，不料刺了个空，几乎被反扫的衣棍束住臂腕。

这种束衣成棍的武功，是名师传授的绝技，没有精纯的内功，不易使到好处，不料萧三娘竟有这样功夫，而且这种衣棍一展开，不易用兵器封格。因为衣棍的力量，柔中寓刚，完全是卷、扫、缠、拿的巧劲，越用兵器拦格，越易上当，非把兵器缠住不可。

俪雪识得这门功夫，萧三娘用衣棍反扫时，她一伏身，“蜉蝣戏水”，人像燕子般，擦着地皮飞出一丈开外。这手功夫也很不易练，萧三娘嘴上虽喝着：“二丫头！你也不成！”心里也暗暗赞美。

这当口，南宫弢眼看许氏姊妹不是萧三娘对手，心里一急，一个穿掌，人已蹿了过来，大喝道："让你全是铁，能捏多少钉？今天是你报应当头，恶贯满盈之日！"

萧三娘大笑道："哟！好凶！我萧三娘怎么了？今天要报应当头，来，来，我考考你手上一对判官笔，得到你师父几成功夫。"说罢，把手上卷成衣棍的一件长袍，往地上一撂，双掌一扬，笑喝道："老娘凭两支肉掌，接你几下，如果我拔出随身兵刃，算欺侮你们小辈。"

南宫弢判官笔一分，刚要动手，站在一边的钟秋涛忽然高声喊道："师兄且慢动手！"

他一声喊罢，把手上龙头软棒一摆，哧哧几个箭步赶到南宫弢身侧，向萧三娘问道："请问你，我们铁师叔究竟怎样了？如果真个死在你手上，你把他尸首藏在什么地方了？他不是和你同时逃出西城的吗？你既然救了他脱离虎口，为什么还要弄死他？而且早不寻仇，晚不寻仇，非要等他为民请命，自投牢狱以后才趁火打劫呢？你是江湖上有名人物，做事应该光明磊落，对我们几个小辈，更得坦白地实话实说。如果你说明里面细情，我们铁师叔真有对你不起的事，确有可死之道，我们做后辈的，也不能一味胡来，也得酌情度理，所以我想请你讲明一下。"

他这一番话，南宫弢和许氏姊妹有点不懂，还以为他多此一问。她亲自已经说过，活的没有，死的有，还说什么？

其实钟秋涛人极聪明，他在路上，早已满腹疑团，不断地暗暗考虑，此刻站在一边，冷眼看萧三娘说话和态度，以及和许氏姊妹交手的情形，虽然狂得可以，情形却有点不对，格外起了疑，故意上前搭话，想用话套话，追问出萧三娘的实情来。

他这么上前一迎话，萧三娘向他瞅了又瞅，微笑道：“聪明的孩子，我可不懂你问我的意思，你们不是要替你们铁师叔报仇雪恨么？人如不死，还报什么仇？”她说到这儿，又向南宫弢一指，恨声说道，“这一位还说我‘恶贯满盈，报应当头’，真把我萧三娘骂苦了。我倒不信，我倒要瞧瞧今天我怎样恶贯满盈、怎样的报应当头！我瞧你身背弹弓，手拿软棒，兵器不弱，人还聪明，大约你比他们还强一点。你也不必自作聪明，疑神疑鬼，老实对你说，你们铁师叔是我这辈子的对头冤家，此番我到宝鸡去，并不是趁火打劫，他已经是自愿一死的人，我如果去晚一步，我这篇冤孽账同谁算去？想不到我和他算清旧账以后，还有你们后一辈的替他出头。也罢，但愿你们后一辈的人物，强爷胜祖。来，来，报仇要紧，闲话少说！我萧三娘今天认命！”

她这么一说，谁也听得出，她嘴上说的“算清旧账”，便是她杀死老铁的代名词，这还有什么可说？本来疑疑惑惑的钟秋涛，也勃然大怒，剑眉直竖，大声喊道：“既然她自己一再承认杀死我铁师叔，已没话可说，也不必再单打独斗，杀人偿命，我们乱刃齐上，替师叔报仇好了！”

钟秋涛这一喊，南宫弢和许氏姊妹立时挥动兵刃，呼啦地一围，把萧三娘围在当中。

萧三娘兀自从容不迫地指着钟秋涛笑道：“一个比一个凶。你这小鬼，更滑更狠，老娘倒要先斗你一下！”语音未绝，她双掌一错，人已到了钟秋涛跟前。

眼看要有一场凶杀狠斗，在剑拔弩张当口，猛听得侧面松径内，有人雷一般地大喊道：“不要动！都是自己人！这是你们师叔母！三娘！你把他们逼急了，这是何苦！”

大家一听，都惊得目瞪口呆，莫名其妙。

萧三娘却咯咯地笑得柳腰乱扭，转身向那面笑骂道：“叫你慢慢地显魂，你偏急急风地跑来了！我还能要他们的命吗？”

骂声未绝，那面林口，哈哈一笑，大踏步出来一人，正是萧三娘口中算清旧账的对头冤家，也就是四人合力要萧三娘偿命，认为被她杀死的铁师叔。刚才松林小径内，大喊“不要动手”时，喊声一入四人之耳，音熟能详，原已听出是老铁的声音，已是惊诧发愣，这时老铁现身林口，步步走来，四人更是像做梦一般，一颗心迷迷糊糊的，不知怎样才好了。

萧三娘还向他们打趣道：“你们铁师叔显魂了，是不是我杀死他的，快去问个明白，再来报仇吧！”

第四章　爱的另一种表演

南宫弢、钟秋涛和许氏姊妹为了营救这位铁师叔，一片血忱，想尽计谋，吃尽奔波道路之苦，根据萧三娘以前和老铁决裂的仇恨，扬言誓杀老铁的风闻，以及最近冤家路窄，萧三娘奔赴宝鸡的举动，又在四人和她当面之际，直言不讳的种种表示，连聪明机灵的钟秋涛都觉这位铁师叔已落萧三娘之手，确是死定的了，除出当场和萧三娘拼个你死我活以外，已无别法。万不料在这千钧一发当口，死定了的铁师叔，活跳跳地从松林内蹦了出来。

太阳虽已下山，晚霞尚未散尽，清清楚楚地听着老铁的笑声、语声，清清楚楚地瞧见他魁梧的身躯、雄壮的相貌、矫捷的步履，哪里是显魂的阴灵，确确实实是个活老铁。

最奇的，老铁自已直认不讳，大喊着："这是你们师叔母!"

萧三娘也眉开眼笑地娇声笑骂，显着两口子情爱缠绵、蜜里调油，哪像以前双方决裂、誓欲拼命的神气?

这些，究竟怎么一回事呢?说来话长，还得从老铁本身讲起。

老铁在那晚半夜时分，悄悄地从棋盘坡许家溜走，抱着一腔杀身成仁、舍身救众的侠心义魄，直奔宝鸡，赶到宝鸡城门口时，天色已经大亮，城门却兀自严严地紧闭，城楼上静静的，并没一个人影，只刁斗上一面军旗，被冷峭的西北风，卷得猎猎有声。

老铁毫不踌躇，大步走到城下，抬头向城楼两面雉堞上瞧了瞧，一俯身，捡了脚前一块拳头大的石块，一抖手，把手上石块向上面城楼箭垛内掷了进去。只听得城上一声惊喊，从箭垛口现出两个持枪顶盔的官军来。

城下老铁虎目圆睁，张嘴大喊："喂！快开城门，让我进城去见那鸟县官儿！"

老铁长得身躯雄壮，相貌威武，嗓门又大，这一声怪喊，城上两个官军一阵惊疑，喝问："你是谁？敢这样说话！"

老铁哈哈大笑，指着上面两个官兵喝道："快去通知县官儿！开城杀人是老铁，领着灾民进城，杀死前任县官儿的，也是老铁——老铁是谁？喂！你们睁开眼睛瞧一瞧！便是我！你们不信的话，去喊北城根铁铺左右邻居，来认一认，验明了正身，放我进城。说实话，我是投案来了！说笑话，我和城内新任县官儿有缘，让他升官加爵来了！"

老铁敞着嗓门这样一嚷，城头女墙箭垛上，霎时添了不少人，呀呀嘈嘈，乱成一片。

一忽儿，有几个老百姓装束的人惊喊着："是他！是他！是老铁！他一定是疯了！"

旁边几个军健，大声呼喝着："既然你们认得他，你们快下去，已经飞报县衙，马上有人来捉他了！"

半天还没开城，老铁在城下等待得不耐烦起来，高声嚷道："不开城？我要走了！"

城墙上军健们个个张弓搭箭，齐声喝道："不准动！你想跑，立时乱箭射死你！"

老铁哈哈大笑道："我是干什么来的，我还怕你们几张鸟弓箭吗？如果真个想跑的话，凭你们这几支鸟箭，却拦我不住。"

正嚷着，哗啦啦，城门开了，立时像黄蜂出窝般，涌出许多铙钩手、刀斧手，二龙出水式，向老铁身子左右一围，最后一个扬着斩马刀的军官，骑着马飞出城来，用刀一指老铁，喝道："你是自来投案的匪首老铁吗？"

老铁笑着点点头。

马上军官大喝一声："绑！"

老铁自己双手一背，立时涌上许多军健，把他五花大绑起来，拥进城内。马上军官，也得意扬扬地押队进城，城门也立时关闭，好像怕老铁背后有无数党羽要抢城似的。

宝鸡城内小小的一个县衙，上次已被进城灾民烧得不成模样，新任权且占用了县绅的大宅，作为新县衙。这时新衙门口，布满了军健，弓上弦，刀出鞘，从县衙前街上，直到北城根，街道两边，挤满了看老铁的商民。

老铁身上虽然五花大绑，身下两条腿，依然雄赳赳地向街上走去。他前后左右，却夹着许多扬刀的军健。

老铁一面走，一面向两旁民众大声嚷道："老乡们！我老铁对你们不起！开了城门，教你们无故受了一场惊吓，听说还有不少冤枉遭难的，我因为对不起城内老乡，才自来投案！"

老铁这样一嚷，满街咨嗟之声四起，也有躲在人后暗角上，大喊了一声："老铁是英雄！"也有暗地竖着大拇指向人们说："往常看不出这个打铁匠，倒是一条铮铮的铁汉！"

满街骚动当口，突然远远有人大喊道："老铁！你错了，要你投什么案？城内遭难的，都是为富不仁的奸绅奸商，都是该死的东西，你替他们偿命，犯得着么？"

这人远远地一嚷，街上立时一阵大乱，军健们立时分出人来，搜查说话的人。人多声杂，谁也指不出嚷这话的是谁，从哪儿搜捕去呢？但是老铁心里明白，说这话的，定是那晚进城灾民队内的一分子，而且是灾民队内有点本领、有点作为的人，故意暗藏城内，侦探官厅举动的。但是经这人一嚷，马上军官，慌不及喝令：“快走!”军健们奉令把老铁架了起来，脚不点地地拥进县衙去了。

宝鸡城内的人民，以为老铁一进县衙，县太爷定必要过热堂了，衙门口人头簇拥，军健们皮鞭乱抽，也没法赶净好奇的人民。

这班人无非想瞧瞧老铁怎样过堂、县官儿怎样发落。哪知老铁一进县衙，如石投大海，失了踪影，既没看见过堂，也没看见收监。因为老监狱火已烧墙，新牢就在隔壁另一所民宅，犯人收监，逃不过看热闹的眼睛。可是空挤出一身臭汗，越看越没下落，只好渐渐散去。一连好几天，都没得着老铁的真实下落。

这当口，飞天夜叉萧三娘押镖到了长安，正值宝鸡知县飞报长安省城，拿到匪首老铁，预备亲身解犯进省。她得知这个消息，单人匹马，便向宝鸡城奔来了。她来时并没向镖师们说明真相，只说宝鸡是必经之路，既然闹事，应该先去探个明白，免得出事。这是走镖常有的举动，不过镖头亲自出马，显得有点郑重罢了。

萧三娘从小混迹江湖，气傲志强，确是个跋扈泼辣的英雄。这些年开设镖局，一帆风顺，加上老处女应有的脾性，更是意气飞扬，目空一切。她自从得到老铁一封决绝信以后，根据“痴心女子负心汉”的老话，真把老铁恨如切骨。在别个女子，也只大哭一场，抱恨在心罢了，她可不然，照她平时的口风，真个有杀死老铁才能消恨的心肠，非但露过口风，而且暗地也派人探查过老铁踪迹。无奈老铁隐姓埋名，混迹宝鸡打铁生涯之中，不是怕她才隐迹的，完全是抱亡国隐痛，一半也因为他在边疆抗战，也是员出名的勇将，清廷难免注意他，才在小小的宝鸡城内藏身。

萧三娘的镖局在潼关，离宝鸡甚远，一时找不着他踪迹，心头之恨虽然未消，自己总揽着镖局全权，事情一多，日子一久，也把老铁这档事搁在一边了。万不料搁在一边的旧恨，突然在长安得到消息，而且以老铁投案自首的姿态，突然出现。

照说“老铁”两个字，是他隐迹以后的诨号，在别人听来，未必便认为老铁是从前和萧三娘有白首之约，决绝以后，又是她欲得而甘心的人，但这消息一落萧三娘之耳，她是知道老铁的性情的，她只要一打听老铁体态面貌，便明白老铁便是她认为负心汉的冤家对头了。她突然单身匹马，赶赴宝鸡，是不是旧恨重提，杀心陡起，实在是难以捉摸的。

萧三娘一身本领，轻功又是她父传的绝技。她一到宝鸡，四城还是白天黑夜地关着。开的时候不是没有，进进出出的，都是下乡搜查作乱灾民的军健。城内百姓出入，必须领得出入牌证，才能放行。

在这样局面之下，萧三娘难以进城，她就去在西城一二里外一处僻静的乡农家里，安顿好自己骑来的一匹宝贵的良驹，她自己却在夜静以后，拣着守卫单薄之处，越城而进。

她先在城内民居商铺的屋上，施展轻功，暗听动静。这班商民没安睡的，倒十有其九，谈着老铁那天叫开城门投案自首的新闻，都赞扬老铁是铁铮铮的一条好汉。

萧三娘听在耳内，还暗暗地啐了一口：“我知道他是有这股傻劲儿的，这也算不得好汉。你们哪知道他这负心汉，在我萧三娘身上，缺了德哩！”

她肚里暗骂着，直奔县衙所在。她也以为老铁定关在牢狱内。旧衙旧牢，烧得精光，新牢便在新衙间壁，容易寻找。她施展身手，悄悄地进了新牢的院墙，忽而一跃上屋，蛇行窃听，忽而飘身下地，潜踪偷窥，挨着一号号的监牢，排户搜查。前前后后都走了一遍，并没探出老铁的身影，却偷听得有一间屋子，几个看守牢狱的牢头，围着一盏油灯，喝着酒，在那儿高谈阔论。

一个说："老铁是好样儿的。我就佩服他不怕死的胆量，非但把杀死巡检、开放北门的事直认不讳，而且直认为乱民的头儿。只要县官儿不再拿无辜小百姓出气，他情愿把所有罪过，一身担当，便是解他到省，到明正典刑，绝不输口，直认自己是乱民为首之人，好替县官儿圆结此案。你想这种侠心义胆的好汉，连我们黑心的牢头也感动了。"

又有一个人冷笑道："好汉！好汉当得了什么？依我看，老铁这股横劲满白费了！老铁以为一身担当，四乡穷百姓，便不至再搜再捉了，哪知道做官儿的这颗心，比我们牢头还黑几分。一面把老铁当作匪首，预备解省报功，一面还是天天派兵下乡，挨户搜查，名目是清乡，骨子里是翻箱倒箧、拆屋掘地地搜劫金银财宝。乡下富一点的庄子，果然难免；穷一点的，连年青的妻女都被糟蹋了。糟蹋犹可，听说金台观前面铁柱上，脑袋挂满了，至于真真进城闯祸的灾民们，虽然在城内搜刮得一点东西，这点东西也都转到如狼似虎的军弁们腰包里去了，你只要留神从乡下一批批回城来的军爷们，哪一批不成群结队、嘻天哈地地狂吃狂喝，得意扬扬呢？"

另一个年老一点的牢头，叹口气说："话虽如是，我们宝鸡城居然出了这样一个好汉，堂堂丈夫只怕名不在，不怕身不在。不管老铁这桩事干得傻与不傻，他这好汉的英名，是在宝鸡人们口中留传下去了。可惜我们宝鸡城只出了一个老铁，如果多出几位像老铁的好汉，也许要唱一出'劫法场'的好戏，这可热闹也！"

这人这样一说，刚才冷笑老铁白费横劲那一个，喝道："你是喝醉了说醉话。这话被典狱老爷听去，你就不要命了——新任的县官儿，真是鬼灵精，他防的就是这一手。老铁投案的这一天，直挨到半夜才在后院暗暗地问了一堂。好在老铁直认不讳，用不着动刑，早已招供画押，并没发牢看守，却密密地把老铁关在县官儿住宅后面暗室里了。这是伺候县官儿的小三子传出来的消息，你想这官儿多精灵，起解进省时，还不知怎样弓上弦、刀出鞘哩！”

牢头们私下里在那儿瞎聊，却被暗地里的萧三娘一一听入耳内。她一面听，一面脸上两条斜飞入鬓，媚中带煞的细长眉，忽上忽下地在那儿跳动，心里的主意，也时时刻刻在那儿变花样。她从几个牢头嘴上，才又明白老铁不但为了杀巡检、开城门这档事投案，完全是把灾民闹宝鸡城的大罪过，都揽在自己身上，以乱民之首自居，有心想保全许多无辜穷民的性命，才来投案的。这样存心太伟大了，实在够得上称为一个铁铮铮的好汉了。她自己也不由得暗暗赞美了。

她猛又暗地啐了一口，暗暗骂道：“该死的傻东西，拼了这条命，无非成全了县官儿的功劳，对于百姓，依然没什么好处呀！不是听他们说，如狼似虎的官军们，依然在那儿横行吗？最可恨是这个负心汉，竟这样狠心自投死路，可见他心上，早没我萧三娘这个人了。你不是想死吗？我偏不让你死，我们这篇旧账没算清以前，我这好几年心头之恨没发泄以前，如果让你这样死去，我萧三娘也太无能了。对！我得把他弄出来！再说，人家把这负心汉当作了好汉，还说宝鸡城可惜只出了一个老铁，你们把这负心汉当作了不起的人物，我萧三娘比他还强得多哩！不信？走着瞧！今晚便教你们知道人外有人，我萧三娘露一手你们瞧瞧，定教你们吓个半死！”

可笑萧三娘偷听了几个牢头的瞎聊，心里起了无穷变化，而且她自己和自己较上劲了。

她从牢狱里翻身出来，到了隔壁那所新县衙，在屋上展开轻功绝技，真像燕子一般。她一瞧这屋子有三层院落，知道县官儿定在后面，跃过二层屋脊，只见下面东厢房里灯光闪烁，她正要从黑暗处飘身而下，忽见东厢房下一条黑影，沿着墙基，像猴子一般蹿了过去。她一伏身，留神这条黑影闪入暗处，半晌没有动静，忽见从正屋西面夹弄里出来一人，一手提着灯笼，一手提着一个食盒，进了东厢房。片时，这人出来，手上没了提盒，举着灯笼，回到正屋后面去了。

这人一走，那条黑影又闪了出来，闪到东厢房窗下，似乎在那儿伏身窃听。东厢一阵笑声，窗纸上人影一晃动，窗下的黑影一闪，便闪入了正屋厢檐一支廊柱脚下。却见他猴子一般，利用那条廊柱，手脚并用，升了上去，很矫捷地翻上了屋檐，更不停留，蛇行鹭伏，从正屋一层屋脊上翻了过去，便瞧不见他身影了。

萧三娘看得奇怪，这人是何路道？暗地看他身手，没有多大功夫，完全是江湖黑道上走千家、偷百户的手脚，仗的是小巧轻捷，起落无声。萧三娘心里一动，暂不理会东厢房内的笑声，从西厢屋顶，翻到正屋前坡，一耸身，跃过屋脊，隐入后坡暗处，定睛向下面细瞧。

只见正屋后身，是块园地，园地上几株高高的梧桐，枯叶落了一地，西面一道墙，连着几间小屋，通着另外一个院落。东西矮矮的三间平屋，中间屋门口，挂着一盏纸风灯。屋门口石礅子上坐着一个带刀军健，正在抱头打盹，另外一个提着一条花枪站在门口，抬着头看东面的月色，嘴上轻轻地哼着小曲儿。靠北一道高墙，墙下关着一扇小门，墙外颇为荒凉，并无余屋，大约这是县衙最后的一道墙了。

留神刚才那条黑影时，一时看不出他所在。她只注意守在东面矮屋门口的两个军健，心想这二块料停在这儿，也许老铁在这屋内了，心里刚一转念，忽见矮屋后坡，探出一个头来，慢慢地全身涌现，由后坡到了前坡，蛇行到檐口，全身平贴在屋上，一动不动。

半晌，才见他从腰上摘下一条绳束来，上半身慢慢地探出了屋檐。只见他右臂一动，一个绳圈向下一抛，倏地往上一收，手法快极。那个立在门口的提枪军健，绳圈一下，已套在军健的脖子上，整个身子已吊上屋檐，竟一声也没哼出，身子往上一吊，脖子上绳束一紧，两臂往下一垂，手上那支花枪，却当的一下，抛在地上了。

枪一掉地，石礅上打盹的军健业已惊醒，猛一抬头，身子一动，还未看清面前景象，忽地在他背后，斜飞过一条黑影，玉臂一舒，已把他咽喉夹住，右手骈指向他血海穴一点，向地上一摺，立时了账。

原来石礅上军健惊醒时，萧三娘早已潜身三间矮屋侧面的梧桐树后，看得屋上人吊起了一个，这一个却没法办了，暗骂一声："笨贼!"慌不及飞身过来，把石礅上一个弄死。她突然地现身，却把屋上的人吓了一大跳，心里一惊，手上一松，吊上屋檐的军健，带着绳束溜了下来。萧三娘赶过去，提起剑靴向这人心口一踹，便也了结。

她一翻身，向屋上悄喝道："下来!"

屋上的人，迟迟疑疑地跳了下来，却是瘦小枯干、猴儿似的一个人。

萧三娘低喝道："你是谁？你来干什么？"

那人一对滴溜溜的贼眼，向萧三娘瞅了又瞅，可是她脸上蒙着黑纱，只能看出是个女的罢了。

他说："我是来救老铁的。女英雄，你如果是同道，且慢审问我，救人要紧，这门口也得布置一下。"说罢，不待萧三娘开口，一转身，便把地上一个带刀军健拖了起来，仍然把他安置在石礅上，下面两腿分开，软软的一个头，伏在膝弯上，好像打盹一般。安排好一个，又蹿到那边脖上套着绳束的一个，解下绳束，从地上扶了起来，支在门口砖墙上，一支花枪当作拄棍，枪头朝下，枪钻顶住了胸口，却好把尸身顶在壁上，一时不致跌倒。黑夜里远看，低着头，拄着枪，懒洋洋地靠在墙上打眯盹一般。

萧三娘看得几乎笑出来，心想这笨贼，倒有这些鬼门道。

那人把两个军健尸首安排好了，龇牙一笑，活像社庙小鬼一般，悄悄说："女英雄跟我来，老铁便在这屋内，可不在这间屋内，大约屋内还有门，通着隔墙另一间秘室。"说罢，把几圈绳束向腰上一围，首先推开门，闯了进去。萧三娘跟踪而进，把屋门照旧掩好，屋内漆黑，瘦猴似的那人，确是飞贼出身，随身带着火折子，迎风一晃，火光一煽，便瞧清是所空屋，后壁新开的窄窄的一个门框子，当地拄着几根粗木栏子，而且是死的，一时真还无法进去。如果用刀斧来砍，立时可以惊动了人。这一下，把那瘦猴儿的飞贼制住得没法想了。

萧三娘走近木栅，向里一瞧，黑黝黝的什么也瞧不见，却听得里间屋角鼾声如雷，情知这鼾声是老铁的，心想："这负心汉到这地步，居然还睡得挺香！"其实萧三娘想错了，老铁视死如归，自然安心大睡了。

萧三娘眉头一皱，慌问那人道："你知道屋上是泥是瓦？"

那人说："是瓦盖的，我原想揭瓦进身，因为我轻功太差，进得去，出不来，便不敢揭瓦。"

萧三娘说："你既然有心救老铁，你只要替我在近处巡风，我有法子救他出来。"说罢，转身出屋，一顿足，便跃上屋檐，从屋顶想法进身。那瘦猴儿便隐在暗处，替她巡风。

其实萧三娘有意把他撇下，她和老铁一见面，难免有一番微妙的口舌，是否把老铁当场杀死解恨，连她自己也没有准主意，当然不愿一个不相干的人，夹在里面。

几叠薄瓦，几根短椽，在萧三娘手上，当然不费吹灰之力，但她从屋上纵身下去时，熟睡的老铁却惊醒了，镣铐当啷啷一声响，从地下一层草荐上站了起来，喝问：“谁？敢从屋上进来，干什么？快说！”

屋内原是漆黑一片，屋顶揭去了几片瓦、几支短椽，月光使透射进屋，但也只屋中间一小块地方。萧三娘身法如风，一下去，早已隐入黑暗的屋角。老铁一喝问，萧三娘在暗角里一声冷笑——嘴上虽然出声冷笑，心里不由得一酸，想起从前自己父亲没有死时，自己穿心钉误伤老铁，在华山病榻相对，早晚服伺他，两情胶结，才有白头之约，想不到人情变幻，老铁误听谣传，把自己当作负心女子，不问皂白，便下决绝之书，哪知自己倒不是负心女子，老铁才是负心情郎！

她一想起这些，情不自禁地在暗中掉下泪来，而且鼻管里抽抽抑抑起来，在一旁冷笑以后，竟发出一点唏嘘之声，虽只一点点的声音，老铁已听在耳内，而且老铁久处暗室，和从外面骤然进室的不同，已约略辨出墙脚的身影。

他也吃了一惊，连声喝问：“你究竟是谁？老铁一生光明磊落，没有对不起人的事，不要瞧我手脚上有镣铐，一样可以制你死命。”

萧三娘怒气陡发，厉声喝道：“住口！好一个没有对不起人的事，你还记得华山相处，早晚伺候你的萧三娘吗？你这口蜜腹剑、口是心非的负心汉，把外面捕风捉影的谣言当作真事，连面都不愿见一面，也不容人解释情由。你那封断命决绝书，把我骂得一钱不值，便铁打心肠也没这么狠。你这些年当然把姓萧的忘得干干净净，当然另娶妻室。你这狠心东西，你对得起谁？可怜我这个痴心女子，一直到现在……”

她说到这儿，不由得变了哭音，鼻子里不由得又抽噎起来，老铁听得大惊，做梦也想不到萧三娘会在此时此地出现，不禁哑声儿喊着：“萧……三娘……你来得正好，不瞒你说，当年的事，到后来我也明白做错了，我也没法对人说，更没法再向你说我后悔。我听人家说，你恨我切骨，要杀死我，我早已存下这条心，我终身不近别个女人，只等你一到，我便闭目受死，补偿我对你负心之罪……但是……”

萧三娘恨得咬着牙跺着脚骂道：“但是什么？此刻我是来要你命的，与其把你一条命送在龌龊官府手上，还不如让我亲手杀死你，稍偿我多少年心头之恨。”

老铁长长地叹口气道：“三娘！你要亲手杀死我……我一点不怨，我愿意死在你手上，但是你早不来晚不来，偏在这时候赶来杀死我。我不疯不傻，为什么自来投案？我为的是许许多多穷百姓，无辜遭殃，情愿自认乱民首领，好早早了结此案。现在你既已赶到，这是冤孽，谁教我亏你的情呢！什么话也不用说了，用我的血来补偿我的心，你就下手，把我脑袋拿去吧！”

老铁一面说，一面向着萧三娘立身所在走来，走一步，脚上的镣铐铁链子便呛啷啷地响。老铁嘴上的语音和脚上铁链子的响声，震碎了萧三娘刚强泼辣的心。老铁刚走到上面揭开瓦椽之处射下来一地月光所在，萧三娘瞧清了多年不见的他。这时他监禁暗室不少日子，蓬头垢面，已变成猱头狮子一般。

萧三娘在暗中突然一声惊喊：“冤家！”双手一分一耸，全身扑过来，把老铁紧紧抱住，双肩乱耸，芳胸起伏，竟哭得哀哀欲绝。

老铁满以为她这一扑过来，人和刀一块儿上，双目一闭，让她下手，不意变成了这么一个局面。她扑过来时喊的一声“冤家！”不是仇恨交并的切齿之音，竟是又痛又怜、情致绵绵的哀音。

这一下，闹得老铁回肠荡气，心身俱碎，紧闭的双目，格外不敢张开来了。因为他一对虎目内，也是情泪滚滚，一张开来，便要像雨一般下来了，只恨他自己两手被铐着，不能张开来拥抱她，只嘴上结结巴巴地喊着：“我好后悔！我太对你不起了！”

老铁和萧三娘在这块月色透射之地，紧紧拥抱着，又痛又怜，又恨又悔，怨恨和情爱、悲哀和欢乐，交织成模糊的一片。浑淘淘，沉昏昏，两人都忘记了身处何地，似乎只要这样拥抱着，便是立刻死去也甘心，可是把一个局外人却急坏了。

这个局外人，趴在上面透光的破窟窿口，低低急喊着：“你们这是干什么？女英雄啊！你是存心到这儿叙家常来的么？我的天！你们真把我急坏了！”

萧三娘被屋上人一喊，霍地一撤身，急喊道：“冤家！你不能死，我得救你出去！”

老铁却抬头问道：“屋上是谁？是跟着三娘来的么？”

屋上人答道：“不是！我是社会上最没出息的小偷，可是也有一个‘义贼’的小名声。我不愿一个铁铮铮的好汉，糊里糊涂地死去，想凭我一点小巧之能，救你出去。天幸碰着这位有大本领的女英雄到了，我可放心了。惭愧我本领有限，终算我这份心尽到了，我要告辞！”

老铁喝道：“不要走，我问你，你怎的知我死得糊里糊涂？”

义贼说：“嘿！我的铁爷，你糊里糊涂躲在这黑屋子睡大觉，静等一死，百事俱了。哪知道自从你投案以后，四乡无辜的老百姓，依然被虎狼般的军兵衙役，任意糟蹋，任意劫杀。你不信，出去瞧瞧金台观前铁柱子上，是不是人头越来越多了！”

萧三娘也说：“一点不错，我在街上和牢卒嘴上，也偷听到了，你这桩事确是做错了，快跟我走！”

老铁手上铁链子一响，一跺脚，说道：“好！我得出去瞧瞧！”

屋上破窟窿口义贼急喊了一声："快！给你这个！"

地上当的一声，上面义贼掷下一件铁器来。萧三娘捡起这件东西，在月光下一照，原来是一柄小钢锉。

老铁笑道："我要出去，还用得着这个？"

只见他骑马裆一蹲，两臂、两腿着力，往外一绷，便听得他手上、脚上连着镣铐的铁链子，咯咯地响了起来，咔嚓一声，上下一齐崩断。

萧三娘说："这柄钢锉也有用处，我带着它。你脚上、手上的铁镯子，到外面再去掉它，快走！"

老铁两臂一抖，一个"白鹤冲霄"，人已从透光的窟窿蹿上屋顶。萧三娘跟踪而上。

老铁说："一不做，二不休。可恨的新任狗官，我要替遭殃的乡民报仇。走！先找狗官去！"

义贼从旁说道："我刚才在签押房窗下偷看，认得那狗官面貌，四十上下年纪，满脸糟疙瘩，两撇鼠须，一口京腔的便是。"

这时，衙前更鼓刚打罢二更。那位新任县太爷，正和带队的一位都司，在前进东厢签押房里，一桌消夜酒刚刚散席，预备各自归寝。万不料门帘一掀，抢进了凶神似的老铁，只喝了一声："你这害民贼，叫你好死！"一伸手，便把一脸酒糟疙瘩的县太爷抓了过来。

房内那位都司老爷，到底是个武官，拔出随身腰刀，大喊一声："囚徒竟敢行凶……"一语未毕，门外哧的一钢镖，射了进来，直贯都司胸膛，吭的一声，撒手弃刀，死于就地。

老铁一手抓住县太爷，一手捡起地上腰刀，咔嚓一下，满脸糟疙瘩的一颗太爷脑袋，滚得老远。老铁把尸首一掼，刀一丢，掀起门帘，跳了出来。那个义贼却奉了萧三娘之命，把东西厢房的窗棂都点着了。火势霎时蔓延了开来，眼看这所新衙门，又要烧光。

三人从屋内退了出来，耳听得外面业已人声呐喊，抢奔后面救火。

萧三娘说："索性把隔壁监牢打开，再闹他个落花流水。"

那个瘦猴似的义贼，喜得跳起来道："对！监牢内关的，多半是无辜百姓，我再到别处放把火，引得军健都去救火，你们好下手。"说罢，飞也似的走了。

萧三娘同着老铁，从墙上跳进隔壁新牢，先把典狱一刀两段，吓得一群狱卒四散飞逃。萧三娘掣出腰上缅刀，把各监门锁，一齐削落。老铁大声一嚷："县官儿又被我杀了，你们愿出去的，快逃出去各奔前程。我要放火了！"

这一嚷，立时炸了狱。一二百监犯喊声如潮，蜂拥而出。戴着镣铐的，萧三娘缅刀挥去，脱去了束缚，跌跌滚滚出了狱门，一霎时，走得干干净净，变成了一座空牢，连牢头们都逃得一个不剩。

老铁大笑道："这倒痛快，火也不必放了，我们走吧！"

两人出了县衙，街上已是乱得一塌糊涂，乘乱奔出西门，因为萧三娘一匹马寄在西门外乡民家中。两人出西门时，却没见那个义贼跟来。

老铁说："那人虽然是个下五门的偷儿，却是个胸有正义的偷儿，我老铁愿结识这个朋友……"

语刚出口，道旁一株树后，唰地一响，有人喊道："铁爷！承蒙你夸奖，你们两位前途保重，我特地赶来报告你们，我们虽然杀死了县官和都司，大散关来的一支兵马，尚在城内，此刻正在城内挨户搜查，马上便要出城追缉。你们两位快走吧！咱们后会有期！"喊罢，只听沙沙一阵脚步响，这个猴儿似的小偷，已跑得无影无踪。

老铁跟着萧三娘取回了她的那匹快马，看看天上的月轮儿，大约还没过四更。照萧三娘意思，连夜带着老铁，往长安一条路上走，会着了沿途进行的镖趟子，想法把他送到潼关镖局去。老铁认为不妥，长长的道途，镖局耳目众多，难免不出毛病，而且带累了别人。再说，脚上铁链虽然挣断了，套在脚上的铁箍，还没工夫用钢锉锉下来。照他意思，教萧三娘只管先走，去会合自己的镖趟子，他预备上棋盘坡许家暂避一时。

萧三娘不愿那么办，说是："再也不能离开你了！"

于是决定一马双驮，先到棋盘坡许家再说。萧三娘平时原是男人装束，又是大脚片，把马鞍上捎着的一件男袍披在身上，和老铁合骑一马，路僻马快，天刚亮已经到了许家，好在是山僻之处，行人稀少，路上还不致招出是非来。

许老太太一见老铁突然回来，而且带了一位男装的异样女子，又喜又惊。经老铁说明是萧三娘，又把一夜经过也说了。

许老太太不断念佛，说着："这是天缘，从此两位百年好合，大家都放心了。——但是我两个女儿和钟秋涛，为了救铁叔，怕萧姑娘赶来寻仇，她们三人，从长安道上，想法拦截萧姑娘去了。还有一位南宫弢隐身金台观，打听铁叔起解动静，预备暗缀囚车，到前途会合她们，劫囚救人哩。不想萧姑娘已把铁叔救出来，她们年青识浅，路上难免不生枝节，还得赶快想法通知她们才好哩！"

萧三娘说："伯母放心，我马上赶去，接两位妹妹回来。"

她说这话，却把老铁拉到一边，悄悄嘱咐道："你好好地在这儿等我，我不回时，你千万不要走出棋盘坡去——"

老铁满口答应，又把许氏姊妹和南宫弢、钟秋涛等关系，说了个大概。

萧三娘临上马时，又拉着老铁，迟疑了半晌，才向他说："老铁！你究竟有别的女人没有？这时，你可得摸着良心说话！"

急得老铁跺着脚，指天指地地说："我的天！你怎的还问这个！

你不信，问许老太太去！”

萧三娘咯地一笑，眉飞色舞地笑道：“好！你在这儿不许动，我马上赶回来！”说罢，人已跳上马背。

老铁却跳了过去，扣住马嚼环，噘着嘴说：“我有句不中听的话，如果我们志同道合的话，你干的这营生，我不大赞成，尤其你替异族官府效劳，走什么官镖，这是被正人君子耻笑的。”

萧三娘向他瞅了又瞅，点点头说：“我懂得你意思，我依你，把这趟镖驮交到地头以后，马上散伙，或者把潼关威远镖局让给别人办去，我和你拣个隐僻之处一忍，你瞧怎么样？”

老铁哈哈大笑道：“这才是我的好妻子！”

萧三娘在马上扑哧一声，用马鞭向老铁头上轻轻击了一下，笑道：“瞧你这鬼脸儿，还不快进去梳洗梳洗，还要老娘伺候你么？”咯咯一笑，马鞭一扬，便泼风似的跑走了。

以上是萧三娘破镜重圆，独力救出老铁的经过。她单身匹马，离开棋盘坡，向长安道上一路急赶，到了蔡家坪，凑巧镖趟子因为镖师田二楞受伤，沿途被人拦截，指明要会镖头飞天夜叉萧三娘，镖师宋金刚有点胆寒，再进恐怕出事，镖驮子仍回泰来店，等候萧三娘趟道回来再走。

萧三娘一到，得知此事，便知是许氏姊妹和姓钟的几个后辈干的花样，也没向镖师们说明内中情由，只说宝鸡确是很乱，这条道走不得，改道从凤翔岔道上绕过宝鸡去。路线一定，镖趟子立时改道出发。

她自己推说要访寻这几个捣乱的人，留下一名精细趟子手。因为她料定许氏姊妹志在阻挠，还得回来探听她的消息，特意备了一封信，教他等候路上截镖伤人的女子到来投递，投到以后，还叮嘱速回棋盘坡许家报信。她自己一心惦着老铁，急不可待地先赶回棋盘坡去了。

凑巧许氏姊妹和钟秋涛在路上碰着南宫弢，一同到了泰来店，接到了这封信，惊疑之下，才一齐赶回棋盘坡。在四人未到棋盘坡以前，送信的趟子手，先一步赶回许家。萧三娘又嘱趟子手在进棋盘坡要路口，等候许氏姊妹到来，火速通报。她故意不等许氏姊妹回家，赶到那座古庙前，存心要较量较量这几个后辈的本领，一半也是她好强的素性，认为欺侮了她的镖师们，未免有点失面子，存心要戏耍她们一场。

也许萧三娘破镜重圆，心花大放，才有这样戏耍举动，可是南宫弢、钟秋涛和许氏姊妹，认以为真，真个要和她一场血拼。万不料中心人物——老铁，活跳跳地出现，经他把前后情节说明，大家才转惊为喜，收起手上兵刃，重新见这位破镜重圆的师叔母了。

萧三娘听着刚才要和她拼命的四个后辈，这时却个个向她躬身下拜，口称："师叔母!"泼辣老练的萧三娘，也不禁一阵忸怩，而且向老铁狠狠地横了一眼，似乎暗示他："你教她们喊师叔母，多难为情，我们还没合卺呢!"

但是老铁满不理会，反乐得呵呵傻笑。萧三娘一赌气，翻身捡起那件男长袍，向肩上一搭，一手拉住俪云，一手拉住俪雪，却朝着南宫弢、钟秋涛笑道："为了他的事，害得你们担惊担忧，还几乎和我拼了命。我真不信，凭他对我那样薄情的负心汉子，竟会有你们几位血性的晚辈。不瞒你们说，你们铁叔，这些年缩着脑袋躲在宝鸡城内，真把我冤苦了。我进宝鸡城，还是怨气冲天，我不昧心，真有一见面，便要和他分个死活的决心。不料听到人们私下谈论他投案自首，完全是想救许多穷苦的农民，这不是负心汉子能做的事。我明白，这是真真的侠义精神，我萧三娘也没比他弱，他能为大众牺牲，我便没法狠心下手了。后来见了他的面，他说出误听人言，早已后悔，我这颗心便整个软下来了……”

俪云、俪雪听得要笑不便笑，不料萧三娘又恨着声说：“大小姐！二小姐！你想多可恨！既然早已后悔了，便该找我去呀！为什么还缩着脖子躲着我呢？这不是更冤苦了我吗？唉！我和他真是冤孽！”

老铁急得怪喊道：“嗐！有完没完？你瞧天已黑下来了，老盟嫂一个人在家，盼着两位侄女呢！”

萧三娘立时向他狠狠地啐了一口，大声说道：“你倒想得好，你以为我这些年怨气，说完就完了……走！今晚我当着许老盟嫂的面，我得请她评评这个理，我得把这些年的满肚怨恨……抖一抖！这篇旧账还得和你算一算，老实对你说，这辈子和你没有完！”

但是我这篇以悲剧始、喜剧终的故事却完了！

（全集终）

注：本书一九五一年六月利益书店出版。

附录:朱贞木小说年表

朱贞木小说年表

武侠小说			
书　　名	出 版 商	单行本出版时间	备　　注
铁板铜琵录	天津大昌书局	1940	后改名《虎啸龙吟》并沿用至今
龙冈豹隐记	天津合作出版社	1942.11—1943.10	
蛮窟风云	京华出版社	1946	又名《边塞风云》
龙冈女侠	上海平津书店	1947	又名《玉龙冈》
罗刹夫人	天津雕龙出版社	1948.05—1949.12	
飞天神龙	上海元昌印书馆	1949.03	
炼魂谷	上海元昌印书馆	1949.03	《飞天神龙》续集
艳魔岛	上海元昌印书馆	1949.03	《炼魂谷》续集
五狮一凤	上海育才书局	1949.12—1950.01	
塔儿冈	上海正华出版社	1950	
七杀碑	上海正气书局	1950.04—1951.03	未完
庶人剑	上海广艺书局	1950.08—1951.03	未完
玉龙冈	上海民生书店	1950.10	即《龙冈女侠》
苗疆风云	上海正华书店	1951.01—1951.03	
罗刹夫人续集	上海正华书店	1951.04	疑雕龙出版社版亦有
铁汉	上海利益书店	1951.06	题“通俗小说”，仍为武侠套路
谁是英雄	不详	不详	仅见于预告，或许从未出版
酒侠鲁颠	不详	不详	仅见于预告，或许从未出版
龙飞豹子	不详	不详	仅见于预告，或许从未出版
历史小说			
闯王外传	上海元昌印书馆	1948.12—1950.06	
翼王传	上海广艺书局	1949	借名之作，朱同意
杨幺传	不详	不详	仅见于预告，或许并未出版

续表

其他小说			
郁金香	上海元昌印书馆	1949.05	社会小说,抗日题材
红与黑	上海元昌印书馆	1950.11—1951.02	社会小说,煤矿题材
附　　注			
碧血青林	不详	不详	仅1944年《369画报》中提及,并未出版
千手观音	香港出版	1950—60年代	《虎啸龙吟》中部分内容
云中双凤	香港出版	1950—60年代	《虎啸龙吟》中部分内容

图书在版编目(CIP)数据

五狮一凤·铁汉／朱贞木著. －－北京：中国文史出版社，2021.2
（民国武侠小说典藏文库. 朱贞木卷）
ISBN 978－7－5205－2149－9

Ⅰ. ①五… Ⅱ. ①朱… Ⅲ. ①侠义小说－小说集－中国－现代 Ⅳ. ①I246.5

中国版本图书馆CIP数据核字(2020)第141598号

整　　理：顾　臻
责任编辑：薛媛媛

出版发行：中国文史出版社
社　　址：北京市海淀区西八里庄路69号院　邮编：100142
电　　话：010－81136606　81136602　81136603（发行部）
传　　真：010－81136655
印　　装：北京新华印刷有限公司
经　　销：全国新华书店
开　　本：720×1020　1/16
印　　张：14.5　　字数：163千字
版　　次：2021年2月第1版
印　　次：2021年2月第1次印刷
定　　价：57.00元